辛弃疾词集

[宋] 辛弃疾 著

崔 铭 导读

上海古籍出版社

U1012559

图书在版编目（CIP）数据

辛弃疾词集/（宋）辛弃疾著；崔铭导读.—上海：上海古籍出版社，2010.11（2025.5重印）
ISBN 978-7-5325-5710-3

Ⅰ.①辛… Ⅱ.①辛…②崔… Ⅲ.①宋词—选集 Ⅳ.①I222.844

中国版本图书馆CIP数据核字（2010）第185358号

责任编辑 方晓燕
装帧设计 田松青 周爱民

辛弃疾词集

［宋］辛弃疾 著 崔 铭 导读

上海古籍出版社出版发行
（上海市闵行区号景路159弄1-5号A座5F 邮政编码201101）
（1）网址：www.guji.com.cn
（2）E-mail:guji@guji.com.cn
（3）易文网网址：www.ewen.co

制版印刷 上海丽佳制版印刷有限公司
开本 889×1194 1/36
印张 10 28/36 字数 220,000
印数 57,901－60,200
版次 2010年11月第1版
2025年5月第15次印刷
ISBN 978-7-5325-5710-3/I·2248
定价 32.00元

导读

崔铭

一

公元1140年五月，辛弃疾（字幼安）诞生在历城（今山东济南），这时距离北宋灭亡、宋室南渡已经十三年。从小生长在沦陷的北方，辛弃疾亲眼目睹、亲身感受了汉人在金朝统治下的屈辱与痛苦，多年以后，在《美芹十论》中他写道："民有不平，讼之于官，则胡人胜，而华民则饮气以茹屈；田畴相邻，胡人则强而夺之；孳畜相杂，胡人则盗而有之。"他的祖父虽在金朝担任过县令、知府一类官职，却始终不忘故国，常常带领儿孙"登高望远，指画山河"，希望有机会"投衅而起"（《美芹十论》），甚至两次命辛弃疾前往金朝都城燕京观察山河形势，了解金军虚实，为将来起兵反金做准备。这一切深深地影响了辛弃疾，使他在青少年时代就立下了恢复中原、报仇雪耻的志向。

宋高宗绍兴三十一年（1161），金主完颜亮率兵五十馀万大举南侵，在其后方的汉族民众趁机揭竿而起，聚结反抗，一时间烽火遍野。二十二岁的辛弃疾也举起抗金义旗，召集了两千志士，参加由耿京领导的一支声势浩大的起义军，并担任掌书记，协助耿京处理军事事务。在耿京部下，辛弃疾一方面积极联络并劝说其他义军归属于耿京麾下，使起义军的力量不断发展壮大；一方面建议耿京“决策南向”（《宋史》本传），主动与南宋朝廷取得联系，以便里应外合，更有效地打击金人，完成恢复中原的大业。次年（1162）正月，受耿京委派，辛弃疾等抵达建康（今江苏南京）面见宋高宗。在完成使命北归途中，惊悉耿京被降金叛将张安国杀害，义军已遭遣散。辛弃疾遂与耿京部下原马军将王世隆等相约，毅然率领五十骑兵，突袭济州（今山东巨野），从有五万之众的金兵营地生擒张安国，缚缚马上，疾驰渡江，交南宋朝廷处死。这一非凡壮举使辛弃疾名重朝野，“壮声英概，懦士为之兴起，圣天子一见三叹息”（洪迈《稼轩记》）！这一年，他刚刚二十三岁。朝廷委任他为江阴（今江苏江阴）签判，掌管地方司法。

签判之职虽然卑微，但江阴地处长江南岸，接近宋金边界，地理位置比较重要。辛弃疾满怀对于恢复事业的信心与希望，开始了他的仕宦生涯，在恪尽职守的同时，时刻准备着为朝廷北伐献计献策。然而，令他始料未及的是，在此后的漫长岁月里，他辗转于江西、湖北、湖南、两淮一带担任地方官，虽因政绩卓著而屡获迁升，由签判升任通判，由知州升任提点刑狱，由转运副使升任安抚使，却始终无缘参与恢复中原的大计。在主和派占据朝政上风的政治背景下，辛弃疾这位主战干将，越来越远离抗金前线，他的文韬武略只能被用于平定内乱。因此，从二十三岁到四十二岁的二十年间，英雄渐老、时不我与的紧迫感日甚一日地在他内心深处焦灼。他积极进取的精神、抗战复国的主张与当时朝廷上下苟且偷安、患得患失的政治环境相冲突，而他雷厉风行的工作作风和刚直不阿的性格更使他难免世人的忌恨和排挤，这使他深感孤独和压抑。

宋孝宗淳熙八年（1181）冬，辛弃疾被劾落职，于大有为之年退居江西信州（今江西上饶）城北的带湖。从此，他以稼为轩，自号稼轩居士，开始了漫长的赋闲生活，除一度短暂出任福州知州、福建提点刑狱与福建安抚使之外，先后在带湖和铅山瓢泉（今江西铅山县西南）闲居达十八年之久。尽管，他的物质条件依然优越，淳朴的乡间风俗、清新的田园风光、闲云野鹤般恬淡的生活也常常让他感受到难得的轻松与惬意，可是，沦陷的家园、破碎的河山总在他梦魂间萦绕：“布被秋宵梦觉，眼前万里江山”（《清平乐》），他无法放弃他毕生的理想！因此，他的内心在多重复杂的矛盾中起伏不断：时而壮志满怀，“醉里挑灯看剑，梦回吹角连营”（《破阵子》）；时而灰心绝望，“却将万字平戎策，换得东家种树书”（《鹧鸪天》）；时而啸傲山林，旷达闲适，庆幸自己能远离险恶的官场，“长安车马道上，平地起崔嵬。我愧渊明久矣，犹借此翁湔洗，素壁写《归来》”（《水调歌头》）；时而委屈抑郁，愤懑辛酸，不甘于盛年废置、未老投闲，“短灯檠，长剑铗，欲生苔”，“东篱多种菊，待学渊明，酒兴诗情不相似”（《洞仙歌》）。矛盾与痛苦无以自解，唯有以词抒怀，这十八年也因此成为他词作最为多产的时期。

宋宁宗嘉泰三年（1203）夏，辛弃疾再度获得起用，被任命为绍兴知府兼浙东安抚使。当时朝廷正在计划北伐，辛弃疾上任不久，即被征召进京，共商恢复大计。嘉泰四年（1204）三月，他被派往宋金前线的军事重镇镇江任知府，皇帝亲赐金带，勉励他加强边备。经历了四十馀年的苦苦等待，六十五岁的辛弃疾终于迎来了一展长才、实现恢复中原的理想的难得机会，他的兴奋与激动可想而知！上任伊始，他立即下令沿边地区招募丁壮，制造战袍万件，准备亲自训练一支军纪严明、英勇善战的劲旅；又派人潜入金国境内，详细了解敌方虚实，以便知己知彼，立于不败之地。这年秋天，他登上镇江城北的北固山，放眼古今，豪情万丈，写下了著名的《永遇乐·京口北固亭怀古》：

千古江山，英雄无觅，孙仲谋处。舞榭歌台，风流总被，雨打风吹去。斜阳草树，寻常巷陌，人道寄奴曾住。想当年金戈铁马，气吞万里如虎。　元嘉草草，封狼居胥，赢得仓皇北顾。四十三年，望中犹记，烽火扬州路。可堪回首，佛狸祠下，一片神鸦社鼓。凭谁问：廉颇老矣，尚能饭否。

此词开篇气势如虹。上片追怀两位与镇江有关的历史英雄：三国时称雄江东、北拒曹操的吴国国主孙权，以及一度率兵北伐收复中原大片国土、终于代晋而立成就一代霸业的南朝宋武帝刘裕（小字寄奴）。在岁月风雨的侵蚀下，这些英雄人物虽然早已邈不可寻，但他们那种敢于奋起抵抗外侮、担负国家兴亡的英雄气概，却仍能给后人以极大的鼓舞。词人通过缅怀往古，抒发了自己追步先贤的宏伟壮志，慷慨豪迈之气溢于言表。然而，作为一位极富远见卓识的军事家，辛弃疾深知恢复中原的大业并不可能一蹴而就，他清醒地认识到当时南宋尚未具备对金用兵决胜的条件，需要周密部署，积极准备，才有可能克敌致胜。因此，词的下片借古讽今。换头三句以南朝宋文帝刘义隆元嘉年间冒险贪功、惨败而归的前车之戒，对已露急躁冒进态势的南宋朝廷提出忠告。接着抚今追昔：四十三年前金人攻破扬州，烧杀掠夺，烽火遍野，四十三年后的今天，人们歌舞升平，苟安太平，似乎早已忘记了当年的伤痛；四十三年前词人正当年少、英姿俊发，胸怀恢复中原的大志轻骑南归，而四十三年来却在朝野上下因循苟且的氛围中白白消磨了大好年华！如今英雄虽老，壮心不已，身在前线，仍不免忧谗畏讥，他渴望得到朝廷善始善终的真正重用。

然而现实是如此残酷，他再一次受到了沉重的打击，任期不满十五个月，就被弹劾罢职，开禧元年（1205）秋天重回铅山赋闲。几个月之后，正如辛弃疾所担心的，一场没有充分准备的北伐仓卒拉开了战幕，宋军由最初的小胜，很快逆转，节节败退。在此国难当头之际，朝廷曾多次征召辛弃疾，希望他能力挽颓局。无奈在经历了太多人生打击之后，辛弃疾早已身劳力瘁、病体难支，于开禧三年（1207）九月带着满怀未尽的遗愿含恨去世。第二年，宋金订立嘉定和议，以献出主持北伐的大臣韩侂胄的首级和增加岁币贡物为条件，南宋朝廷再次以耻辱换得了苟安。

二

在中国文学史上，词是一种非常特别的文学样式。晚唐五代词初起的时候，它只是配合音乐演唱的歌词，在人们饮酒作乐时渲染气氛，以助酒兴。文人染指词的写作，基本上是抱持一种游戏的、娱乐的心态，并未将它作为自我抒发的工具。这种特殊功用与创作心态，使词的写作形成了一种固定模式。随着时间的推移，模式上升为传统，于是，作为一种文体，词的基本特性得以确立：题材不出乎美女爱情、伤春怨别，风格无外乎婉约纤柔、含蓄蕴藉。然而，“文律运周，日新其业，变则可久，通则不乏”（刘勰《文心雕龙》）。在长期的文学实践中形成的词体特质固然有其稳定的自足性，也不能不随着时代的发展而有所创新。当词逐渐脱离音乐变为“不歌而诵”并日益走向书面阅读时，它原有的合乐应歌、娱宾遣兴的基本功能也就发生了实质性的转换。苏轼对词的革新就是在这一背景下产生的。在保持词体深婉曲折的审美特性的前提下，苏轼以其雄才健笔扩大了词的内容与题材，刷新了词的意境与风格，同时也对词的形式与音律有所突破。不过在强大的传统惯性面前，苏轼的革新在当时不仅应者寥寥，就连他本人虽已具备“微词宛转，盖诗之裔”（苏轼《祭张子野文》）的理论自觉，将词视为和诗一样的抒情言志的文体，但也只是“偶尔作歌”（王灼《碧鸡漫志》），而且在词中表现的更多是失意挫折时的旷达情怀，较少书写占据他思想主体层面的用世之志。这表明在创作心态上，苏轼尚未真正做到诗词并重。直到两百年后辛弃疾的出现，才彻底改变了这一局面。在辛弃疾的手中，词是他思想感情最重要的“陶写之具”（范开《稼轩词序》）；在中国文学史上，作为人类思想感情的载体，词也从此变得与诗、文等传统文学样式同等重要。因此，透过辛弃疾留下的六百馀首词作，我们可以清晰而全面地感知他所处的时代、他的个性，以及他丰富多彩的心灵世界。

生当山河破碎、南北分裂的不幸时代，从小生长于被异族蹂躏的北方，和当时一般士大夫相比，辛弃疾对于民族所蒙受的耻辱有着更为痛切的感受。虽然他的大半生都生活在相对和平安定的南方，但始终无法忘却惨痛的历史和沦陷的北国，强烈的爱国之志与浓浓的思乡之情相交织，因此，他常常在词中抒写这一份深沉的家国之痛，如《菩萨蛮·书江西造口壁》：

郁孤台下清江水，中间多少行人泪。西北望长安，可怜无数山。　青山遮不住，毕竟东流去。江晚正愁余，山深闻鹧鸪。

这首词作于宋孝宗淳熙三年（1176）前后，当时辛弃疾任江西提点刑狱使。宋室南渡之初（1129），金人曾长驱直入，直抵赣西。四十多年后，辛弃疾伫立郁孤台上，仰观俯察之际，旧恨新愁一齐涌上心头。那滚滚东去的清江水，流淌着多少被金人驱迫的难民的血泪？那曾经辉煌富庶的宋都汴梁，被无数青山遮挡在生灵涂炭、铁骑横行的远方。词作以痛切的语句写出了词人心头的悲愤和永不放弃的复国之志，真情郁勃，悲壮苍凉。

抒发对民族耻辱的悲愤，表达抗金报国、恢复故土的强烈愿望，是辛弃疾词作最突出的内容之一，也是南宋前期至中期文学的中心主题。与其他作家同类题材作品相比较，辛弃疾词作有一种超群出众的独特魅力，这魅力很大程度上来自于他个性中的英雄主义精神。辛弃疾一生以英雄自许，他的人生理想本来是要做一名声威赫赫的名将，驰骋疆场，像曹操、刘备、孙权等历史人物一样，成就一番伟大的事业。六十八年的人生历程中，他始终将个人的理想与时代的责任紧密结合，时刻准备着把一腔爱国壮志化为战斗行动，在主动承担民族使命的同时，实现自我的人生价值。因此，一方面在他的词作中，统一祖国的时代性宏大主题与成就功名的私人化个体抒情相叠加，显得格外真切感人；另一方面，个性中的英雄气概也使他的爱国词作常常在字里行间显示出军人的勇毅和豪迈。如《南乡子·登京口北固亭有怀》：

何处望神州？满眼风光北固楼。千古兴亡多少事，悠悠，不尽长江滚滚流。　　年少万兜鍪，坐断东南战未休。天下英雄谁敌手？曹刘。生子当如孙仲谋。

这是作者晚年名篇之一，与上文所引《永遇乐·京口北固亭怀古》同时，且同为怀古感今之作。词作以自问自答的手法结构全篇，流畅自然，刚健有力。苏轼与辛弃疾同以豪放著称，故词史上常以“苏辛”并提。然而，正如清代词评家陈廷焯所言：“东坡词极名士之雅，稼轩词极英雄之气。”“极名士之雅”者缅怀英雄时，所感慨的是“人生如梦”（苏轼《念奴娇·赤壁怀古》）；而“极英雄之气”者凭吊往古时，所激赏的则是少年孙权敢于与曹操、刘备等前辈争雄的豪情与勇气。

然而，在主和派的压制下，辛弃疾长期处于投闲置散的状态，他的爱国之作、英雄之词，又往往与壮志难酬的苦闷之歌相杂糅。青年时代跃马横刀、驰骋沙场的短暂经历，成为他今生可望不可及的永恒追忆，实现复国大业、成就不朽功业的梦想被无情的现实击碎了！

醉里挑灯看剑，梦回吹角连营。八百里分麾下炙，五十弦翻塞外声。沙场秋点兵。　　马作的卢飞快，弓如霹雳弦惊。了却君王天下事，赢得生前身后名。可怜白发生！

——《破阵子》

壮岁旌旗拥万夫，锦襜突骑渡江初。燕兵夜娖银胡䩮，汉箭朝飞金仆姑。　　追往事，叹今吾，春风不染白髭须。却将万字平戎策，换得东家种树书。

——《鹧鸪天》

这一类词作辛弃疾写得最多，也写得最好，奋勇不屈的英雄之气在强大残酷的现实压抑之下盘旋郁结，呈现于词作中便自有一种沉郁顿挫、委婉曲折之美，从而与词体特质相契合。如《水龙吟·登建康赏心亭》：

楚天千里清秋，水随天去秋无际。遥岑远目，献愁供恨，玉簪螺髻。落日楼头，断鸿声里，江南游子。把吴钩看了，栏干拍遍，无人会，登临意。　　休说鲈鱼堪脍，尽西风季鹰归未？求田问舍，怕应羞见，刘郎才气。可惜流年，忧愁风雨，树犹如此！倩何人唤取，红巾翠袖，揾英雄泪？

词作以雄浑与清丽兼具的笔触，写出了一个无用武之地的壮士的无奈，也写出了一个有家难归的游子的悲哀。在词人眼中，那些如同美人发髻、玉簪一般清秀妩媚的山峦，无不含愁带恨；在词人耳中，那失群的孤雁凄凉、迷惘的鸣叫，又好似道出了他无人言说的心声。有时他也想学晋代的张季鹰潇洒率性、挂冠归去，可是他的家乡沦落在敌人之手；有时他也想学三国时代的许汜求田问舍，置天下兴亡于不顾，可是他常以刘备一类英雄人物相期许，又如何甘心放弃自己的理想与抱负？岁月无情，年华似水，刀剑闲置，恢复无望，他只能借酒浇愁，在失望与希望交织中备受煎熬。又如《摸鱼儿·淳熙己亥自湖北漕移湖南同官王正之置酒小山亭赋》：

更能消几番风雨？匆匆春又归去。惜春长怕花开早，何况落红无数。春且住。见说道天涯芳草无归路。怨春不语。算只有殷勤，画檐蛛网，尽日惹飞絮。　　长门事，准拟佳期又误。蛾眉曾有人妒。千金纵买相如赋，脉脉此情谁诉？君莫舞。君不见玉环飞燕皆尘土！闲愁最苦。休去倚危栏，斜阳正在，烟柳断肠处。

这首词全用比兴，细腻缠绵，幽咽悲凄，极具沉郁顿挫之致。上片以伤春惜春之情寄托作者“美人迟暮”、壮志难酬的深沉感慨，同时也隐含着时机屡失、国势日衰而自己个人力量渺小微弱、无与于时的忡忡忧心。下片从“美人迟暮”一意拓进，借打入冷宫的汉武帝皇后阿娇自喻，以专宠一时的赵飞燕、杨玉环比拟嫉贤妒能的政敌，抒写自己信而见疑、忠而被谤的愤懑情怀。最后以景结情，以迷离惝恍的斜阳烟柳包孕全篇，含蓄蕴藉。

在前后长达二十馀年被迫闲居的漫长岁月中，尽管辛弃疾其志其情都不在田园山水、松竹鸥鹭，但是作为一位内心丰富而敏锐的词人，美丽的大自然与淳朴的乡村生活仍不时吸引着他赏爱的目光，他以清新秀丽、活泼灵动的笔触记录下了那些美好的村景。如：

茅檐低小，溪上青青草。醉里吴音相媚好，白发谁家翁媪？　　大儿锄豆溪东。中儿正织鸡笼。最喜小儿亡赖，溪头卧剥莲蓬。

——《清平乐》

明月别枝惊鹊，清风半夜鸣蝉。稻花香里说丰年，听取蛙声一片。　　七八个星天外，两三点雨山前。旧时茅店社林边，路转溪桥忽见。

——《西江月·夜行黄沙道中》

《清平乐》写江南农家和乐恬淡的日常生活，质朴平凡，有声有色。那软媚的吴音，溪边的顽童，仿佛呼之欲出，如在目

【导读】

前。《西江月》写农村初夏夜景，明月、清风、蝉鸣、蛙噪、馥郁的稻香、零星的阵雨，为词人信手拈来，疏淡自然。自词体确立以来，词作题材多局限于城市里的青楼歌馆和上层社会的生活，极少表现底层民众尤其是农村生活。苏轼曾以五首《浣溪沙》词突破这一局限。辛弃疾承苏轼馀风，进一步开拓了这一题材领域，展现出多姿多彩的乡村风俗画卷。

此外，辛弃疾还写过一些理趣词和爱情词。前者试图通过哲理的思辨来消解苦闷，安顿身心；后者抒写纯粹的爱情体验，深婉细腻，妩媚动人。体现了他思想感情的不同侧面。

三

在唐宋词史上，辛弃疾历来以豪放著称。而“豪放”既体现为由题材、意境、情感等有机结合所呈现的创作风格，又体现为一种放笔快意、摆脱束缚的创作个性。

首先，豪放是辛弃疾词作的主体风格。与报国的壮志、英雄的襟怀、军人的豪情这些宏大雄伟的题材内容相适应，他的笔下最常见的是弓刀、长剑、画戟、金戈、铁马、旌旗、画角、将军等军事物象，和惊湍、奔雷、骇浪、急雨、裂石、塞尘、西风、飞云等自然物象，在他奔放激越、瞬息万变的情感的涵摄下，构成沉雄开阔、壮丽动荡的艺术境界。如果说，苏轼词的豪放主要表现为在开阔高远的意境中展现参透世事的旷达与超然，那么辛弃疾词的豪放则主要表现为在奔腾耸峙、跌宕不羁的客观物象中寄寓永不消解的豪情与难以释怀的悲愤。因此，清代词评家陈廷焯说，苏轼“词极超旷而意极平和”，辛弃疾“词极豪雄而意极悲郁”。王国维《人间词话》也说：“东坡之词旷，稼轩之词豪”。可见，苏、辛虽然同为豪放词风的代表词人，由于身世背景、性情修养等的不同，其区别仍是十分显明的。

不过，倘若从放笔快意、摆脱束缚的创作个性而言，苏、辛的豪放却自有其一脉相承的紧密关系。苏轼“以诗为词”，从题材、手法、风格、声律等多个方面冲破传统藩篱，开创革新词派。辛弃疾则在此基础上更进一步，达到诗词散文合一的境界。他现存的六百多首词作，从政治、哲理到田园风光、民俗人情，从朋友之情、恋人之思到日常生活、读书感受，凡当时能写入其他任何文学样式的内容，皆被他揽入词中，极大地拓展了词的题材范围。与之相应，辛词的艺术风格亦呈现出无限丰富性，以豪放为主而又变化多端，有时缠绵细致，如《祝英台近》（宝钗分）；有时朴素清新，如《鹧鸪天》（陌上柔桑破嫩芽）；有时诙谐幽默，如《沁园春》（杯汝来前）；有时自然散淡，如《鹧鸪天》（不向长安路上行）。传统词作多用比兴，以情景二字为词料，至柳永、苏轼，渐将叙事、议论等表现手法引入词中。辛弃疾融会前人的艺术成就，综合运用抒情、写景、叙事、议论等多种手法，把词的表现功能发挥到极致。如《丑奴儿》（少年不识愁滋味）寓抒情于议论，将难以言说的深沉愁绪写得馀韵悠长；《八声甘州》（故将军饮罢夜归来）借李广故事现身说法，夹叙夹议，抒写出古今同慨的沉郁悲凉。当然，辛弃疾最为人所称道的还是他对比兴手法的运用与发展。他将这种旨隐辞微、含蓄婉转、极富象征性的传统表现手法，与低徊郁抑的志士怀抱相结合，以雄豪之气驱使纤词丽句，把悲壮深沉的主旋律题材表现得千回百转，开拓和深化了婉约词的意境。上文所引《摸鱼儿》（更能消几番风雨）即是此类经典之作。在语言上，辛弃疾也体现出前无古人的自由与解放，彻底突破传统词家的用语框限，广泛运用《论语》、《孟子》、《庄子》、《左传》、《史记》、《汉书》等各种典籍和前人诗词中的语汇、典故，同时兼收通俗朴拙的民间俗语，大量使用虚词、语气助词和散文句式，以及对话、问答乃至呼喝等独特语句，如“甚矣吾衰矣”（《沁园春》）直接移用《论语》中的感叹句，“些底事，误人那。不成真个不思家”（《鹧鸪天》）采用当时口语，“杯汝来前”（《沁园春》）以对话结构全篇，虽横放杰出，不拘绳墨，仍别有风味，不失美感。

辛弃疾在词体写作上如此全方位、大尺度的出位与突破，无怪乎时人评曰：“东坡为词诗，稼轩为词论。”（徐釚《词苑丛谈》引）对此，我们该如何评价呢？一方面，“文章之革故鼎新，道无它，曰以不文为文，以文为诗而已”，故“名家名篇，往往破体，而文体亦因以恢弘焉”（钱钟书语）。苏轼“以诗为词”，辛弃疾“以文为词”，为通行既久、已成习套的词体开出新境，使词的创作摆脱羁绊，进入自由的境界，从而带来了宋词繁荣发达、多姿多态的昌盛局面。另一方面，我们也须看到，词自有其不同于诗、文的本质规定性，以写诗作文的方法写词，还需保持词体婉曲多折的审美特性，“破体为文但不能摧毁其体，出位之思但不能完全脱离本位”（王水照《宋代文学通论》）。苏轼、辛弃疾的名篇佳作，往往都能很好地把握这一分寸，这既得力于他们不凡的艺术功力，更取决于他们的人品、性情与境界。所以，王国维说：“读东坡、稼轩词，须观其雅量高致。”“无二人之胸襟而学其词，犹东施之效捧心也。”（《人间词话》）这些提示对于我们今天品读辛弃疾词作仍有很好的指导作用。

2010年4月18日于同济三好坞

【编者按：此次出版，我们择要将辛弃疾词中的典故、化用的古人诗词文句列于词后（每条前面用◎表示），另将历代评论择要列于每首词后（每条前面用◆表示），以方便读者对辛弃疾词的阅读和欣赏。】

目　录

导　读（崔　铭）1

卷　一

汉宫春（春已归来）3
满江红（家住江南）4
水调歌头（千里渥洼种）4
浣溪沙（侬是嵚崎可笑人）5
满江红（鹏翼垂空）6
念奴娇（我来吊古）7
千秋岁（塞垣秋草）8
满江红（快上西楼）9
又（美景良辰）10
又（点火樱桃）10
念奴娇（晚风吹雨）11
好事近（日日过西湖）12
青玉案（东风夜放花千树）12
感皇恩（春事到清明）13
又（七十古来稀）13
声声慢（征埃成阵）13
又（开元盛日）14
木兰花慢（老来情味减）15
西江月（秀骨青松不老）16
水调歌头（落日古城角）16
一剪梅（独立苍茫醉不归）17
新荷叶（人已归来）18
又（春色如愁）19
菩萨蛮（青山欲共高人语）19
又（江摇病眼昏如雾）20
太常引（一轮秋影转金波）20
水龙吟（楚天千里清秋）21
八声甘州（把江山好处付公来）22
洞仙歌（江头父老）22
酒泉子（流水无情）23
摸鱼儿（望飞来半空鸥鹭）24
满江红（落日苍茫）25
菩萨蛮（郁孤台下清江水）25
水调歌头（造物故豪纵）26
满江红（汉水东流）27
水调歌头（我饮不须劝）28
霜天晓角（吴头楚尾）29
鹧鸪天（聚散匆匆不偶然）30
念奴娇（野棠花落）30
鹧鸪天（别恨妆成白发新）31

又（樽俎风流有几人）32
又（扑面征尘去路遥）32
又（唱彻阳关泪未干）33
满江红（直节堂堂）33
又（照影溪梅）34
水调歌头（落日塞尘起）35
满江红（过眼溪山）36
南乡子（隔户语春莺）37
又（欹枕橹声边）37
南歌子（万万千千恨）38
西江月（千丈悬崖削翠）38
破阵子（掷地刘郎玉斗）38
临江仙（住世都知菩萨行）39
摸鱼儿（更能消几番风雨）40
水调歌头（折尽武昌柳）41
满江红（笳鼓归来）42
木兰花慢（汉中开汉业）43
阮郎归（山前灯火欲黄昏）44
霜天晓角（暮山层碧）45
减字木兰花（盈盈泪眼）45
满江红（可恨东君）46
又（敲碎离愁）46
又（倦客新丰）47
又（风卷庭梧）48
贺新郎（柳暗凌波路）48
水调歌头（官事未易了）49
满庭芳（倾国无媒）50
又（急管哀弦）51
又（柳外寻春）51
满江红（天与文章）52
西河（西江水）53
贺新郎（高阁临江渚）53
昭君怨（长记潇湘秋晚）54
沁园春（三径初成）54
又（伫立潇湘）55
菩萨蛮（稼轩日向儿童说）56
蝶恋花（老去怕寻年少伴）57
祝英台近（宝钗分）57
又（绿杨堤）58
惜分飞（翡翠楼前芳草路）58
恋绣衾（夜长偏冷添被儿）59
减字木兰花（僧窗夜雨）59
又（昨朝官告）59
糖多令（淑景斗清明）60
南乡子（好个主人家）60
鹧鸪天（一片归心拟乱云）61
又（困不成眠奈夜何）61
菩萨蛮（西风都是行人恨）61

卷　二

水调歌头（带湖吾甚爱）62
又（寄我五云字）63
又（白日射金阙）64
踏莎行（进退存亡）65
蝶恋花（点检笙歌多酿酒）66
又（泪眼送君倾似雨）66

又（小小年华才月半）67
六幺令（酒群花队）67
又（倒冠一笑）68
太常引（君王着意履声间）69
蝶恋花（洗尽机心随法喜）70
又（何物能令公怒喜）70
水调歌头（今日复何日）71
又（千古老蟾口）72
又（君莫赋幽愤）73
又（文字觑天巧）74
小重山（旋制离歌唱未成）75
贺新郎（云卧衣裳冷）75
又（着厌霓裳素）76
又（凤尾龙香拨）77
满江红（瘴雨蛮烟）79
水调歌头（上界足官府）80
清平乐（灵皇醮罢）80
临江仙（风雨催春寒食近）81
洞仙歌（婆娑欲舞）81
唐河传（春水）82
水龙吟（渡江天马南来）82
满江红（蜀道登天）83
蝶恋花（莫向楼头听漏点）84
又（燕语莺啼人乍远）84
鹧鸪天（千丈阴崖百丈溪）84
又（莫上扁舟访剡溪）85
水龙吟（玉皇殿阁微凉）86
菩萨蛮（锦书谁寄相思语）87
虞美人（翠屏罗幕遮前后）87
又（一杯莫落他人后）87
又（夜深困倚屏风后）88
水调歌头（万事到白发）88
千年调（卮酒向人时）89
南歌子（玄入参同契）89
杏花天（病来自是于春懒）90
念奴娇（兔园旧赏）90
临江仙（小靥人怜都恶瘦）91
又（逗晓莺啼声昵昵）91
又（春色饶君白发了）91
又（金谷无烟宫树绿）92
丑奴儿（晚来云淡秋光薄）93
又（寻常中酒扶头后）93
一剪梅（忆对中秋丹桂丛）93
又（记得同烧此夜香）93
江神子（梅梅柳柳斗纤秾）94
又（剩云残日弄阴晴）94
又（梨花着雨晚来晴）95
又（一川松竹任横斜）95
丑奴儿（烟芜露麦荒池柳）96
又（少年不识愁滋味）96
又（此生自断天休问）97
丑奴儿近（千峰云起）97
清平乐（柳边飞鞚）97
又（绕床饥鼠）98
鹧鸪天（不向长安路上行）98
点绛唇（隐隐轻雷）99
又（身后虚名）99
念奴娇（近来何处）99
水龙吟（补陀大士虚空）100
山鬼谣（问何年此山来此）101

生查子（溪边照影行）101
蝶恋花（九畹芳菲兰佩好）101
又（意态憨生元自好）102
定风波（山路风来草木香）103
又（仄月高寒水石乡）103
满江红（笑拍洪崖）104
又（天上飞琼）105
念奴娇（对花何似）105
乌夜啼（江头醉倒山公）106
又（人言我不如公）106
定风波（昨夜山公倒载归）107
鹧鸪天（白苎新袍入嫩凉）107
又（一榻清风殿影凉）108
又（春入平原荠菜花）108
又（翠木千寻上薜萝）109
又（枕簟溪堂冷欲秋）109
又（着意寻春懒便回）110
满江红（曲几团蒲）110
鹧鸪天（戏马台前秋雁飞）111
又（有甚闲愁可皱眉）111
又（漠漠轻阴拨不开）112
又（千丈冰溪百步雷）112
又（鸡鸭成群晚未收）112
清平乐（茅檐低小）113
又（连云松竹）113
又（断崖修竹）113
满江红（湖海平生）114
洞仙歌（冰姿玉骨）114
又（飞流万壑）115
水龙吟（断崖千丈孤松）115
水调歌头（上古八千岁）116
最高楼（长安道）117
又（西园买）118
菩萨蛮（红牙签上群仙格）118
生查子（昨宵醉里行）119
又（谁倾沧海珠）119
西江月（宫粉厌涂娇额）119
八声甘州（故将军饮罢夜归来）120
昭君怨（夜雨剪残春韭）120
又（人面不如花面）121
临江仙（莫向空山吹玉笛）121
又（钟鼎山林都是梦）122
菩萨蛮（功名饱听儿童说）122
又（无情最是江头柳）123
蝶恋花（衰草斜阳三万顷）123
鹊桥仙（小窗风雨）123
满江红（尘土西风）124
朝中措（篮舆袅袅破重冈）124
又（夜深残月过山房）125
又（绿萍池沼絮飞忙）125
浪淘沙（身世酒杯中）125
南歌子（世事从头减）126
鹧鸪天（木落山高一夜霜）126
又（水底明霞十顷光）127
念奴娇（少年横槊）127
水龙吟（稼轩何必长贫）128
又（被公惊倒瓢泉）129
江神子（玉箫声远忆骖鸾）130
又（宝钗飞凤鬓惊鸾）130
永遇乐（紫陌长安）131

定风波（少日春怀似酒浓）131
菩萨蛮（香浮奶酪玻璃盌）132
鹧鸪天（晚日寒鸦一片愁）132
又（陌上柔桑破嫩芽）133
踏歌（攧厥）133
小重山（倩得熏风染绿衣）134
临江仙（老去惜花心已懒）134
一落索（羞见鉴鸾孤却）134
鹊桥仙（朱颜晕酒）135
又（八旬庆会）135
好事近（医者索酬劳）135
蝶恋花（谁向椒盘簪彩胜）136
水调歌头（寒食不小住）136
满江红（莫折荼蘼）137
沁园春（老子平生）138
贺新郎（把酒长亭说）139
又（老大那堪说）140
又（细把君诗说）142
破阵子（醉里挑灯看剑）142
又（少日春风满眼）143
水调歌头（头白齿牙缺）143
卜算子（刚者不坚牢）144
最高楼（相思苦）145
浣溪沙（寿酒同斟喜有馀）145
水调歌头（酒罢且勿起）146
鹊桥仙（松冈避暑）146
满江红（绝代佳人）146
御街行（山城甲子冥冥雨）147
又（阑干四面山无数）147
卜算子（修竹翠罗寒）148
又（红粉靓梳妆）148
又（欲行且起行）149
归朝欢（万里康成西走蜀）149
玉楼春（悠悠莫向文山去）150
声声慢（东南形胜）150
玉楼春（往年巃嵸堂前路）151
水调歌头（日月如磨蚁）152
又（簪履竞晴昼）152
寻芳草（有得许多泪）153
柳梢青（姚魏名流）153
谒金门（遮素月）154
又（山吐月）154
定风波（听我尊前醉后歌）154
醉翁操（长松）154
踏莎行（夜月楼台）156
又（弄影阑干）156
清平乐（月明秋晓）157
又（东园向晓）157
鹧鸪天（梦断京华故倦游）157
又（趁得春风汗漫游）158
菩萨蛮（送君直上金銮殿）158
又（人间岁月堂堂去）159
又（阮琴斜挂香罗绶）159
又（万金不换囊中术）160
虞美人（群花泣尽朝来露）160
定风波（春到蓬壶特地晴）161
念奴娇（倘来轩冕）161
又（道人元是）162
又（洞庭春晚）162
瑞鹤仙（黄金堆到斗）163

水调歌头（相公倦台鼎）164
清平乐（此身长健）165
一落索（锦帐如云处）165
好事近（明月到今宵）165
又（和泪唱阳关）166
又（云气上林梢）166
东坡引（玉纤弹旧怨）166
又（君如梁上燕）167
又（花梢红未足）167
醉花阴（黄花漫说年年好）168
醉太平（态浓意远）168
乌夜啼（晚花露叶风条）168
如梦令（燕子几曾归去）169
忆王孙（登山临水送将归）169
金菊对芙蓉（远水生光）169
水调歌头（万事几时足）170
浣溪沙（台倚崩崖玉灭瘢）171
又（妙手都无斧凿瘢）171
渔家傲（道德文章传几世）172
鹊桥仙（豸冠风采）172
沁园春（有美人兮）173
又（我试评君）174
又（我醉狂吟）174
江神子（簟铺湘竹帐笼纱）175
又（暗香横路雪垂垂）176
朝中措（年年黄菊艳秋风）176
又（年年金蕊艳西风）177
又（年年团扇怨秋风）177
清平乐（少年痛饮）177
又（清泉奔快）177
水龙吟（倚栏看碧成朱）178
生查子（去年燕子来）178
又（百花头上开）179
又（青山招不来）179
又（青山非不佳）180
浣溪沙（寸步人间百尺楼）180
又（未到山前骑马回）180
鹧鸪天（句里春风正剪裁）181
西江月（明月别枝惊鹊）181
好事近（彩胜斗华灯）181
念奴娇（风狂雨横）182
最高楼（金闺老）182

卷　三

浣溪沙（细听春山杜宇啼）183
临江仙（记取年年为寿客）183
贺新郎（翠浪吞平野）184
又（觅句如东野）185
又（碧海成桑野）186
小重山（绿涨连云翠拂空）187
水调歌头（说与西湖客）187
添字浣溪沙（记得瓢泉快活时）188
西江月（贪数明朝重九）188
水调歌头（长恨复长恨）188
鹧鸪天（抛却山中诗酒窠）189
西江月（风月亭危致爽）189

又（且对东君痛饮）190
满江红（汉节东南）190
鹧鸪天（指点斋尊特地开）191
菩萨蛮（旌旗依旧长亭路）191
定风波（少日犹堪话别离）191
又（莫望中州叹黍离）192
又（金印累累佩陆离）192
满江红（宿酒醒时）193
鹧鸪天（点尽苍苔色欲空）194
又（病绕梅花酒不空）194
又（桃李漫山过眼空）194
行香子（好雨当春）195
水调歌头（木末翠楼出）196
最高楼（吾衰矣）196
清平乐（诗书万卷）197
感皇恩（露染武夷秋）197
一枝花（千丈擎天手）198
瑞鹤仙（雁霜寒透幕）198
念奴娇（江南尽处）199
又（疏疏淡淡）199
水龙吟（举头西北浮云）199
瑞鹤仙（片帆何太急）200
鹧鸪天（欲上高楼去避愁）201
柳梢青（白鸟相迎）201

卷　四

沁园春（一水西来）202
祝英台近（水纵横）203
水龙吟（听兮清佩琼瑶些）203
兰陵王（一丘壑）204
卜算子（一饮动连宵）205
又（一个去学仙）205
又（盗跖傥名丘）205
水龙吟（昔时曾有佳人）206
菩萨蛮（淡黄弓样鞋儿小）206
又（画楼影蘸清溪水）207
鹧鸪天（敧枕婆娑两鬓霜）207
江神子（乱云扰扰水潺潺）207
鹧鸪天（莫避春阴上马迟）208
行香子（归去来兮）208
浣溪沙（梅子生时到几回）209
又（百世孤芳肯自媒）209
清平乐（春宵睡重）209
杏花天（牡丹昨夜方开遍）209
又（牡丹比得谁颜色）210
浪淘沙（不肯过江东）210
虞美人（当年得意如芳草）211
临江仙（忆醉三山芳树下）211
又（冷雁寒云渠有恨）211
鹧鸪天（是处移花是处开）212
水调歌头（高马勿捶面）212
鹧鸪天（莫殢春光花下游）213
添字浣溪沙（艳杏妖桃两行排）213
又（句里明珠字字排）214
归朝欢（山下千林花太俗）214
沁园春（叠嶂西驰）214

又（有酒忘杯）215
南歌子（散发披襟处）216
添字浣溪沙（日日闲看燕子飞）216
又（酒面低迷翠被重）217
贺新郎（逸气轩眉宇）217
浣溪沙（新葺茅檐次第成）218
水调歌头（我亦卜居者）218
鹊桥仙（风流标格）219
又（轿儿排了）219
西江月（粉面都成醉梦）220
又（人道偏宜歌舞）220
沁园春（杯汝来前）221
又（杯汝知乎）221
丑奴儿（近来愁似天来大）222
添字浣溪沙（总把平生入醉乡）223
又（杨柳温柔是故乡）223
临江仙（一自酒情诗兴懒）223
又（夜语南堂新瓦响）224
又（窄样金杯教换了）224
又（手捻黄花无意绪）225
鹧鸪天（一夜清霜变鬓丝）225
谒金门（归去未）225
玉楼春（山行日日妨风雨）225
又（人间反复成云雨）226
又（何人半夜推山去）227
又（青山不解乘云去）227
又（无心云自来还去）228
又（瘦筇倦作登高去）228
又（风前欲劝春光住）228
又（三三两两谁家女）228
临江仙（只恐牡丹留不住）229
念奴娇（为沽美酒）229
汉宫春（行李溪头）230
满江红（几个轻鸥）230
又（我对君侯）231
蓦山溪（饭蔬饮水）231
清平乐（云烟草树）232
鹧鸪天（万事纷纷一笑中）232
满庭芳（西崦斜阳）233
木兰花慢（旧时楼上客）233
又（路傍人怪问）233
又（可怜今夕月）234
踏莎行（吾道悠悠）235
声声慢（停云霭霭）235
永遇乐（投老空山）236
玉楼春（客来底事逢迎晚）237
浣溪沙（草木于人也作疏）237
蓦山溪（小桥流水）237
又（画堂帘卷）238
鹧鸪天（水荇参差动绿波）238
又（自古高人最可嗟）238
又（出处从来自不齐）239
又（晚岁躬耕不怨贫）240
又（发底青青无限春）240
又（老病那堪岁月侵）240
最高楼（君听取）241
南乡子（无处着春光）241
鹧鸪天（老退何曾说着官）242
贺新郎（下马东山路）242
哨遍（蜗角斗争）243

又（一鳌自专）244
菩萨蛮（葛巾自向沧浪濯）246
兰陵王（恨之极）246
六州歌头（晨来问疾）247
添字浣溪沙（强欲加餐竟未佳）248
沁园春（甲子相高）248
又（我见君来）249
鹧鸪天（掩鼻人间臭腐场）250
又（翰墨诸公久擅场）250
又（谁共春光管日华）251
新荷叶（曲水流觞）251
又（曲水流觞）252
水调歌头（唤起子陆子）252
又（我志在寥阔）253
破阵子（宿麦畦中雉鷕）253
鹧鸪天（石壁虚云积渐高）254
又（上巳风光好放怀）254
又（叹息频年廪未高）255
又（秋水长廊水石间）255
水调歌头（四座且勿语）255
又（渊明最爱菊）256
清平乐（清词索笑）257
又（溪回沙浅）257
西江月（剩欲读书已懒）257
又（金粟如来出世）257
又（醉里且贪欢笑）258
玉楼春（有无一理谁差别）258
西江月（画栋新垂帘幕）259
贺新郎（路入门前柳）259
又（肘后俄生柳）260
水调歌头（岁岁有黄菊）260
念奴娇（未须草草）261
又（是谁调护）262
满江红（半山佳句）262
水调歌头（万事一杯酒）263
浣溪沙（花向今朝粉面匀）263
又（歌串如珠个个匀）264
又（父老争言雨水匀）264
婆罗门引（落花时节）264
又（绿阴啼鸟）265
又（龙泉佳处）265
又（不堪鶗鴂）266
念奴娇（龙山何处）266
又（君诗好处）267
最高楼（花知否）267
又（花好处）268
归朝欢（我笑共工缘底怒）268
鹊桥仙（少年风月）268
上西平（恨如新）269
锦帐春（春色难留）269
武陵春（桃李风前多妩媚）270
又（走去走来三百里）270
浣溪沙（这里裁诗话别离）271
玉蝴蝶（古道行人来去）271
又（贵贱偶然浑似）271
玉楼春（少年才把笙歌戏）272
又（狂歌击碎村醪戏）272
又（君如九酝台黏戏）272
感皇恩（案上数编书）273
贺新郎（曾与东山约）273

又（拄杖重来约）274
又（听我三章约）275
生查子（高人千丈崖）276
夜游宫（几个相知可喜）276
行香子（白露园蔬）276
品令（更休说）277
感皇恩（七十古来稀）277
雨中花慢（旧雨常来）277
又（马上三年）278
浪淘沙（金玉旧情怀）279
江神子（看君人物汉西都）280
行香子（少日尝闻）280
鹧鸪天（壮岁旌旗拥万夫）280
哨遍（池上主人）281
新荷叶（种豆南山）283
又（物盛还衰）283
婆罗门引（落星万点）284
卜算子（一以我为牛）284
又（夜雨醉瓜庐）285
又（珠玉作泥沙）285
又（千古李将军）285
又（百郡怯登车）286
又（万里籋浮云）286
定风波（百紫千红过了春）287
又（野草闲花不当春）287
粉蝶儿（昨日春如）287
生查子（漫天春雪来）288
菩萨蛮（看灯元是菩提叶）288
水调歌头（十里深窈窕）288
念奴娇（看公风骨）289
喜迁莺（暑风凉月）289
洞仙歌（旧交贫贱）290
江神子（五云高处望西清）291
西江月（一柱中擎远碧）292
破阵子（菩萨丛中惠眼）292
西江月（八万四千偈后）292
太常引（论公耆德旧宗英）293
又（仙机似欲织纤罗）293
满江红（老子平生）293
又（两峡崭岩）294
鹧鸪天（绿鬓都无白发侵）295
又（占断雕栏只一株）295
又（翠盖牙签几百株）295
又（浓紫深黄一画图）296
又（去岁君家把酒杯）296
菩萨蛮（游人占却岩中屋）296
又（君家玉雪花如屋）297
行香子（云岫如簪）297
洞仙歌（松关桂岭）297
千年调（左手把青霓）298
临江仙（莫笑吾家苍壁小）299
贺新郎（甚矣吾衰矣）299
又（鸟倦飞还矣）300
柳梢青（莫炼丹难）301
江神子（两轮屋角走如梭）301
临江仙（六十三年无限事）302
又（醉帽吟鞭花不住）302
又（鼓子花开春烂熳）302
水龙吟（只愁风雨重阳）302
又（老来曾识渊明）303

鹧鸪天（泉上长吟我独清）304
贺新郎（濮上看垂钓）304
南乡子（日日老莱衣）305
永遇乐（怪底寒梅）306
贺新郎（绿树听鹈鴂）306
永遇乐（烈日秋霜）307
西江月（万事云烟忽过）308
感皇恩（富贵不须论）308
丑奴儿（鹅湖山下长亭路）309
又（年年索尽梅花笑）309
临江仙（手种门前乌桕树）309
玉楼春（琵琶亭畔多芳草）309
鹊桥仙（溪边白鹭）310
河渎神（芳草绿萋萋）310
鹧鸪天（山上飞泉万斛珠）310

卷　五

浣溪沙（北陇田高踏水频）311
汉宫春（秦望山头）311
又（亭上秋风）312
又（心似孤僧）313
又（达则青云）313
上西平（九衢中）314
满江红（紫陌飞尘）314
生查子（梅子褪花时）315
又（悠悠万世功）315
南乡子（何处望神州）315
瑞鹧鸪（暮年不赋短长词）316
又（声名少日畏人知）316
又（胶胶扰扰几时休）317
永遇乐（千古江山）317
玉楼春（江头一带斜阳树）319
瑞鹧鸪（江头日日打头风）319
临江仙（老去浑身无着处）320
又（偶向停云堂上坐）320
瑞鹧鸪（期思溪上日千回）320
归朝欢（见说岷峨千古雪）321
洞仙歌（贤愚相去）321
六州歌头（西湖万顷）322
西江月（堂上谋臣帷幄）323
清平乐（新来塞北）324

补　遗

生查子（一天霜月明）325
菩萨蛮（与君欲赴西楼约）325
念奴娇（妙龄秀发）326
又（西真姊妹）326
又（论心论相）326
一剪梅（尘洒衣裾客路长）327
又（歌罢尊空月坠西）328
眼儿媚（烟花丛里不宜他）328
乌夜啼（江头三月清明）328
如梦令（韵胜仙风缥缈）328

绿头鸭（叹飘零）328
品令（迢迢征路）329
鹧鸪天（剪烛西窗夜未阑）329
谒金门（山共水）329
贺新郎（世路风波恶）330
渔家傲（风月小斋模画舫）330
出塞（莺未老）331
踏莎行（萱草齐阶）331
好事近（春动酒旗风）331
又（花月赏心天）331
江城子（留仙初试砑罗裙）332
惜奴娇（风骨萧然）332
水调歌头（泰岳倚空碧）333
又（客子久不到）333
霜天晓角（雪堂迁客）334
好事近（春意满西湖）334
满江红（老子当年）334
苏武慢（帐暖金丝）334

总　评 336

辛弃疾词集

辛弃疾词集卷一

汉宫春 立春日

春已归来，看美人头上，袅袅春幡。无端风雨，未肯收尽馀寒。年时燕子，料今宵梦到西园。浑未办黄柑荐酒，更传青韭堆盘？

却笑东风从此，便熏梅染柳，更没些闲。闲时又来镜里，转变朱颜。清愁不断，问何人会解连环。生怕见花开花落，朝来塞雁先还。

◎立春之日，士大夫之家，剪裁为小旛，或悬于家人之头，或缀于花枝之下。（《岁时风土记》）

◎辛盘得青韭，腊酒是黄柑。（宋苏轼《立春日小集呈李端叔》）

◎玄霜绛雪何足云，熏梅染柳将赠君。（唐李贺《瑶华乐》）

◎秦昭王尝遣使者遗君王后玉连环，曰："齐多智，而解此环不？"君王后以示群臣，群臣不知解，君王后引锥椎破之，谢秦使曰："谨以解矣。"（《战国策·齐策六》）

◆词题曰"立春"，无甚本事，然可谓极回荡之致。（梁启勋《词学》）

◆上阕铺叙"立春"而已。转头处向东风调笑，已属妙语。更云人盼春来，我愁春至，因其暗换韶光，老却多少朱颜翠鬓，语尤隽妙。然则岁岁之花开花落，春固徒忙，人亦徒增惆怅耳。（俞陛云《唐五代两宋词选释》）

满江红 暮春

家住江南，又过了清明寒食。花径里一番风雨，一番狼籍。红粉暗随流水去，园林渐觉清阴密。算年年落尽刺桐花，寒无力。

庭院静，空相忆。无说处，闲愁极。怕流莺乳燕，得知消息。尺素如今何处也？彩云依旧无踪迹。谩教人羞去上层楼，平芜碧。

◎客从远方来，遗我双鲤鱼。呼童烹鲤鱼，中有尺素书。（古乐府《饮马长城窟行》）

水调歌头 寿赵漕介庵

千里渥洼种，名动帝王家。金銮当日奏草，落笔万龙蛇。带得无边春下，等待江山都老，教看鬓方鸦。莫管钱流地，且拟醉黄花。

唤双成，歌弄玉，舞绿华。一觞为饮千岁，江海吸流霞。闻道清都帝所，要挽银河仙浪，西北洗胡沙。回首日边去，云里认飞车。

◎元鼎四年六月，得宝鼎后土祠旁，秋，马生渥洼水中，作《宝鼎》、《天马之歌》。(《汉书·武帝纪》)

◎诸道巡院皆募驶足，置驿相望。四方货殖低昂，及它利害，虽甚远，不数日即知。是能权万货重轻，使天下无甚贵贱而物常平，自言如见钱流地上。(《新唐书·刘晏传》)

◎王母命侍女董双成吹云和之笙。(《汉武内传》)

◎萧史者，秦穆公时人，善吹箫。穆公女弄玉好之，公妻焉。弄玉日就萧史学箫作凤鸣，感凤来止，一旦夫妻同随凤飞去。(《列仙传》)

◎萼绿华者，自云是南山人，女子，年可二十上下，青衣，颜色绝整。以升平三年十一月十日夜降羊权家，授权尸解药，并诗一篇，火浣布手巾一方，金玉条脱各一枚。(《真诰·运象》)

◎河东项曼都好道学仙，委家亡去，三年而返。曰："去时有数仙人，将我上天，离月数里而止。居月之旁，其寒凄怆。口饥欲食，辄饮我流霞一杯。每饮一杯，数月不饥。"(《论衡·道虚》)

◎清都紫微，钧天广乐，帝之所居。(《列子·周穆王》)

◎安得壮士挽天河，净洗甲兵长不用。(唐杜甫《洗兵马》)

◎为君谈笑净胡沙。(唐李白《永王东巡歌》)

◎日边：喻朝廷。

浣溪沙 赠子文侍人，名笑笑

侬是嵚崎可笑人，不妨开口笑时频。有人一笑坐生春。

歌欲颦时还浅笑，醉逢笑处却轻颦。宜颦宜

笑越精神。

◎桓彝字茂伦，雅为周顗所重，顗尝叹曰："茂伦嵚崎历落，固可笑人也。"（《晋书·桓彝传》）

◎其中开口而笑者，一月之中不过四五日而已矣。（《庄子·盗跖》）

◆此词所赠者既名笑笑，故每句皆着一笑字。（邓广铭《稼轩词编年笺注》）

满江红 建康史帅致道席上赋

鹏翼垂空，笑人世苍然无物。又还向九重深处，玉阶山立。袖里珍奇光五色，他年要补天西北。且归来谈笑护长江，波澄碧。

佳丽地，文章伯。《金缕》唱，红牙拍。看尊前飞下，日边消息。料想宝香黄阁梦，依然画舫青溪笛。待如今端的约钟山，长相识。

◎有鸟焉，其名为鹏，背若泰山，翼若垂天之云。（《庄子·逍遥游》）

◎往古之时，四极废，九州岛裂……于是女娲炼五色石以补苍天，断鳌足以立四极。（《淮南子·览冥训》）

◎江南佳丽地，金陵帝王州。（南朝谢朓《入朝曲》）

◎劝君莫惜金缕衣，劝君惜取少年时。（唐杜秋娘《金缕衣曲》）

◎东坡在玉堂日，有幕士善歌，因问："我词比柳耆卿何如？"对曰："柳郎中词，只好十七八女孩儿，按执红牙拍，歌'杨柳岸晓风残月'；学士词，须关西大汉，执铁绰板，唱'大江东去'。"公

为之绝倒。（宋俞文豹《吹剑续录》）

◎王徽之赴召京师，泊舟青溪侧。素不与徽之相识。伊于岸上过，船中客称伊小字，曰："此桓野王也。"徽之便令人谓伊曰："闻君善吹笛，试为我一奏。"伊是时已贵显，素闻徽之名，便下车踞胡床，为作三调，弄毕，便上车去，宾主不交一言。（《晋书·桓伊传》）

念奴娇

登建康赏心亭，呈史留守致道。

我来吊古，上危楼，赢得闲愁千斛。虎踞龙蟠何处是？只有兴亡满目。柳外斜阳，水边归鸟，陇上吹乔木。片帆西去，一声谁喷霜竹？

却忆安石风流，东山岁晚，泪落哀筝曲。儿辈功名都付与，长日惟消棋局。宝镜难寻，碧云将暮，谁劝杯中绿？江头风怒，朝来波浪翻屋。

◎刘备曾使诸葛亮至京，因睹秣陵山阜，叹曰："钟山龙盘，石头虎踞，此帝王之宅。"（《太平御览·州郡一》引张勃《吴录》）

◎孙郎微笑，坐来声喷霜竹。（宋黄庭坚《念奴娇》"八月十七日同诸甥待月，有客孙彦立者善吹笛，有名酒酌之"）

◎谢安字安石，……寓居会稽，与王羲之及高阳许询、桑门支遁游处，出则渔弋山水，入则言咏属文，无处世意。……安虽放情丘壑，然每游赏必以妓女从。……累违朝旨，高卧东山。……时安弟万为西中郎将，总藩任之重，……及万废黜，安始有仕进志。……时苻坚强盛，疆埸多虞，诸将败退相继，安遣弟石及兄子玄等应机征讨，所在克捷。……玄等既破坚，有驿书至，安方对客围棋，看书既竟，便摄放床上，了无喜色，棋如故。客问之，徐答云："小儿辈

遂已破贼。”安虽受朝寄，然东山之志始末不渝。雅志未就，遂遇疾笃。（《晋书·谢安传》）

◎（桓）伊字叔夏，……善音乐，尽一时之妙，为江左第一。……时谢安婿王国宝专利无检行，安恶其为人，每抑制之。及孝武末年，嗜酒好内，而会稽王道子昏營尤甚，惟狎昵谄邪，于是国宝谗谀之计稍行于主相之间，而好利险诐之徒以安功名盛极而构会之，嫌隙遂成。帝召伊饮燕，安侍坐，帝命伊吹笛，伊神色无忤，即吹为一弄，乃放笛云：“臣于筝分乃不及笛，然自足以韵合歌管，请以筝歌。”……伊便抚筝而歌《怨诗》曰：“为君既不易，为臣良独难，忠信事不显，乃有见疑患。……”声节慷慨，俯仰可观。安泣下沾衿，乃越席而就之，捋其须曰：“使君于此不凡！”帝甚有愧色。（《晋书·桓伊传》）

◎行看须间白，谁劝杯中绿？（唐白居易《和梦得游春诗一百韵》）

千秋岁

金陵寿史帅致道。时有版筑役。

塞垣秋草，又报平安好。尊俎上，英雄表。金汤生气象，玉珠霏谈笑。春近也，梅花得似人难老。

莫惜金尊倒，凤诏看看到。留不住，江东小。从容帷幄去，整顿乾坤了。千百岁，从今尽是中书考。

◎咳唾成珠玉，挥袂出风云。（《晋书·夏侯湛传》）

◎太平也，且欢娱，不惜金尊频倒。（宋蔡挺《喜迁莺》）

◎江东虽小，地方千里。（《史记·项羽本纪》）

◎史臣裴洎曰：汾阳事上诚荩，临下宽厚，天下以其身为安危者殆二十年，校中书令考二十有四。富贵寿考，繁衍安泰，哀荣终始，人道之盛，此无缺焉。（《旧唐书·郭子仪传》）

◆伟丽。"梅花似人"句法妙。闵刻抹"风诏"、"中书"二句，谓其近俚，使并汾阳等事不用，又非寿词矣，况句子老辣，固异俗手。（明沈际飞《草堂诗馀正集》）

满江红 中秋寄远

快上西楼，怕天放浮云遮月。但唤取玉纤横管，一声吹裂。谁做冰壶凉世界，最怜玉斧修时节。问嫦娥孤令有愁无？应华发。

云液满，琼杯滑。长袖舞，清歌咽。叹十常八九，欲磨还缺。但愿长圆如此夜，人情未必看承别。把从前离恨总成欢，归时说。

◎晏元献公留守南都，王君玉……为府签判。……宾主相得，日以赋诗饮酒为乐，佳时胜日未尝辄废也。尝遇中秋阴晦，斋厨夙为备，公适无命。既至夜，君玉密使人伺公，曰已寝矣。君玉亟为诗以入，曰："只在浮云最深处，试凭弦管一吹开。"公枕上得诗大喜，即索衣起，径召客治具，大合乐。至夜分，果月出，遂乐饮达旦。（宋叶梦得《石林诗话》）

◎郑仁本表弟游嵩山，见一人枕一幞物，方眠熟，即呼之，且问其所自，其人笑曰："君知月乃七宝合成乎？常有八万二千户修之，予即一数。"因开幞，有斤凿数事。（《酉阳杂俎·天咫》）

◎人生不如意，十事常八九。（宋黄庭坚《用明发不寐有怀二人为韵寄李秉彝德叟》）

又 中秋

美景良辰，算只是可人风月。况素节扬辉长是，十分清彻。着意登楼瞻玉兔，何人张幕遮银阙？倩蜚廉得得为吹开，凭谁说？

弦与望，从圆缺。今与昨，何区别？羡夜来手把，桂花堪折。安得便登天柱上，从容陪伴酬佳节。更如今不听麈谈清，愁如发。

◎秋节曰素节。（《初学记》）

◎蜚廉：一作飞廉，风伯也。见《风俗通义》。

◎得得：即特地之意。

◎九华山道士赵知微，乃皇甫玄真之师。……讽诵道书，炼志幽寂，隐迹数十年，遂臻玄牝。……去岁中秋，自朔霖霪，至于望夕。玄真谓同门生曰："甚惜良宵而值苦雨！"语顷，赵君忽命侍童曰："可备酒果。"遂遍召诸生谓曰："能升天柱峰玩月不？"诸生虽强应，而窃以谓浓阴駃雨如斯，若果行，将有垫巾角、折屐齿之事。少顷，赵君曳杖而出，诸生景从。既辟荆扉，而长天廓清，皓月如昼。扪萝援筱，及峰之巅。赵君处玄豹之茵，诸生藉芳草列侍。俄举卮酒，咏郭景纯《游仙》诗数篇。诸生有清啸者，步虚者，鼓琴者。以至寒蟾隐于远岑，方归山舍。既各就榻，而凄风苦雨，暗晦如前。众方服其奇致。（唐皇甫枚《三水小牍》）

又

点火樱桃，照一架荼蘼如雪。春正好见龙孙穿破，紫苔苍壁。乳燕引雏飞力弱，流莺唤友娇声怯。问春归不肯带愁归，肠千结。

层楼望，春山叠。家何在？烟波隔。把古今遗恨，向他谁说？蝴蝶不传千里梦，子规叫断三更月。听声声枕上劝人归，归难得。

◎龙孙：竹笋为龙孙。

◎昔者庄周梦为胡蝶，栩栩然胡蝶也；自喻适志与，不知周也。俄然觉，则蘧蘧然周也。不知周之梦为胡蝶与，胡蝶之梦为周与？（《庄子·齐物论》）

念奴娇 西湖和人韵

晚风吹雨，战新荷声乱，明珠苍璧。谁把香奁收宝镜，云锦周遭红碧。飞鸟翻空，游鱼吹浪，惯趁笙歌席。坐中豪气，看君一饮千石。

遥想处士风流，鹤随人去，已作飞仙伯。茅舍疏篱今在否，松竹已非畴昔。欲说当年，望湖楼下，水与云宽窄。醉中休问，断肠桃叶消息。

◎一望见荷花，天机织云锦。（宋文同《题守居园池横湖》）

◎林逋隐居杭州孤山，常畜两鹤，纵之则飞入云霄盘旋，久之复入笼中。逋常泛小艇游西湖诸寺，有客至逋所居，则一童子出，应门延客坐，为开笼放鹤，良久，逋必棹小船而归，盖尝以鹤飞为验也。（宋沈括《梦溪笔谈》。处士，指林逋。）

◎王献之爱妾名桃叶，尝渡此，献之作歌送之曰：桃叶复桃叶，渡江不用楫。但渡无所苦，我自迎接汝。（宋郭茂倩《乐府诗集》）

◆奇险灏瀚之致，笔舌间足以副之。（明潘游龙《古今诗馀

醉》)

◆字字敲得响,胜览。(明沈际飞《草堂诗馀正集》)

好事近 西湖

日日过西湖,冷浸一天寒玉。山色虽言如画,想画时难邈。

前弦后管夹歌钟,才断又重续。相次藕花开也,几兰舟飞逐。

◎江上团团贴寒玉。(唐李贺《江南弄》。寒玉,喻月光。)

青玉案 元夕

东风夜放花千树。更吹落,星如雨。宝马雕车香满路。凤箫声动,玉壶光转,一夜鱼龙舞。

蛾儿雪柳黄金缕,笑语盈盈暗香去。众里寻他千百度,蓦然回首,那人却在,灯火阑珊处。

◎花千树、星如雨:皆谓灯。

◎玉壶:指月,故继以“光转”二字,亦或指灯。

◎鱼龙漫衍六街呈,金锁通宵启玉京。(宋夏竦《奉和御制上元观灯》)

◎宣和六年正月十四夜,奉圣旨宣万姓。有那快行家,手中把着金字牌,喝道“宣万姓”。少刻,京师民有似云浪,尽头上带着玉梅、雪柳、闹蛾儿,直到鳌山下看灯。(《宣和遗事》“十二月预赏元宵”条)

◆星中织女,亦复吹落人世。(明卓人月《古今词统》)

◆题甚秀丽，措辞亦工绝，而其气是雄劲飞舞，绝大手段。（清陈廷焯《云韶集》）

◆艳体亦以气行之，是稼轩本色。（清陈廷焯《词则·闲情集》）

感皇恩 滁州寿范倅

春事到清明，十分花柳。唤得笙歌劝君酒。酒如春好，春色年年依旧。青春元不老，君知否？

席上看君：竹清松瘦。待与青春斗长久。三山归路，明日天香襟袖。更持金盏起，为君寿。

◎三山：代指馆阁。

又 寿范倅

七十古来稀，人人都道：不是阴功怎生到。松姿虽瘦，偏耐雪寒霜晓。看君双鬓底，青青好。

楼雪初晴，庭闱嬉笑。一醉何妨玉壶倒。从今康健，不用灵丹仙草。更看一百岁，人难老。

◎酒债寻常行处有，人生七十古来稀。（唐杜甫《曲江》之二）

声声慢

滁州旅次登奠枕楼作，和李清宇韵。

征埃成阵，行客相逢，都道幻出层楼。指点檐牙高处，浪涌云浮。今年太平万里，罢长淮千骑临秋。凭栏望：有东南佳气，西北神州。

千古怀嵩人去，还笑我，身在楚尾吴头。看取弓刀陌上，车马如流。从今赏心乐事，剩安排酒令诗筹。华胥梦，愿年年人似旧游。

◎怀嵩楼即今北楼，唐李德裕贬滁州，作此楼，取怀归嵩洛之意。（《舆地纪胜·滁州景物下》）

◎楚尾吴头：滁州为古代吴楚交界之地，故可称“楚尾吴头”。

◎剩：此处作“尽”解。

◎黄帝……昼寝而梦游于华胥氏之国。华胥氏之国在弇州之西，台州之北，不知斯齐国几千万里；盖非舟车足力之所及，神游而已。其国无师长，自然而已；其民无嗜欲，自然而已。……黄帝既寤，怡然自得。（《列子·黄帝》）

又

嘲红木犀。余儿时尝入京师禁中凝碧池，因书当时所见。

开元盛日，天上栽花，月殿桂影重重。十里芬芳，一枝金粟玲珑。管弦凝碧池上，记当时风月愁侬。翠华远，但江南草木，烟锁深宫。

只为天姿冷澹，被西风酝酿，彻骨香浓。枉学丹蕉，叶底偷染妖红。道人取次装束，是自家香底家风。又怕是，为凄凉长在醉中。

◎开元盛日：开元为唐玄宗年号。其时唐称极盛，盖以喻北宋盛时。

◎天宝末，禄山陷西京，大会凝碧池，梨园子弟，欷歔泣下。乐工雷海青掷乐器西向大恸。王维陷贼中，潜赋诗云："秋槐零落深宫里，凝碧池头奏管弦。"（《明皇杂录》）

◎翠华远：此指宋徽宗、钦宗为金人所虏北去事。

◎取次：即造次，作"随便"或"草草"解。

木兰花慢 滁州送范倅

老来情味减，对别酒，怯流年。况屈指中秋，十分好月，不照人圆。无情水都不管，共西风只管送归船。秋晚莼鲈江上，夜深儿女灯前。

征衫便好去朝天。玉殿正思贤。想夜半承明，留教视草，却遣筹边。长安故人问我，道愁肠殢酒只依然。目断秋霄落雁，醉来时响空弦。

◎张季鹰辟齐王东曹掾，在洛，见秋风起，因思吴中菰菜、莼羹、鲈鱼脍，曰："人生贵得适意尔，何能羁宦数千里以要名爵？"遂命驾便归。（《世说新语·识鉴》）

◎承明庐在石渠阁外。直宿所止曰庐。（《汉书·严助传》注）

◎玄宗即位，张说等召入禁中，谓之翰林待诏。……或诏从中出，虽宸翰所挥，亦资其检讨，谓之视草。（《旧唐书·职官志》"翰林院"条）

◎愁肠殢酒人千里。（唐韩偓《有忆》）

◆此稼翁晚年笔墨，不必十分经营，只信手写去，如闻饿虎吼啸之声，古今词人焉得不望而却步？（清陈廷焯《云韶集》）

◆"风水无情"二句为送友言，离思黯然。即接以"秋晚"二句，为行人着想，乃极写家庭之乐。论句法，浑成而兼倜傥。下阕

“长安”二句，有唐人“归去朝端如有问，玉门关外老班超”诗意。结处言壮心未已。闻秋雁尚欲以虚弦下之，如北平飞将，老去犹思射虎也。（俞陛云《唐五代两宋词选释》）

西江月 为范南伯寿

秀骨青松不老，新词玉佩相磨。灵槎准拟泛银河，剩摘天星几个。南伯去岁七月生子。

莫枕楼头风月，驻春亭上笙歌。留君一醉意如何？金印明年斗大。

◎天河与海通，近世有人居海渚者，年年八月有浮槎去来，不失期。人有奇志，立飞阁于槎上，多赍粮，乘槎而去。（《博物志》）

◎王大将军起事，丞相兄弟诣阙谢，周侯深忧。诸王始入，甚有忧色，丞相呼周侯曰：“百口委卿。”周直过不应。既入，苦相存活。既释，周大说，饮酒。及出，诸王故在门，周曰：“明年杀诸贼奴，当取金印如斗大，系肘后。”（《世说新语·尤悔》）

水调歌头

落日古城角，把酒劝君留。长安路远，何事风雪敝貂裘？散尽黄金身世，不管秦楼人怨，归计狎沙鸥。明夜扁舟去，和月载离愁。

功名事，身未老，几时休？诗书万卷，致身须到古伊周。莫学班超投笔，纵得封侯万里，憔悴老边州。何处依刘客，寂寞赋《登楼》。

◎苏秦始将连衡说秦惠王，……书十上而说不行，黑貂之裘

敝，黄金百斤尽。（《战国策·秦策一》）

◎箫声咽，秦娥梦断秦楼月。（唐李白《忆秦娥》）

◎海上之人有好鸥鸟者，每旦之海上，从鸥鸟游，鸥鸟之至者百数而不止。其父曰："吾闻鸥鸟皆从汝游，汝取来吾玩之。"明日之海上，鸥鸟舞而不下。（《列子·黄帝》）

◎伊周，伊尹与周公旦，分别为商、周之开国勋臣。

◎班超字仲升，扶风平陵人。家贫，常为官佣书。尝辍业投笔叹曰："大丈夫无他志略，犹当效傅介子、张骞，立功异域，以取封侯，安能久事笔研间乎？"其后行诣相者，……相者指曰："生燕颔虎颈，飞而食肉，此万里侯相也。"……留焉耆半岁，慰抚之，于是西域五十馀国悉皆纳质内属焉。……封超为定远侯。……超以久在异域，年老思土。十二年，上疏曰："……蛮夷之俗，畏壮侮老。臣超犬马齿歼，常恐年衰，奄忽僵仆，孤魂弃捐。……臣不敢望到酒泉郡，但愿生入玉门关。……"书奏，帝感其言，乃征超还。……超在西域三十一年，……十四年八月至洛阳，……九月卒，年七十一。（《后汉书·班超传》）

◎时董卓作乱，仲宣避难荆州依刘表，遂登江陵城楼，因怀归而有此作，述其进退危惧之情也。（《文选》王粲《登楼赋》五臣注）

一剪梅 游蒋山，呈叶丞相

独立苍茫醉不归。日暮天寒，归去来兮。探梅踏雪几何时；今我来思，杨柳依依。

白石冈头曲岸西，一片闲愁，芳草萋萋。多情山鸟不须啼。桃李无言，下自成蹊。

◎此身饮罢无归处，独立苍茫自咏诗。（唐杜甫《乐游园

歌》)

◎昔我往矣,杨柳依依。今我来思,雨雪霏霏。(《诗经·小雅·采薇》)

◎《传》曰:“其身正,不令而行;其身不正,虽令不从。”其李将军之谓也。……谚曰:“桃李不言,下自成蹊。”(《史记·李将军列传》)

新荷叶 和赵德庄韵

人已归来,杜鹃欲劝谁归?绿树如云,等闲付与莺飞。兔葵燕麦,问刘郎几度沾衣。翠屏幽梦,觉来水绕山围。

有酒重携,小园随意芳菲。往日繁华,而今物是人非。春风半面,记当年初识崔徽。南云雁少,锦书无个因依。

◎暮春三月,江南草长,杂花生树,群莺乱飞。(南朝丘迟《与陈伯之书》)

◎刘尚书禹锡,自屯田员外左迁朗州司马,凡十年始征还。方春,作《赠看花诸君子》诗曰:“紫陌红尘拂面来,无人不道看花回。玄都观里桃千树,尽是刘郎去后栽。”其诗一出,传于都下,有素嫉其名者,白于执政,又诬其有怨愤。他日见时宰,与坐,慰问甚厚,既辞,即曰:“近有新诗,未免为累,奈何?”不数日,出为连州刺史。其自叙云:“贞元二十一年春,余为屯田员外,时此观未有花。是岁出牧连州,至荆南,又贬朗州司马。居十年,诏至京师,人人皆言:有道士手植仙桃满观,盛如红霞,遂有前篇以记一时之事。旋又出牧,于今十四年,始为主客郎中,重游玄都,荡然无复一树,唯兔葵燕麦动摇于春风耳。因再题二十八字,以俟后再游。时大

和二年三月也。”诗曰：“百亩庭中半是苔，桃花净尽菜花开。种桃道士归何处，前度刘郎今又来。”（唐孟棨《本事诗》）

◎崔徽，河中倡妇也。裴敬中以兴元幕使河中，与徽相从者累月。敬中使罢，还，徽不能从，情怀怨抑。后数月，东州幕白知退将自河中归，徽乃托人写真，因捧书谓知退曰：“为妾谓敬中：崔徽一旦不及卷中人，徽且为卿死矣。”元稹为作《崔徽歌》。（宋苏轼《章质夫寄惠崔徽真》宋援注）

◆ 以闲居反映朝局，一语便透。（清周济《宋四家词选》）

又 再和前韵

春色如愁，行云带雨才归。春意长闲，游丝尽日低飞。闲愁几许，更晚风特地吹衣。小窗人静，棋声似解重围。

光景难携，任他鶗鴂芳菲。细数从前，不应诗酒皆非。知音弦断，笑渊明空抚馀徽。停杯对影，待邀明月相依。

◎恐鹈鴂之先鸣兮，使夫百草为之不芳。（《楚辞·离骚》）

◎（陶渊明）性不解音，而蓄素琴一张，弦徽不具。每朋酒之会，则抚而和之，曰：“但识琴中趣，何劳弦上声。”（《晋书·陶潜传》）

◎举杯邀明月，对影成三人。（唐李白《月下独酌》）

菩萨蛮 金陵赏心亭为叶丞相赋

青山欲共高人语，联翩万马来无数。烟雨却低回，望来终不来。

人言头上发，总向愁中白。拍手笑沙鸥，一身都是愁。

◎青山偃蹇如高人，常时不肯入官府。高人自与山有素，不待招邀满庭户。（宋苏轼《越州张中舍寿乐堂》）

◎人生四十未全衰，我为愁多白发垂。何故水边双白鹭，无愁头上也垂丝。（唐白居易《白鹭》）

◆趣语解颐。（明卓人月《古今词统》）

又

江摇病眼昏如雾，送愁直到津头路。归念乐天诗："人生足别离。"

云屏深夜语，梦到君知否？玉箸莫偷垂，断肠天不知。

◎花发多风雨，人生足别离。（唐武瓘《劝酒》。盖稼轩误记为白居易诗。）

◎魏甄后面白，泪双垂如玉箸。（《白氏六帖》）

太常引 建康中秋夜为吕叔潜赋

一轮秋影转金波。飞镜又重磨。把酒问姮娥：被白发欺人奈何！

乘风好去，长空万里，直下看山河。斫去桂婆娑，人道是清光更多。

◎飞镜句：喻月重圆。

◎斫却月中桂，清光应更多。（唐杜甫《一百五日夜对月》）

水龙吟 登建康赏心亭

楚天千里清秋，水随天去秋无际。遥岑远目，献愁供恨，玉簪螺髻。落日楼头，断鸿声里，江南游子。把吴钩看了，栏干拍遍，无人会，登临意。

休说鲈鱼堪鲙，尽西风季鹰归未？求田问舍，怕应羞见，刘郎才气。可惜流年，忧愁风雨，树犹如此！倩何人唤取，红巾翠袖，揾英雄泪？

◎遥岑出寸碧，远目增双明。（唐韩愈《城南联句》）

◎山如碧玉簪。（唐韩愈《送桂州严大夫》）

◎许汜与刘备共在荆州牧刘表坐，表与备共论天下人，汜曰：“陈元龙湖海之士，豪气不除。”备问汜：“君言豪，宁有事耶？”汜曰：“昔遭乱，过下邳，见元龙，元龙无客主之意：久不相与语，自上大床卧，使客卧下床。”备曰：“君有国士之名，今天下大乱，帝主失所，望君忧国忘家，有救世之意；而君求田问舍，言无可采，是元龙所讳也，何缘当与君语！如小人：欲卧百尺楼上，卧君于地，何但上下床之间耶！”（《三国志·魏志·陈登传》）

◎桓公（温）北征，经金城，见前为琅琊时种柳已皆十围，慨然曰：“木犹如此，人何以堪！”攀枝执条，泫然流泪。（《世说新语·言语》）

◆裂竹之声，何尝不潜气内转。（清谭献《谭评词辨》）

◆落落数语，不数王粲《登楼赋》。（清陈廷焯《白雨斋词话》）

◆前四句写登临所见，起笔便有浩荡之气。“落日”句以下，由登楼说到旅怀，而仍不说尽，仅以吴钩独看，略露其不平之气。下阕写旅怀，即使归去奇狮卜筑，而生平未成一事，亦羞见刘郎。“流年”二句以单句旋折，弥见激昂。结句言英雄之泪，未要人怜，倘揾以红巾，或可破颜一笑，极言其潦倒，仍不减其壮怀也。（俞陛云《唐五代两宋词选释》）

八声甘州

寿建康帅胡长文给事。时方阅《折红梅》之舞，且有锡带之宠。

把江山好处付公来，金陵帝王州。想今年燕子，依然认得，王谢风流。只用平时尊俎，弹压万貔貅。依旧钧天梦，玉殿东头。

看取黄金横带，是明年准拟，丞相封侯。有《红梅》新唱，香阵卷温柔。且画堂通宵一醉，待从今更数八千秋。公知否：邦人香火，夜半才收。

◎江南佳丽地，金陵帝王州。（南朝谢朓《入朝曲》）

◎旧时王谢堂前燕，飞入寻常百姓家。（唐刘禹锡《乌衣巷》）

◎赵简子疾，五日不知人，大夫皆惧，医扁鹊视之。……居二日半，简子寤，语大夫曰：“我之帝所甚乐，与百神游于钧天，广乐，九奏万舞。”（《史记·赵世家》）

洞仙歌 寿叶丞相

江头父老，说新来朝野，都道今年太平也。见朱颜绿鬓，玉带金鱼，相公是，旧日中朝司马。

遥知宣劝处：东阁华灯，别赐《仙韶》接元夜。问天上几多春，只似人间，但长见精神如画。好都取山河献君王；看父子貂蝉，玉京迎驾。

◎居洛阳十五年，天下以为真宰相，田夫野老皆号为司马相公，妇人孺子亦知其为君实也。帝崩，赴阙临，卫士望见，皆以手加额曰："此司马相公也。"所至民遮道聚观，马至不得行。（《宋史·司马光传》）

◎玉带金鱼：唐宋三品以上官之服饰。

◎公孙弘自起徒步，数年，至宰相封侯，于是起客馆、开东阁，以延贤人，与参谋议。（《汉书·公孙弘传》）

◎文宗诏太常卿冯定采开元雅乐，制《云韶法曲》，乐成，改法曲为《仙韶曲》。（《唐书·礼乐志》）

◎貂蝉：貂蝉为侍从贵臣所着冠上之饰，其制为冠上加黄金珰，附蝉为饰，并插以貂尾。

酒泉子

流水无情，潮到空城头尽白，离歌一曲怨残阳。断人肠。

东风官柳舞雕墙。三十六宫花溅泪，春声何处说兴亡。燕双双。

◎山围故国周遭在，潮打空城寂寞回。（唐刘禹锡《金陵五题》）

◎感时花溅泪，恨别鸟惊心。（唐杜甫《春望》）

◎燕子不知何世，向寻常巷陌、人家相对，如说兴亡斜阳里。

（宋周邦彦《西河·咏金陵》）

◆悲而壮，阅者谁不变色？无穷感喟，似老杜悲歌之作。（清陈廷焯《云韶集》）

摸鱼儿 观潮上叶丞相

望飞来半空鸥鹭，须臾动地鼙鼓。截江组练驱山去，鏖战未收貔虎。朝又暮。悄惯得吴儿不怕蛟龙怒。风波平步。看红旆惊飞，跳鱼直上，蹙踏浪花舞。

凭谁问，万里长鲸吞吐，人间儿戏千弩。滔天力倦知何事，白马素车东去。堪恨处：人道是属镂怨愤终千古。功名自误。谩教得陶朱，五湖西子，一舸弄烟雨。

◎渔阳鼙鼓动地来，惊破《霓裳羽衣曲》。（唐白居易《长恨歌》）

◎悄惯得：直纵容得之意。

◎杭人有一等无赖不惜性命之徒，以大彩旗或小清凉伞，红绿伞儿，各系绣色缎子满竿，伺潮出海门，百十为群，执旗泅水上，以迓子胥。弄潮之戏，或有手脚执五小旗浮潮头而戏弄。（宋吴自牧《梦粱录·观潮》）

◎范蠡以为大名之下，难以久居，且勾践为人，可与同患，难与处安乐，乃装其轻宝珠玉……浮海出齐，变姓名，自谓鸱夷子皮。……止于陶，以为此天下之中，交易有无之通路，为生可以致富矣。于是自谓陶朱公。”（《史记·越王勾践世家》）

◆前半叙述观潮，末风警动。下阕笔势纵横，借江潮往事为喻。钱王射弩，固属雄夸，即前胥后种，泄怒银涛，亦功名自误，不若范大夫知机，掉头烟雾也。词为上叶丞相而作，其蒿目时艰，意有所讽耶？（俞陛云《唐五代两宋词选释》）

满江红 赣州席上呈太守陈季陵侍郎

落日苍茫，风才定片帆无力。还记得眉来眼去，水光山色。倦客不知身远近，佳人已卜归消息。便归来只是赋行云，襄王客。

此个事，如何得？知有恨，休重忆。但楚天特地，暮云凝碧。过眼不如人意事，十常八九今头白。笑江州司马太多情，青衫湿。

◎水是眼波横，山是眉峰聚，欲问行人去那边，眉眼盈盈处。（宋王观《卜算子》）

◎昔者楚襄王与宋玉游于云梦之台，望高唐之观。其上独有云气，崪兮直上，忽兮改容，须臾之间，变化无穷。……王曰："试为寡人赋之。"玉曰："唯唯。"（战国宋玉《高唐赋序》）

◎（羊）祜叹曰："天下不如意，恒十居七八，故有当断不断，天与不取，岂非更事者恨于后时哉！"（《晋书·羊祜传》）

◎座中泣下谁最多？江州司马青衫湿。（唐白居易《琵琶行》）

菩萨蛮 书江西造口壁

郁孤台下清江水，中间多少行人泪。西北望长安，可怜无数山。

青山遮不住，毕竟东流去。江晚正愁余，山深闻鹧鸪。

◎可怜西北望，白日远长安。（宋刘攽《九日》）

◎目眇眇兮愁予。（《楚辞·九歌·湘夫人》）

◆南渡之初，虏人追隆祐太后御舟至造口，不及而还，幼安自此起兴。“闻鹧鸪”之句，谓恢复之事行不得也。（宋罗大经《鹤林玉露》）

◆忠愤之气，拂拂指端。（明卓人月《古今词统》）

◆无数山水，无数悲愤。伊文公云：若朝廷赏罚明，此等人皆可用。（明沈际飞《草堂诗馀正集》）

◆血泪淋漓，古今让其独步。结二语号呼痛哭，音节之悲，至今犹隐隐在耳。（清陈廷焯《云韶集》）

◆此首《书江西造口壁》，不假雕绘，自抒悲愤。小词而苍莽悲壮如此，诚不多见。盖以真情郁勃，而又有气魄足以畅发其情。起从近处写水，次从远处写山。下片，将山水打成一片，慨叹不尽。末以愁闻鹧鸪作结，尤觉无限悲愤。（唐圭璋《唐宋词简释》）

水调歌头 和王正之右司吴江观雪见寄

造物故豪纵，千里玉鸾飞。等闲更把，万斛琼粉盖玻璃。好卷垂虹千丈，只放冰壶一色，云海路应迷。老子旧游处，回首梦耶非。

谪仙人，鸥鸟伴，两忘机。掀髯把酒一笑，诗在片帆西。寄语烟波旧侣：闻道莼鲈正美，休裂芰荷衣。上界足官府，汗漫与君期。

◎伟哉造物真豪纵，攫土抟沙为此弄。（宋苏轼《游白水山》）

◎李白至长安，往见贺知章，知章见其文，叹曰："子谪仙人也。"（《新唐书·李白传》）

◎制芰荷以为衣兮，集芙蓉以为裳。（《楚辞·离骚》）

◎焚芰制而裂荷衣，抗尘容而走俗状。（南朝孔稚圭《北山移文》）

◎卢敖游乎北海，见一士焉，曰："吾与汗漫期于九垓之外，吾不可以久驻。"（《淮南子·道应训》）

◆（"诗在"句）佳句忽来，正如一片远帆，从天际落。（明卓人月《古今词统》）

满江红

汉水东流，都洗尽髭胡膏血。人尽说君家飞将，旧时英烈：破敌金城雷过耳，谈兵玉帐冰生颊。想王郎结发赋从戎，传遗业。

腰间剑，聊弹铗。尊中酒，堪为别。况故人新拥，汉坛旌节。马革裹尸当自誓，蛾眉伐性休重说。但从今记取楚楼风，庾台月。

◎广居右北平，匈奴闻之，号曰汉之飞将军，避之数岁，不敢入右北平。（《史记·李将军列传》）

◎《唐·艺文志》有《玉帐经》二卷，乃兵家厌胜之方位，谓主将于其方置军帐，则坚不可犯，犹玉帐然。（宋张淏《云谷杂记》）

◎论兵齿颊带风霜。（宋苏轼《浣溪沙》）

◎年十七，司徒辟，诏除黄门侍郎，以西京扰乱，皆不就，乃之荆州刘表。……魏国既建，拜侍中。曹操于建安二十年三月西征张鲁于汉中，张鲁降。是行也，侍中王粲作《从军诗》五首以美其事。（《三国志·魏书·王粲传》）

◎齐人有冯谖者，贫乏不能自存，使人属孟尝君，愿寄食门下，孟尝君笑而受之。……居有顷，倚柱弹其剑歌曰："长铗归来乎，食无鱼。"（《战国策·齐策四》）

◎于是汉王斋戒，设坛场，拜信为大将军。（《汉书·高帝纪》）

◎方今匈奴乌桓尚扰北边，欲自请击之。男儿要当死于边野，以马革裹尸还葬耳，何能卧床上在儿女子手中耶！（《后汉书·马援传》）

◎皓齿蛾眉，命曰伐性之斧；甘脆肥醲，命曰腐肠之药。（汉枚乘《七发》）

◎壮丽中居荆楚会，风流元向蜀吴夸。楼头恰称元龙卧，切勿轻嗤作酒家。（宋李曾伯《可斋杂著》卷二八《登江陵沙市楚楼》）

◎庾台：即庾信江陵宅遗址。

水调歌头

淳熙丁酉，自江陵移帅隆兴，到官之三月被召，司马监、赵卿、王漕饯别。

司马赋《水调歌头》，席间次韵。时王公明枢密薨，坐客终夕为兴门户之叹，故前章及之。

我饮不须劝，正怕酒尊空。别离亦复何恨，此别恨匆匆。头上貂蝉贵客，苑外麒麟高冢，人世竟谁雄？一笑出门去，千里落花风。

孙刘辈，能使我，不为公。余发种种如是，此事付渠侬。但觉平生湖海，除了醉吟风月，此外百无功。毫发皆帝力，更乞鉴湖东。

◎貂蝉冠一名笼巾，织藤，漆之，形正方如平巾帻，饰以银，前

有银花，上缀玳瑁蝉，左右为三小蝉，衔玉鼻，左插貂尾。三公亲王侍祠、大朝会，则加于进贤冠而服之。（《宋史·舆服志》）

◎江上小堂巢翡翠，苑边高冢卧麒麟。（唐杜甫《曲江》）

◎时中书监刘放、令孙资见信于主，制断时政，大臣莫不交好，而毗不与往来。毗子敞谏曰："今刘孙用事，众皆影附，大人宜小降意，和光同尘，不然必有谤言。"毗正色曰："主上虽未称聪明，不为闇劣；吾之立身，自有本末，就与刘孙不平，不过令吾不作三公而已，何危害之有焉。"（《三国志·魏志·辛毗传》）

◎齐侯田于莒，卢蒲嫳见，泣且请曰："余发如此种种，余奚能为？"（《左传》昭公三年）

◎耳子敖嗣立，高祖过赵，赵王体甚卑，高祖甚慢之，赵相贯高怒曰："请为杀之。"敖曰："君何言之误！先王亡国，赖皇帝得复国，德流子孙，秋毫皆帝力也。"（《汉书·张耳陈馀传》）

◆稼轩为叶衡所推毂，二年衡罢，史浩独相，意不喜北人，故有"孙刘"之譬。（清沈曾植《稼轩长短句小笺》）

霜天晓角 旅兴

吴头楚尾，一棹人千里。休说旧愁新恨，长亭树，今如此！

宦游吾倦矣，玉人留我醉：明日落花寒食，得且住，为佳耳。

◎天气殊未佳，汝定成行否？寒食近，且住为佳尔。（晋人帖）

◆之乎者也，出稼轩口，便有声有色，不许村学究效颦。（明卓人月《古今词统》）

◆稼轩用晋人语。如《霜天晓角》（吴头楚尾）歇拍"明日落花寒食，得且住、为佳耳”，乃用晋无名氏帖：“天气殊未佳，当定成行否。寒食近，且住为佳尔。”已经升庵指出。其上结“长亭树、今如此”，亦用晋人语。（吴世昌《词林新话》）

鹧鸪天

离豫章，别司马汉章大监。

聚散匆匆不偶然，二年历遍楚山川。但将痛饮酬风月，莫放离歌入管弦。

萦绿带，点青钱。东湖春水碧连天。明朝放我东归去，后夜相思月满船。

◎我亦且如常日醉，莫教管弦作离声。（宋欧阳修《别滁》）

◎糁径杨花铺白毡，点溪荷叶叠青钱。（唐杜甫《漫兴》）

◎春水碧于天，画船听雨眠。（唐韦庄《菩萨蛮》）

◎今宵拚醉花迷坐，后夜相思月满川。（宋张孝祥《鹧鸪天·荆州别同官》）

念奴娇 书东流村壁

野棠花落，又匆匆过了，清明时节。刬地东风欺客梦，一夜云屏寒怯。曲岸持觞，垂杨系马，此地曾轻别。楼空人去，旧游飞燕能说。

闻道绮陌东头，行人曾见，帘底纤纤月。旧恨春江流不断，新恨云山千叠。料得明朝，尊前重见，镜里花难折。也应惊问：近来多少华发！

◎林花谢了春红，太匆匆。常恨朝来寒雨晚来风。（南唐李煜

《乌夜啼》）

◎划地：有“只是”、“无端”、“依然”诸义。

◎徐州故张尚书有爱妓曰盼盼，善歌舞，雅多风态。……尚书既殁，归葬东洛，而彭城有张氏旧第，第中有小楼名燕子，盼盼念旧爱而不嫁，居是楼十馀年，幽独块然，于今尚在。（唐白居易《燕子楼》诗序）

◎燕子楼空，佳人何在，空锁楼中燕。（宋苏轼《永遇乐·夜宿燕子楼》）

◎问君能有几多愁？恰似一江春水向东流。（南唐李煜《虞美人》）

◆汪彦章舟行汴河，见傍岸画舫，有映帘而窥者，止见其额。赋词云：“小舟帘隙。佳人半露梅妆额。绿云低映花如刻。恰似秋宵，一半银蟾白。”盖以月喻额也。辛幼安尝有句云：“闻道绮陌东头，行人曾见，帘底纤纤月。”则以月喻足，无乃太媟乎。（宋周密《浩然斋雅谈》）

◆“旧恨”二句，纤丽语，脍口之极。（明杨慎《词品》）

◆“划地东风”句，“欺”字安得妙。（明潘游龙《古今诗馀醉》）

◆大踏步出来，与眉山异曲同工。然东坡是衣冠伟人，稼轩则弓刀游侠。“楼空”二句，当识其俊逸清新兼之故实。（清谭献《谭评词辨》）

鹧鸪天 和张子志提举

别恨妆成白发新，空教儿女笑陈人。醉寻夜雨旗亭酒，梦断东风辇路尘。

骑騄駬，籋青云。看公冠佩玉阶春。忠言句句唐虞际，便是人间要路津。

◎但愁新进笑陈人。（宋苏轼《次韵答陈述古》，陈人，为“旧人”或“老人”之意。）

◎騄駬：一作绿耳，为周穆王八骏之一。

◎籋浮云，晻上驰。（《汉书·礼乐志·郊祀歌》）

◎自谓颇挺出，立登要路津。致君尧舜上，再使风俗淳。（唐杜甫《奉赠韦左丞丈二十二韵》）

又

樽俎风流有几人，当年未遇已心亲。金陵种柳欢娱地，庾岭逢梅寂寞滨。

樽似海，笔如神。故人南北一般春。玉人好把新妆样，淡画眉儿浅注唇。

◎益州献蜀柳数株，枝条甚长，状若丝缕。时芳林苑始成，武帝以植于灵和殿前，常赏玩。（《南史·张绪传》，按：齐武帝芳林苑在金陵。）

◎庾岭逢梅：庾岭在江西南部，唐张九龄于开元四年开凿岭路，多植梅，因又称梅岭。

◎生来真个好相宜，深注唇儿浅画眉。（宋苏轼《成伯席上赠所出妓川人杨姐》）

又 代人赋

扑面征尘去路遥，香篝渐觉水沉销。山无重数周遭碧，花不知名分外娇。

人历历，马萧萧。旌旗又过小红桥。愁边剩有相思句，摇断吟鞭碧玉梢。

◎萧萧马鸣。(《诗·小雅·车攻》)

◆信手拈来,自饶姿态,幼安小令诸篇,别有千古。(清陈廷焯《词则·放歌集》)

又 送人

唱彻《阳关》泪未干,功名馀事且加餐。浮天水送无穷树,带雨云埋一半山。

今古恨,几千般;只应离合是悲欢?江头未是风波恶,别有人间行路难。

◎渭城朝雨浥轻尘,客舍青青柳色新。劝君更尽一杯酒,西出阳关无故人。(唐王维《送元二使安西》,后入乐府,名《渭城曲》,别名《阳关曲》、《阳关》,为送别之曲。)

◎瞿塘嘈嘈十二滩,人言道路古来难。长恨人心不如水,等闲平地起波澜。(唐刘禹锡《竹枝词》)

◎行路难,不在水,不在山,只在人情反复间。(白居易《太行路》)

◆此阕写景而兼感怀,江树尽随天远,好山则半被云埋,人生欲望,安有满足之时。况世途艰险,过于太行、孟门,江间波浪,未极其险也。(俞陛云《唐五代两宋词选释》)

满江红 题冷泉亭

直节堂堂,看夹道冠缨拱立。渐翠谷群仙东下,佩环声急。谁信天峰飞堕地,傍湖千丈开青壁。是当年玉斧削方壶,无人识。

山木润,琅玕湿。秋露下,琼珠滴。向危亭横跨，玉渊澄碧。醉舞且摇鸾凤影，浩歌莫遣鱼龙泣。恨此中风物本吾家，今为客。

◎直节二句："直节"谓竹，"冠缨"谓松。

◎隔篁竹，闻水声，如鸣佩环。（唐柳宗元《至小丘西小石潭记》，佩环声，谓水声。）

◆前作富贵缠绵，后作萧散俊逸。（明卓人月《古今词统》）

又 再用前韵

照影溪梅，怅绝代佳人独立。便小驻雍容千骑，羽觞飞急。琴里新声风响佩，笔端醉墨鸦栖壁。是使君文度旧知名，今方识。

高欲卧，云还湿。清可漱，泉长滴。快晚风吹赠，满怀空碧。宝马嘶归红旆动，龙团试水铜瓶泣。怕他年重到路应迷，桃源客。

◎北方有佳人，遗世而独立。（汉李延年歌）

◎相如车骑，雍容甚都。（《史记·司马相如传》）

◎平生痛饮处，遗墨鸦栖壁。（宋苏轼《次韵王巩南迁初归》。按：苏辙亦有"笔端大字鸦栖壁"句。）

◎坦之字文度，弱冠与郗超俱有重名。时人为之语曰："盛德绝伦郗嘉宾，江东独步王文度。"（《晋书·王坦之传》）

◎龙团：茶名。

◎怕他年二句：陶渊明《桃花源记》，谓武陵捕鱼人至桃花源，中有人，乃避秦乱而至其地者，不复知世间兴亡事。既出，便扶向路，处处志之。"及郡下，诣太守说如此，太守即遣人随其往，寻向所志，遂迷不复得路。”

水调歌头

舟次扬州，和杨济翁、周显先韵。

落日塞尘起，胡骑猎清秋。汉家组练十万，列舰耸层楼。谁道投鞭飞渡，忆昔鸣髇血污，风雨佛狸愁。季子正年少，匹马黑貂裘。

今老矣，搔白首，过扬州。倦游欲去江上，手种橘千头。二客东南名胜，万卷诗书事业，尝试与君谋。莫射南山虎，直觅富民侯。

◎坚曰：“以吾之众，投鞭于江，足断其流。”（《晋书·苻坚载记》）

◎忆昔二句：《史记·匈奴传》谓匈奴头曼单于之太子冒顿作鸣镝，令左右曰：“鸣镝所射而不悉射者斩之。”后从其父头曼猎，以鸣镝射头曼，其左右亦皆随鸣镝而射杀头曼。佛狸为北魏太武帝小字，曾率师南侵至长江北岸。二句盖指金主亮南侵为部属所杀而言。

◎李兑送苏秦明月之珠，和氏之璧，黑貂之裘，黄金百镒，苏秦得以为用，西入于秦。（《战国策·赵策》。季子，苏秦字。）

◎李衡为丹阳太守，遣人往武陵龙阳泛洲上作宅，种橘千株。临死，敕儿曰：“吾州里有千头木奴，不责汝食，岁上匹绢，亦当足用耳。”（《襄阳耆旧传》）

◎天子乃召拜广为右北平太守。……广出猎，中草中石，以为虎而射之，中石没镞，视之石也。因复更射之，终不能复入石矣。广所居郡闻有虎，尝自射之。居右北平射虎，虎腾伤广，广亦竟射杀虎。（《史记·李将军列传》）

◎自武帝初通西域，罢校尉，屯田渠犂。是时军旅连出，师行三十二年，海内虚耗。……上既悔远征，……由是不复出军，而封丞相车千秋为富民侯，以明休息，思养富民也。(《汉书·西域传》)

◆笔力高绝，落地有声，字字警绝，笔致疏散，而气甚遒炼。结笔有力如虎。(清陈廷焯《云韶集》)

满江红

江行，简杨济翁、周显先。

过眼溪山，怪都似旧时曾识。还记得梦中行遍，江南江北。佳处径须携杖去，能消几緉平生屐。笑尘劳三十九年非，长为客。

吴楚地，东南坼。英雄事，曹刘敌。被西风吹尽，了无尘迹。楼观才成人已去，旌旗未卷头先白。叹人间哀乐转相寻，今犹昔。

◎祖士少好财，阮遥集好屐，并恒自经营，同是一累而未判其得失。人有诣祖，见料视财物；或有诣阮，见自吹火蜡屐，因叹曰："未知一生当着几量屐。"神色闲畅。于是胜负始分。(《世说新语·雅量》)

◎凡人中寿七十岁，然而趋舍指凑，日以自悔也，以至于死。故蘧伯玉年五十而有四十九年非。(《淮南子·原道训》)

◎吴楚东南坼，乾坤日夜浮。(唐杜甫《登岳阳楼》)

◎时献帝舅车骑将军董承辞受帝衣带中密诏，当诛曹公，先主未发，是时曹公从容谓先主曰："今天下英雄，唯使君与操耳，本初之徒，不足数也。"先主方食，失匕箸。(《蜀志·先主传》)

◆长使英雄泪满襟。(明卓人月《古今词统》)

◆起数语便超绝。回头一击，鱼龙飞舞，淋漓痛快，悲壮苍凉，

敲碎玉唾壶。（清陈廷焯《云韶集》）

◆《满江红》词易于纵笔，以稼轩之才气，更如阵马风樯，但豪放则易近粗率，此作独疏爽而兼低回之思。“佳处”二句深表同情。余生平所历胜境，回味犹甘，而重游无望，知佳处径须携杖，不可使清景如追逋也。下阕非特俯仰兴亡，即寻常之丹艧未竟，已钟鼓全非者，不知凡几，真阅世之谈。“今犹昔”三字尤隽。后之感今，犹今之感昔耳。（俞陛云《唐五代两宋词选释》）

南乡子

隔户语春莺，才挂帘儿敛袂行。渐见凌波罗袜步，盈盈，随笑随颦百媚生。

着意听新声，尽是司空自教成。今夜酒肠难道窄，多情，莫放纱笼蜡炬明。

◎春莺：北宋王诜有歌姬名啭春莺。此处意含双关。

◎凌波微步，罗袜生尘。（三国魏曹植《洛神赋》）

◎中山公（刘禹锡）谓诸宾友曰：“昔赴吴台，扬州大司马杜公鸿渐为余开宴，沉醉归驿亭。似醒，见二女子在旁，惊非我有也，乃曰：‘郎中席上与司空诗，特令二乐妓侍寝。’且醉中之作都不记忆。明旦修启陈谢，杜公亦优容之。诗曰：‘高髻云鬟宫样妆，春风一曲《杜韦娘》。司空见惯寻常事，断尽苏州刺史肠。’”（《云溪友议》卷中“中山悔”条）

又 舟行记梦

欹枕橹声边，贪听咿哑聒醉眠。梦里笙歌花底去；依然，翠袖盈盈在眼前。

别后两眉尖。欲说还休梦已阑。只记埋冤前夜月，相看，不管人愁独自圆。

南歌子

万万千千恨，前前后后山。傍人道我轿儿宽。不道被他遮得望伊难。

今夜江头树，船儿系那边。知他热后甚时眠？万万不成眠后有谁扇？

西江月

江行采石岸，戏作《渔父词》。

千丈悬崖削翠，一川落日镕金。白鸥来往本无心，选甚风波一任。

别浦鱼肥堪脍，前村酒美重斟。千年往事已沉沉，闲管兴亡则甚？

◎落日镕金，暮云合碧。（宋李清照《永遇乐》）

◎选甚：即“不论甚么”。

破阵子

为范南伯寿。时南伯为张南轩辟宰卢溪，南伯迟迟未行，因作此词勉之。

掷地刘郎玉斗，挂帆西子扁舟。千古风流今在此，万里功名莫放休。君王三百州。

燕雀岂知鸿鹄，貂蝉元出兜鍪。却笑卢溪如

斗大，肯把牛刀试手不？寿君双玉瓯。

◎（刘邦）至鸿门。……项王即日因留沛公与饮。……亚父者，范增也，……数目项王，举所佩玉玦以示之者三，项王默然不应。……坐须臾，沛公起如厕，……于是遂去，乃令张良入谢曰："沛公不胜桮杓，不能辞，谨使臣良奉白璧一双，再拜献大王足下；玉斗一双，再拜奉大将军足下。"……项王则受璧置之坐上；亚父受玉斗置之地，拔剑撞而破之，曰："唉，竖子不足与谋！夺项王天下者必沛公也，吾属今为之虏矣。"（《史记·项羽本纪》）

◎挂帆句：春秋时，越之诸暨有苎罗山若耶溪，旁有东施家、西施家。西施色美，范蠡献之吴王。其后吴灭，蠡复取西施乘扁舟游五湖而不返。（按：起两句用范增、范蠡事，切范南伯姓。）

◎陈涉少时，尝与人佣耕，辍耕之垄上，怅恨久之，曰："苟富贵，无相忘。"佣者笑而应曰："若为佣耕，何富贵也！"陈涉太息曰："嗟乎，燕雀安知鸿鹄之志哉！"（《史记·陈涉世家》）

◎出为持节都督兖州缘淮诸军事，平北将军、兖州刺史，进爵侯，加领东平太守。盘龙表年老才弱，不可镇边，求解职；见许，还为散骑常侍、光禄大夫。世祖戏之曰："卿着貂蝉，何如兜鍪？"盘龙曰："此貂蝉从兜鍪中出耳。"（《南齐书·周盘龙传》。按：兜鍪即盔。）

◎悫为豫州，典签多所违执，悫怒曰："我年六十，得一州如斗大，不能复与典签共论之。"（《南史·宗悫传》）

◎子之武城，闻弦歌之声，夫子莞尔而笑曰："割鸡焉用牛刀！"（《论语·阳货》）

临江仙 为岳母寿

住世都知菩萨行，仙家风骨精神。寿如山岳福如云。金花汤沐诰，竹马绮罗群。

更愿升平添喜事，大家祷祝殷勤。明年此地庆佳辰：一杯千岁酒，重拜太夫人。

◎会看金花诏，汤沐奉朝请。（宋苏轼《送程建用》）

◎童儿数百，各骑竹马。（《后汉书·郭伋传》）

摸鱼儿

淳熙己亥，自湖北漕移湖南，同官王正之置酒小山亭，为赋。

更能消几番风雨？匆匆春又归去。惜春长怕花开早，何况落红无数。春且住。见说道天涯芳草无归路。怨春不语。算只有殷勤，画檐蛛网，尽日惹飞絮。

长门事，准拟佳期又误。蛾眉曾有人妒。千金纵买相如赋，脉脉此情谁诉？君莫舞。君不见玉环飞燕皆尘土！闲愁最苦。休去倚危栏，斜阳正在，烟柳断肠处。

◎孝武皇帝陈皇后，时得幸，颇妒，别在长门宫，愁闷悲思，闻蜀郡成都司马相如天下工为文，奉黄金百斤，为相如、文君取酒，因于解悲愁之辞。而相如为文以悟主上，皇后复得幸。（《昭明文选·长门赋序》）

◆“更能消几番风雨”一章，词意殊怨。然姿态飞动，极沉郁顿挫之致。起处“更能消”三字，是从千回万转后倒折出来，真是有力如虎。又云：怨而怒矣！然沉郁顿宕，笔势飞舞，千古所无。“春且住”三字一喝，怒甚。结得愈凄凉、愈悲郁。（清陈廷焯《白雨斋词

话》)

◆回肠荡气,至于此极。前无古人,后无来者。(《艺蘅馆词选》引梁启超语)

◆幼安自负天下才,今薄宦流转,乃借晚春以寄慨。上阕笔势动荡,留春不住,深惜其归,但芳草天涯,春去苦无归处,见英雄无用武之地。蛛网罥花,隐寓同官多情,为置酒少留之意。当其在理宗朝曾拥节钺,后之奉身而退,殆有谗扼之者,故上阕写不平之气。下阕"蛾眉曾有人妒"更明言之:玉环飞燕,皆归尘土,则妒人者果何益耶?结句斜阳肠断,无限牢愁,即以词句论,亦绝妙之语。(俞陛云《唐五代两宋词选释》)

水调歌头

淳熙己亥,自湖北漕移湖南,周总领、王漕、赵守置酒南楼,席上留别。

折尽武昌柳,挂席上潇湘。二年鱼鸟江上,笑我往来忙。富贵何时休问,离别中年堪恨,憔悴鬓成霜,丝竹陶写耳,急羽且飞觞。

序兰亭,歌赤壁,绣衣香。使君千骑鼓吹,风采汉侯王。莫把离歌频唱,可惜南楼佳处,风月已凄凉。"在家贫亦好",此语试平章。

◎尝课诸营种柳,都尉夏施盗官柳植之己门,侃后见,驻车问曰:"此是武昌西门前柳,何因盗来种此?"(《晋书·陶侃传》)

◎人生行乐耳,须富贵何时。(汉杨恽《报孙会宗书》)

◎谢太傅语王右军曰:"中年伤于哀乐,与亲友别辄作数日恶。"王曰:"年在桑榆,自然至此。正赖丝竹陶写。"(《世说新语·言语》)

◎序兰亭：晋王羲之有《兰亭序》，作于永和九年之上巳日。

◎歌赤壁：苏轼有《赤壁赋》二篇，又有《念奴娇·赤壁怀古》一阕。

◎绣衣：汉武帝时置绣衣直指官，衣绣衣，持斧，分部讨奸治狱。宋代各路之提点刑狱使即其官也。

◎南楼佳处：《晋书·庾亮传》载亮在武昌，诸佐吏殷浩之徒乘秋夜往共登南楼，俄而不觉亮至，徐曰："老子于此处兴复不浅。"

◎远客归去来，在家贫亦好。（唐戎昱《中秋感怀》）

满江红 贺王帅宣子平湖南寇

笳鼓归来，举鞭问何如诸葛？人道是匆匆五月，渡泸深入。白羽风生貔虎噪，青溪路断鼪鼯泣。早红尘一骑落平冈，捷书急。

三万卷，龙头客。浑未得，文章力。把诗书马上，笑驱锋镝。金印明年如斗大，貂蝉却自兜鍪出。待刻公勋业到云霄，浯溪石。

◎天监五年魏中山王英游钟离，围徐州刺史昌义之，武帝诏景宗督众军援义之。……凯旋之后，景宗振旅凯入，帝于华光殿宴饮连句，令左仆射沈约赋韵，景宗不得韵，意色不平，启求赋诗，帝曰："卿伎能甚多，人才英拔，何必止在一诗。"景宗已醉，求作不已。诏令约赋韵，时韵已尽，唯馀竞、病二字，景宗便操笔，斯须而成。其辞曰："去时儿女悲，归来笳鼓竞。借问行路人，何如霍去病？"帝叹不已。（《南史·曹景宗传》）

◎受命以来，夙夜忧叹，恐托付不效，以伤先帝之明，故五月渡泸，深入不毛。（三国蜀诸葛亮《出师表》）

◎诸葛武侯乘素舆，葛巾白羽扇，指麾三军。（晋裴启《语林》）

◎貔貙：貔通作狃，或作狸。宋人每用以侮辱其时之少数民族。

◎歆与北海邴原、管宁俱游学，三人相善，时人号三人为一龙，歆为龙头，原为龙腹，宁为龙尾。（《三国志·魏志·华歆传》注引《魏略》）

◎一生不得文章力，百口空为饱暖家。（唐刘禹锡《书怀寄河南尹兼简分司崔宾客》）

◎陆生时时前说称诗书，高帝骂之曰："乃公居马上而得之，安事诗书！"陆生曰："居马上得之，宁可以马上治之乎？"（《史记·陆贾传》）

◎湘江东西，中直浯溪，石崖天齐。可磨可镌，刊此颂焉，可千万年。（唐元结《大唐中兴颂》）

木兰花慢 席上送张仲固帅兴元

汉中开汉业，问此地，是耶非？想剑指三秦，君王得意，一战东归。追亡事今不见，但山川满目泪沾衣。落日胡尘未断，西风塞马空肥。

一编书是帝王师。小试去征西。更草草离筵，匆匆去路，愁满旌旗。君思我回首处，正江涵秋影雁初飞。安得车轮四角，不堪带减腰围。

◎汉中句：汉高祖因汉中以成帝业。

◎（韩信）因陈羽可图、三秦易并之计，汉王大说，遂听信策，部署诸将。……五月，汉王引兵从故道出袭雍，雍王邯迎击汉陈仓，雍兵败，……汉王遂定雍地。……秋八月，……塞王欣、翟王翳

皆降汉。(《汉书·高帝纪》)

◎信数与萧何语,何奇之。至南郑,诸将行道亡者数十人,信度何等已数言上,上不我用。即亡。何闻信亡,不及以闻,自追之。人有言上曰:“丞相何亡。”上大怒,如失左右手。居一二日,何来谒上,上且怒且喜,骂何曰:“若亡何也?”何曰:“臣不敢亡也,臣追亡者。”上曰:“若所追者谁?”何曰:“韩信也。”上复骂曰:“诸将亡者以十数,公无所追,追信,诈也。”何曰:“诸将易得耳,至如信者,国士无双。王必欲长王汉中,无所事信;必欲争天下,非信无所与计事者。”(《史记·淮阴侯列传》)

◎山川满目泪沾衣,富贵荣华能几时?不见衹今汾水上,惟有年年秋雁飞。(唐李峤《汾阴行》)

◎良尝闲,从容步游下邳圯上,有一老父,出一编书,曰:“读此,则为王者师矣。”旦日,视其书,乃《太公兵法》也。(《史记·留侯世家》)

◎江涵秋影雁初飞,与客携壶上翠微。(唐杜牧《九日齐山登高》)

◎君心莫淡薄,妾意正栖托。愿得双车轮,一夜生四角。(唐陆龟蒙《古意》)

◎老病,百日数旬,革带尝应移孔,以手握臂,率计月小半分。(南朝沈约《与徐勉书》)

阮郎归 耒阳道中为张处父推官赋

山前灯火欲黄昏。山头来去云。鹧鸪声里数家村。潇湘逢故人。

挥羽扇,整纶巾。少年鞍马尘。如今憔悴赋《招魂》。儒冠多误身。

◎洞庭有归客，潇湘逢故人。（南朝柳恽《江南曲》）

◎纨袴不饿死，儒冠多误身。（唐杜甫《赠韦左丞丈》）

霜天晓角

暮山层碧。掠岸西风急。一叶软红深处，应不是，利名客。

玉人还伫立。绿窗生怨泣。万里衡阳归恨，先倩雁，寄消息。

◎软红：谓红尘。

◎之子于归，远于将之。瞻望弗及，伫立以泣。（《诗经·邶风·燕燕》）

减字木兰花

长沙道中，壁上有妇人题字，若有恨者，用其意为赋。

盈盈泪眼。往日青楼天样远。秋月春花。输与寻常姊妹家。

水村山驿。日暮行云无气力。锦字偷裁。立尽西风雁不来。

◎借问女何居，乃在城南端。青楼临大路，高门结重关。（三国魏曹植《美女篇》）

◎春花秋月何时了，往事知多少？（南唐李煜《虞美人》）

◆“锦字偷裁，立尽西风雁不来”，风致何妍媚也。乃出自稼轩之手，文人固不可测。（清贺裳《皱水轩词筌》）

满江红 暮春

可恨东君，把春去春来无迹。便过眼等闲输了，三分之一。昼永暖翻红杏雨，风晴扶起垂杨力。更天涯芳草最关情，烘残日。

湘浦岸，南塘驿。恨不尽，愁如织。算年年辜负，对他寒食。便恁归来能几许，风流早已非畴昔。凭画栏一线数飞鸿，沉空碧。

◎李后主作红罗亭子，四面栽红梅花，作艳曲歌之。韩熙载歌云："桃李不须夸烂漫，又输了春风一半。"时已割淮南与周矣。（清毛先舒《南唐拾遗记》）

又

敲碎离愁，纱窗外风摇翠竹。人去后吹箫声断，倚楼人独。满眼不堪三月暮，举头已觉千山绿。但试把一纸寄来书，从头读。

相思字，空盈幅；相思意，何时足。滴罗襟点点，泪珠盈掬。芳草不迷行客路，垂杨只碍离人目。最苦是立尽月黄昏，栏干曲。

◎风摇翠竹，疑是故人来。（宋秦观《满庭芳》）

◆灵岔。虽刳心着地，不过与数斤肉相似，唯妙句足以自明。（明沈际飞《草堂诗馀别集》）

◆起笔精湛。情致楚楚，那弗动心。低徊宛转，一往情深，非秦、柳所能及。（清陈廷焯《云韶集》）

又

倦客新丰，貂裘敝征尘满目。弹短铗青蛇三尺，浩歌谁续？不念英雄江左老，用之可以尊中国。叹诗书万卷致君人，翻沉陆。

休感慨，浇醽醁。人易老，欢难足。有玉人怜我，为簪黄菊。且置请缨封万户，竟须卖剑酬黄犊。甚当年寂寞贾长沙，伤时哭。

◎马周字宾王，清河茌平人也。少孤贫好学，尤精《诗传》，落拓不为州里所敬。武德中补博州教授，日饮醇酎，不以讲授为事，刺史达奚恕屡加咎责，……遂感激西游长安。宿于新丰逆旅，主人唯供诸商贩而不顾待，周遂命酒一斗八升，悠然独酌，主人深异之。（《旧唐书·马周传》）

◎其声销，其志无穷，其口虽言，其心未尝言，方且与世违而心不屑与之俱，是陆沉者也。（《庄子·则阳》）

◎醽醁：亦作酃渌，酒名。

◎美人怜我老，玉手簪金菊。（宋苏轼《千秋岁·徐州重阳作》）

◎南越与汉和亲，乃遣军使南越，说其王，欲令入朝，比内诸侯。军自请受长缨，必羁南越王而致之阙下。（《汉书·终军传》）

◎遂见齐俗奢侈，好末技，不田作，乃躬率以俭约，劝民务农桑。……民有带持刀剑者，使卖剑买牛，卖刀买犊。（《汉书·龚遂传》）

◎贾谊，洛阳人也。……为长沙王太傅。……为梁怀王太傅。……是时匈奴强，侵边，……谊数上疏陈政事，多所欲匡建。其大略曰："臣窃惟事势，可为痛哭者一，可为流涕者二，可为长太息者六。"（《汉书·贾谊传》）

◆有经史气，然非老生常谈。（明卓人月《古今词统》）

◆此数章皆髀肉复生之感。（清沈曾植《稼轩长短句小笺》）

又

风卷庭梧，黄叶坠新凉如洗。一笑折秋英同赏，弄香挼蕊。天远难穷休久望，楼高欲下还重倚。拚一襟寂寞泪弹秋，无人会。

今古恨，沉荒垒。悲欢事，随流水。想登楼青鬓，未堪憔悴。极目烟横山数点，孤舟月淡人千里。对婵娟从此话离愁，金尊里。

贺新郎

柳暗凌波路。送春归猛风暴雨，一番新绿。千里潇湘葡萄涨，人解扁舟欲去。又樯燕留人相语。艇子飞来生尘步，唾花寒唱我新番句。波似箭，催鸣橹。

黄陵祠下山无数。听湘娥泠泠曲罢，为谁情苦。行到东吴春已暮，正江阔潮平稳渡。望金雀觚棱翔舞。前度刘郎今重到，问玄都千树花存否。愁为倩，么弦诉。

◎凌波微步，罗袜生尘。（三国魏曹植《洛神赋》）

◎遥看汉水鸭头绿，恰似葡萄初酦醅。（唐李白《襄阳歌》）

◎潮平两岸阔，风正一帆悬。（唐王湾《次北固山下》）

◎凤阙，阙名也。南有璧门。觚棱，阙角也。角上栖金爵，金

爵，风也。（《文选》五臣注）

◆笔态恣肆，是幼安本色。字字有气魄，卓不可及。闲处亦不乏姿态。情景都绝。（清陈廷焯《云韶集》）

水调歌头 和赵景明知县韵

官事未易了，且向酒边来。君如无我，问君怀抱向谁开？但放平生丘壑，莫管旁人嘲骂，深蛰要惊雷。白发还自笑，何地置衰颓。

五车书，千石饮，百篇才。新词未到，琼瑰先梦满吾怀。已过西风重九，且要黄花入手，诗兴未关梅。君要花满县，桃李趁时栽。

◎杨骏弟济素与咸善，与咸书曰："江海之流混混，故能成其深广也。天下大器，非可稍了，而相观每事欲了。生子痴，了官事，官事未易了也。"（《晋书·傅咸传》）

◎身老时危思会面，一生怀抱向谁开？（唐杜甫《奉待严大夫》）

◎渔钓于一壑，则万物不奸其志；栖迟于一丘，则天下不易其乐。（《汉书·叙传》）

◎蛰虫始作，吾惊之以雷霆。（《庄子·天运》）

◎惠施多方，其书五车。（《庄子·天下》）

◎李白一斗诗百篇，长安市上酒家眠。（唐杜甫《饮中八仙歌》）

◎声伯梦涉洹，或与己琼瑰食之，泣而为琼瑰，盈其怀。从而歌之曰："济洹之水，赠我以琼瑰。归乎归乎，琼瑰盈吾怀乎。"（《左传》成公十七年，集解谓："泪下化为珠玉满其怀。"）

◎东阁官梅动诗兴，还如何逊在扬州。（唐杜甫《和裴迪逢早

梅相忆见寄》)

◎君要二句:晋潘岳为河阳县令,于县境内遍植桃李,时人称为花县。

满庭芳 和洪丞相景伯韵

倾国无媒,入宫见妒,古来颦损蛾眉。看公如月,光彩众星稀。袖手高山流水,听群蛙鼓吹荒池。文章手,直须补衮,藻火粲宗彝。

痴儿公事了,吴蚕缠绕,自吐馀丝。幸一枝粗稳,三径新治。且约湖边风月,功名事欲使谁知。都休问,英雄千古,荒草没残碑。

◎谁为倾国媒,自许连城价。(唐韩愈《县斋有怀》)

◎众女嫉余之蛾眉兮,谣诼谓余以善淫。(《楚辞·离骚》)

◎伯牙善鼓琴,钟子期善听。伯牙鼓琴,志在高山,钟子期曰:善哉,峨峨兮若泰山;志在流水,钟子期曰:善哉,洋洋兮若江河。(《列子·汤问》)

◎孔稚珪字德璋,会稽山阴人也。……不乐世务,居宅盛营山水,凭几独酌,傍无杂事,门庭之内,草莱不剪,中有蛙鸣,或问之曰:"欲为陈蕃乎?"稚珪笑曰:"我以此当两部鼓吹,何必期效仲举。"(《南齐书·孔稚珪传》)

◎衮职有阙,维仲山甫补之。(《诗经·大雅·烝民》)

◎予欲观古人之象:日月星辰,山龙华虫,作会宗彝;藻火粉米,黼黻絺绣,以五采彰施于五色,作服。(《尚书·益稷》,藻、火皆衣饰图形。)

◎许由曰:"鷦鹩巢于深林,不过一枝。"(《庄子·逍遥游》)

◎三径就荒，松菊犹存。（晋陶渊明《归去来辞》）

又

和洪丞相景伯韵，呈景卢内翰。

急管哀弦，长歌慢舞，连娟十样宫眉。不堪红紫，风雨晓来稀。惟有杨花飞絮，依旧是萍满方池。酴醾在，青虬快剪，插遍古铜彝。

谁将春色去？鸾胶难觅，弦断朱丝。恨牡丹多病，也费医治。梦里寻春不见，空肠断怎得春知？休惆怅，一觞一咏，须刻右军碑。

◎唐明皇令画工画十眉图，一曰鸳鸯眉，二曰小山眉，三曰五岳眉，四曰三峰眉，五曰垂珠眉，六曰月棱眉，七曰分稍眉，八曰涵烟眉，九曰拂云眉，十曰倒晕眉。（《海录碎事》）

◎晓来雨过，遗踪何在？一池萍碎。（宋苏轼《水龙吟·次韵章质夫杨花》，诗人自注云："杨花落水为浮萍，验之信然。"）

◎西海献鸾胶，武帝弦断，以胶续之，弦两头遂相着，终日射不断。帝大悦，名续弦胶。（《汉武外传》）

◎一觞一咏，亦足以畅叙幽情。（晋王羲之《兰亭序》，按：羲之仕晋为右军将军。）

◆医花妙。既有养花天，不可无医花手 。（明卓人月《古今词统》）

又 游豫章东湖再用韵

柳外寻春，花边得句，怪公喜气轩眉。《阳春白雪》，清唱古今稀。曾是金銮旧客，记凤凰独绕天池。挥毫罢，天颜有喜，催赐尚方彝。公在词掖尝拜尚方宝彝之赐。

只今江海上，钓天梦觉，清泪如丝。算除非痛把，酒疗花治。明日五湖佳兴，扁舟去一笑谁知。溪堂好，且拚一醉，倚杖读韩碑。堂记公所制。

◎客有歌于郢中者，其始曰《下里巴人》，国中属而和者数千人；其为《阳阿薤露》，国中属而和者数百人；其为《阳春白雪》，国中属而和者不过数十人。……其曲弥高，其和弥寡。（战国宋玉《对楚王问》）

◎凤凰独绕天池：天池谓禁苑中之池沼，亦称凤池或凤凰池。

◎溪堂、韩碑：韩愈有《郓州溪堂》诗，诗前有长序，记溪堂修建因由，当时即将此诗此序刻石于郓州。

满江红

席间和洪景卢舍人，兼简司马汉章大监。

天与文章，看万斛龙文笔力。闻道是一诗曾换，千金颜色。欲说又休新意思，强啼偷笑真消息。算人人合与共乘鸾，銮坡客。

倾国艳，难再得。还可恨，还堪忆。看书寻旧锦，衫裁新碧。莺蝶一春花里活，可堪风雨飘红白。问谁家却有燕归梁，香泥湿。

◎龙文百斛鼎，笔力可独扛。（唐韩愈《病中赠张籍》）

◎算人人句："人人"为对女子之昵称。鸾谓凤凰。此当用萧史弄玉故事。汉刘向《列仙传》载，秦穆公时有萧史者善吹箫，穆公以女弄玉妻之。萧史日教弄玉作凤鸣，居数年，凤凰来止。又数年，夫妇皆随凤凰飞去。

◎李延年性知音，善歌舞。武帝爱之，……延年尝侍上，起舞而歌曰："北方有佳人，绝世而独立。一顾倾人城，再顾倾人国。宁不知倾城与倾国，佳人难再得。"（《汉书·外戚传》）

西河 送钱仲耕自江西漕移守婺州

西江水，道似西江人泪。无情却解送行人，月明千里。从今日日倚高楼，伤心烟树如荠。

会君难，别君易。草草不如人意。十年着破绣衣茸，种成桃李。问君可是厌承明，东方鼓吹千骑。

对梅花更消一醉。看明年调鼎风味。老病自怜憔悴。过吾庐定有，幽人相问：岁晚渊明归来未？

◎天边树若荠，江畔洲如月。（唐孟浩然《秋登万山寄张五》）

◎收得桑榆归物外，种成桃李满人间。（宋李绹《和杜祁公致仕》）

◆起悲愤。（清陈廷焯《词则·放歌集》）

◆似豪实郁。（清陈廷焯《词则·放歌集》）

贺新郎 赋滕王阁

高阁临江渚。访层城空馀旧迹，黯然怀古。画栋珠帘当日事，不见朝云暮雨。但遗意西山南浦。

天宇修眉浮新绿，映悠悠潭影长如故。空有恨，奈何许。

王郎健笔夸翘楚。到如今落霞孤鹜，竞传佳句。物换星移知几度，梦想珠歌翠舞。为徙倚阑干凝竚。目断平芜苍波晚，快江风一瞬澄襟暑。谁共饮？有诗侣。

◎滕王高阁临江渚，佩玉鸣鸾罢歌舞。画栋朝飞南浦云，珠帘暮卷西山雨。闲云潭影日悠悠，物换星移几度秋。阁中帝子今何在？槛外长江空自流。（唐王勃《滕王阁诗》）

◎天宇浮修眉，浓绿画新就。（唐韩愈《南山》）

◎勃过钟陵，九月九日，都督大宴滕王阁，宿命其婿作序，以夸客；因出纸笔遍请，客莫敢当，至勃，抗然不辞。都督怒，起更衣，遣吏伺其文辄报，一再报，语益奇，乃矍然曰："天才也。"（《新唐书·王勃传》）

昭君怨 豫章寄张守定叟

长记潇湘秋晚：歌舞橘洲人散。走马月明中，折芙蓉。

今日西山南浦，画栋珠帘云雨。风景不争多，奈愁何。

◆怨郁。（清陈廷焯《词则·放歌集》）

沁园春 带湖新居将成

三径初成，鹤怨猿惊，稼轩未来。甚云山自

许，平生意气；衣冠人笑，抵死尘埃。意倦须还，身闲贵早，岂为莼羹鲈鲙哉。秋江上，看惊弦雁避，骇浪船回。

东冈更葺茅斋。好都把轩窗临水开。要小舟行钓，先应种柳；疏篱护竹，莫碍观梅。秋菊堪餐，春兰可佩，留待先生手自栽。沉吟久，怕君恩未许，此意徘徊。

◎至于还飙入幕，写雾出楹，蕙帐空兮夜鹤怨，山人去兮晓猿惊。（南朝孔稚珪《北山移文》）

◎抵死：老是、总是。

◎朝饮木兰之坠露兮，夕餐秋菊之落英。（《楚辞·离骚》）

◎扈江蓠与辟芷兮，纫秋兰以为佩。（《楚辞·离骚》）

◆功名一鸡肋，人世九羊肠，张翰莼鲈，有托而逃。稼轩识得。郑域养鱼求蚁亦经纶，稼轩种柳观梅皆事业。（明卓人月《古今词统》）

◆抑扬顿挫。急流勇退之情，以温婉之笔出之，姿态愈饶。（清陈廷焯《词则·放歌集》）

又

送赵景明知县东归，再用前韵。

伫立潇湘，黄鹄高飞，望君未来。被东风吹堕，西江对语；急呼斗酒，旋拂征埃。却怪英姿，有如君者，犹欠封侯万里哉。空赢得，道江南佳句，只有方回。

锦帆画舫行斋。怅雪浪黏天江影开。记我行

南浦，送君折柳；君逢驿使，为我攀梅。落帽山前，呼鹰台下，人道花须满县栽。都休问，看云霄高处，鹏翼徘徊。

◎少游醉卧古藤下，谁与愁眉唱一杯？解道江南断肠句，只今惟有贺方回。（宋黄庭坚《寄贺方回》，按：宋贺铸，字方回。）

◎送君南浦，伤如之何。（南朝江淹《别赋》）

◎陆凯与范晔相善，自江南寄梅花一枝诣长安与晔。赠诗曰："折梅逢驿使，寄与陇头人。江南无所有，聊赠一枝春。"（《荆州记》）

◎龙山在城西北十五里，桓温九日登高，孟嘉落帽处也。（《读史方舆纪要》卷七十八《湖广江陵县》）

◎襄阳城东……沔水中有渔梁洲，……水南有层台，号曰景升台，盖刘表治襄阳之所筑也。表性好鹰，尝登此台歌《野鹰来曲》。（《水经注·沔水》）

菩萨蛮

稼轩日向儿童说：带湖买得新风月。头白早归来，种花花已开。

功名浑是错，更莫思量着。见说小楼东，好山千万重。

◎功成头白早归来，共藉梨花作寒食。（宋苏轼《送表弟程六知楚州》）

蝶恋花 和赵景明知县韵

老去怕寻年少伴。画栋珠帘，风月无人管。公子看花朱碧乱，新词搅断相思怨。

凉夜愁肠千百转。一雁西风，锦字何时遣？毕竟啼乌才思短，唤回晓梦天涯远。

◎谁知心眼乱，看朱忽成碧。（南朝王僧孺《夜愁示诸宾》）

祝英台近 晚 春

宝钗分，桃叶渡，烟柳暗南浦。怕上层楼，十日九风雨。断肠片片飞红，都无人管；更谁劝啼莺声住。

鬓边觑。试把花卜归期，才簪又重数。罗帐灯昏，哽咽梦中语：是他春带愁来；春归何处，却不解带将愁去。

◎自怜断带日，偏恨分钗时。……欲以别离意，独向蘼芜悲。（南朝陆罩《闺怨》，按：分钗乃赠别之制。）

◎桃叶渡：晋王献之与妾作别处。

◎试把至重数：花卜之法未详，当是以所簪花瓣之单双，占离人归信之准的，故云“才簪又重数”也。

◆雍陶《送春》诗云：“今日已从愁里去，明年更莫共愁来。”稼轩词云：“是他春带愁来，春归何处，却不解和愁将去。”虽用前语而反胜之。（宋刘克庄《后村诗话》）

◆辛稼轩《祝英台近》云：“宝钗分，桃叶渡，烟柳暗南浦。（下略）”皆景中带情，而存骚雅。故其燕酣之乐，别离之愁，回文

题叶之思，岘首西州之泪，一寓于词。若能屏去浮艳，乐而不淫，是亦汉魏乐府之遗意。（宋张炎《词源》）

◆稼轩词以激扬奋厉为工，至“宝钗分，桃叶渡”一曲，昵狎温柔，魂销意尽。才人伎俩，真不可测。（清沈谦《填词杂说》）

◆首三句言送别之地，后五句言别后之怀，万点飞花，离愁亦万点也。下阕明指伊人，归期屡卜，而消息沉沉，惟有索之梦中，孤灯独语，其深悔杨枝之遣耶？结处“春带愁来”三句，伤春纯是自伤。前之《摸鱼儿》词借送春以寄慨，有抑塞磊落之气；此借伤春以怀人，有徘回宛转之思，刚柔兼擅之笔也。（俞陛云《唐五代两宋词选释》）

又

绿杨堤，青草渡，花片水流去。百舌声中，唤起海棠睡。断肠几点愁红，啼痕犹在，多应怨夜来风雨。

别情苦。马蹄踏遍长亭，归期又成误。帘卷青楼，回首在何处？画梁燕子双双，能言能语，不解说相思一句。

惜分飞 春思

翡翠楼前芳草路，宝马坠鞭曾驻。最是周郎顾，尊前几度歌声误。

望断碧云空日暮，流水桃源何处？闻道春归去，更无人管飘红雨。

◎瑜少精意于音乐，虽三爵之后，其有阙误，瑜必知之，知之

必顾，故时人谣曰：“曲有误，周郎顾。”（《三国志·吴志·周瑜传》）

◎桃花乱落如红雨。（唐李贺《将进酒》）

恋绣衾 无题

夜长偏冷添被儿。枕头儿移了又移。我自是笑别人底，却元来当局者迷。

如今只恨因缘浅，也不曾抵死恨伊。合下手安排了，那筵席须有散时。

◎当局称迷，傍观见审。（《旧唐书·元竹冲传》）

减字木兰花 宿僧房有作

僧窗夜雨，茶鼎熏炉宜小住。却恨春风，勾引诗来恼杀翁。

狂歌未可，且把一尊料理我。我到亡何，却听侬家陌上歌。

◎料理：犹言“安排”。

◎亡何：意即更无馀事。

◎游九仙山，闻里中儿歌《陌上花》。父老云：吴越王妃每岁春必归临安，王以书遗妃曰：“陌上花开，可缓缓归矣。”吴人用其语为歌。（宋苏轼《陌上花》序）

又

昨朝官告，一百五年村父老。更莫惊疑，刚道人生七十稀。

使君喜见，恰限华堂开寿宴。问寿如何？百代儿孙拥太婆。

◎刚道：犹言“偏说”、“硬说”。

糖多令

淑景斗清明，和风拂面轻。小杯盘同集郊坰。着个篝儿不肯上，须索要，大家行。

行步渐轻盈，行行语笑频。凤鞋儿微褪些根。忽地倚人陪笑道：“真个是，脚儿疼。”

◎须索：须得。

◎微褪些根：刘过《沁园春》咏美人足，亦有“销金样窄，……笑教人款捻，微褪些跟”等语。其意当为，因难忍窄鞋束缚之苦，故褪足移后，致后跟露出也。

南乡子 赠妓

好个主人家，不问因由便去嗏。病得那人妆晃子，巴巴，系上裙儿稳也哪。

别泪没些些，海誓山盟总是赊。今日新欢须记取，孩儿，更过十年也似他。

◎赊：渺茫难凭之意。

鹧鸪天

一片归心拟乱云，春来谙尽恶黄昏。不堪向晚檐前雨，又待今宵滴梦魂。

炉烬冷，鼎香氛。酒寒谁遣为重温？何人柳外横双笛，客耳那堪不忍闻。

又

困不成眠奈夜何，情知归未转愁多。暗将往事思量遍，谁把多情恼乱他。

些底事，误人哪。不成真个不思家。娇痴却妒香香睡，唤起醒松说梦些。

◎香香：当是侍女名。

◎醒松："醒"亦作"惺"，陈元龙《片玉词》注："惺松，犹清轻也。"

菩萨蛮

西风都是行人恨，马头渐喜归期近。试上小红楼，飞鸿字字愁。

阑干闲倚处，一带山无数。不似远山横，秋波相共明。

◎因倚危楼，过尽飞鸿字字愁。（宋秦观《减字木兰花》）

◎文君姣好，眉色如望远山。（《西京杂记》，按：远山，指眉。）

辛弃疾词集卷二

水调歌头 盟鸥

带湖吾甚爱，千丈翠奁开。先生杖屦无事，一日走千回。凡我同盟鸥鹭，今日既盟之后，来往莫相猜。白鹤在何处，尝试与偕来。

破青萍，排翠藻，立苍苔。窥鱼笑汝痴计，不解举吾杯。废沼荒丘畴昔，明月清风此夜，人世几欢哀。东岸绿阴少，杨柳更须栽。

◎齐侯盟诸侯于葵丘曰："凡我同盟之人，既盟之后，言归于好。"（《左传》僖公九年）

◎月白风清，如此良夜何。（宋苏轼《后赤壁赋》）

◆文胜质则史，此妙在文中带质。（明卓人月《古今词统》）

◆辛稼轩词肝胆激烈，有奇气。腹有诗书，足以运之，故喜用

《四书》成语，如自己出。如“今日既盟之后”、“贤哉回也”、“先觉者贤乎”等句，为词家另一派。（清李调元《雨村词话》）

◆此词一味朴质，真不可及。胜读鲍明远《芜城赋》。结二句，愈直朴，愈有力。（清陈廷焯《云韶集》）

又

严子文同傅安道和前韵，因再和谢之。

寄我五云字，恰向酒边开。东风过尽归雁，不见客星回。闻道琐窗风月，更着诗翁杖屦，合作雪堂猜。子文作雪斋，寄书云：“近以旱，无以延客。”岁旱莫留客，霖雨要渠来。

短灯檠，长剑铗，欲生苔。雕弓挂壁无用，照影落清杯。多病关心药裹，小摘亲鉏菜甲，老子政须哀。夜雨北窗竹，更倩野人栽。

◎常以五采笺为书记，使侍妾主之，其裁答受意而已，皆有楷法，陟唯署名。自谓所书陟字若五朵云，时人慕之，号郇公五云体。（《新唐书·韦陟传》）

◎共偃卧，光以足加帝腹上。明日，太史奏：“客星犯御座甚急。”帝笑曰：“朕故人严子陵共卧耳。”（《后汉书·严光传》。按：此以严光喻严子文。）

◎雪堂：苏轼于元丰二年贬黄州，寓居临皋亭，就东坡筑雪堂，号东坡居士。

◎说筑傅岩之野，惟肖，爰立作相，王置诸左右，命之曰：“……若岁大旱，命汝作霖雨。”（《尚书·说命上》。按：此以傅说况傅安道也。）

◎太学儒生东鲁客，二十辞家来射策。夜书细字缀语言，两目眵昏头雪白。此时提携当案前，看书到晓那能眠。一朝富贵还自恣，长檠高张照珠翠。吁嗟世事无不然，墙角君看短檠弃。（唐韩愈《短灯檠歌》）

◎予之祖父郴为汲令，以夏至日诣见主簿杜宣，赐酒。时北壁上有悬赤弩，照于杯，形如蛇，宣畏恶之，然不敢不饮，其日便得胸腹痛切。妨损饮食，大用羸露，攻治万端不为愈。后郴因事过至宣家窥视，问其变故，云畏此蛇，蛇入腹中。郴还听事，思惟良久，顾见悬弩，必是也。则使门下史将铃下侍，徐扶辇载宣于故处设酒，杯中故复有蛇。因谓宣："此壁上弩影耳，非有他怪。"宣遂解，甚夷怿。由是瘳平。（汉应劭《风俗通义》"世间多有见怪惊怖以自伤者"条）

◎自锄稀菜甲，小摘为情亲。（唐杜甫《有客》）

◎诸曹时白外事，援辄曰："此丞掾之任，何足相烦，颇哀老子，使得遨游。"（《后汉书·马援传》）

又

汤朝美司谏见和，用韵为谢。

白日射金阙，虎豹九关开。见君谏疏频上，谈笑挽天回。千古忠肝义胆，万里蛮烟瘴雨，往事莫惊猜。政恐不免耳，消息日边来。

笑吾庐，门掩草，径封苔。未应两手无用，要把蟹螯杯。说剑论诗馀事，醉舞狂歌欲倒，老子颇堪哀。白发宁有种，一一醒时栽。

◎魂兮归来，君无上天些。虎豹九关，啄害下人些。（《楚辞·招魂》）

◎初，谢安在东山居布衣时，兄弟已有富贵者，翕集家门，倾动人物。刘夫人戏谓安曰："大丈夫不当如此乎？"谢乃捉鼻曰："但恐不免耳。"（《世说新语·排调》）

◎毕茂世云："一手持蟹螯，一手持酒杯，……便足了一生。"（《世说新语·任诞》）

踏莎行 赋稼轩，集经句

进退存亡，行藏用舍。小人请学樊须稼。衡门之下可栖迟，日之夕矣牛羊下。

去卫灵公，遭桓司马。东西南北之人也。长沮桀溺耦而耕，丘何为是栖栖者。

◎亢之为言也，知进而不知退，知存而不知亡，知得而不知丧。其惟圣人乎，知进退存亡而不失其正者，其惟圣人乎。（《易·乾·文言》）

◎子谓颜渊曰："用之则行，舍之则藏，唯我与尔有是夫。"（《论语·述而》）

◎樊迟请学稼，子曰："吾不如老农。"请学为圃，曰："吾不如老圃。"樊迟出，子曰："小人哉，樊须也！上好礼，则民莫敢不敬；上好义，则民莫敢不服；上好信，则民莫敢不用情。夫如是，则四方之民襁负其子而至矣，焉用稼？"（《论语·子路》）

◎衡门之下，可以栖迟。泌之洋洋，可以乐饥。（《诗经·陈风·衡门》）

◎日之夕矣，羊牛下来。（《诗经·王风·君子于役》）

◎卫灵公问陈于孔子，对曰："俎豆之事则尝闻之矣，军旅之事未之学也。"明日遂行，在陈绝粮，从者病，莫能兴。（《论语·卫灵公》）

◎孔子既得合葬于防，曰："吾闻之：古者墓而不坟。今丘也，东西南北之人也，不可以弗识也。"（《礼记·檀弓上》）

◎长沮、桀溺耦而耕，孔子过之，使子路问津焉。（《论语·微子》）

◎微生亩谓孔子曰："丘何为是栖栖者与？无乃为佞乎？"孔子曰："非敢为佞也，疾固也。"（《论语·宪问》）

◆百宝装成无缝塔。（明卓人月《古今词统》）

◆徐士俊谓集句有六难：属对，一也；协韵，二也；不失粘，三也；切题意，四也；情思联续，五也；句句精美，六也。……余更增其一难，曰打成一片。稼轩俱集经语，尤为不易。（清沈雄《古今词话·词品》）

蝶恋花

和杨济翁韵，首句用丘宗卿书中语。

点检笙歌多酿酒。蝴蝶西园，暖日明花柳。醉倒东风眠永昼，觉来小院重携手。

可惜春残风雨又。收拾情怀，闲把诗僝僽。杨柳见人离别后，腰肢近日和他瘦。

又 继杨济翁韵饯范南伯知县归京口

泪眼送君倾似雨。不折垂杨，只倩愁随去。有底风光留不住，烟波万顷春江橹。

老马临流痴不渡，应惜障泥，忘了寻春路。身在稼轩安稳处，书来不用多行数。

◎有底：所有的。

◎王武子（济）善解马性。尝乘一马，着连钱障泥，前有水，终日不肯渡。王云：“此必是惜障泥。”使人解去，便径渡。（《世说新语·术解》。障泥，马鞯之两旁下垂者，用以障蔽尘土，故名。亦称蔽泥。）

◎但知家里俱无恙，不用书来细作行。（宋黄庭坚《新喻道中寄元明》）

又 席上赠杨济翁侍儿

小小年华才月半。罗幕春风，幸自无人见。刚道羞郎低粉面，旁人瞥见回娇盼。

昨夜西池陪女伴。柳困花慵，见说归来晚。劝客持觞浑未惯，未歌先觉花枝颤。

◎小小句：谓年仅十五。

六幺令

用陆氏事，送玉山令陆德隆侍亲东归吴中。

酒群花队，攀得短辕折。谁怜故山归梦，千里莼羹滑。便整松江一棹，点检能言鸭。故人欢接。醉怀霜橘，堕地金圆醒时觉。

长喜刘郎马上，肯听诗书说。谁对叔子风流，直把曹刘压？更看君侯事业，不负平生学。离觞愁怯。送君归后，细写《茶经》煮香雪。

◎第五伦为会稽守，为事征，百姓攀辕扣马呼曰：“舍我何之！”（《艺文类聚》卷七一引《东观汉记》）

◎陆机诣王武子，武子前置数斛羊酪，指以示陆曰："卿江东何以敌此？"陆云："有千里莼羹，但未下盐豉耳。"(《世说新语·言语》)

◎唐陆龟蒙善为赋，绝妙。……相传龟蒙多智数，狡狯，居笠泽。有内养自长安使杭州，舟出舍下，小童奴以小舟驱群鸭出，内养弹其一绿头雄鸭，折头。龟蒙遽舍出，大呼云："此绿鸭有异，善人言，适将献状本州，贡天子，今持此死鸭以诣官自言耳。"内养少长宫禁，不知外事，信然，甚惊骇，厚以金帛遗之，龟蒙乃止。因徐问龟蒙曰："此鸭何言？"龟蒙曰："常自呼其名。"巧捷多类此。(《甫里文集》附录《杨文公谈苑》)

◎绩年六岁，于九江见袁术，术出橘，绩怀三枚去，拜辞，堕地，术谓曰："陆郎作宾客而怀橘乎？"绩跪答曰："欲归遗母。"术大奇之。(《三国志·吴志·陆绩传》)

◎祜字叔子，泰山南城人也。……在军常轻裘缓带，身不被甲。……吴西陵督步阐举城来降，吴将陆抗攻之甚急，诏祜迎阐，祜率兵五万出江陵。……祜与陆抗相对，使命交通，抗称祜之德量虽乐毅、诸葛孔明不能过也。抗尝病，祜馈之药，抗服之无疑心，人多谏抗，抗曰："羊祜岂酖人者。"时谈以为华元、子反复见于今日。(《晋书·羊祜传》)

◎贽以受人主殊遇，不敢爱身，事有不可，极言无隐。朋友规之，以为太峻，贽曰："吾上不负天子，下不负吾所学，不恤其他。"(《旧唐书·陆贽传》)

◎细写句：唐陆羽字鸿渐，竟陵人。隐苕溪，杜门著书，有《茶经》三卷。

又 再用前韵

倒冠一笑，华发玉簪折。《阳关》自来凄断，却怪歌声滑。放浪儿童归舍，莫恼比邻鸭。水连山接。看君归兴，如醉中醒梦中觉。

江上吴侬问我，一一烦君说：坐客尊酒频空，剩欠真珠压；手把渔竿未稳，长向沧浪学。问愁谁怯。可堪杨柳，先作东风满城雪。

◎最忆《阳关》唱，真珠一串歌。（唐白居易《晚春欲携酒寻沈四著作先以六韵寄之》，自注云："沈有讴者，善唱'西出阳关无故人'词。"）

◎休怪儿童延俗客，不教鹅鸭恼比邻。（唐杜甫《将赴成都草堂寄严郑公》）

◎及退闲职，宾客日盈其门，常叹曰："坐上客恒满，尊中酒不空，吾无忧矣。"（《后汉书·孔融传》）

◎剩欠句：意即甚少酿造。"真珠"寓酒。

◎手把二句：言尚未习惯于赋闲生涯。《楚辞·渔父》："渔父莞尔而笑，鼓枻而去，乃歌曰：'沧浪之水清兮，可以濯吾缨；沧浪之水浊兮，可以濯吾足。'"

太常引 寿韩南涧尚书

君王着意履声间，便合押，紫宸班。今代又尊韩，道吏部文章泰山。

一杯千岁，问公何事，早伴赤松闲？功业后来看，似江左风流谢安。

◎郑崇字子游，本高密大族，世与王家相嫁娶。……哀帝擢为尚书仆射，数求见，谏争，上初纳用之，每见曳革履，上笑曰："我识郑尚书履声。"（《汉书·郑崇传》）

◎押紫宸班：宋制，凡朝会奏事，例由参知政事、宰相分日知印押班，馀官则随班朝谒。押班盖即领班之意。紫宸，殿名。

◎自愈之没，其言大行，学者仰之如泰山北斗云。（《新唐书·韩愈传》，按：韩愈官至吏部侍郎。）

◎今以三寸舌为帝者师，封万户，位列侯，此布衣之极，于良足矣，愿弃人间事，欲从赤松子游耳。（《史记·留侯世家》）

◎俭尝谓人曰："江左风流宰相惟有谢安。"（《南史·王俭传》）

蝶恋花

洗尽机心随法喜。看取尊前，秋思如春意。谁与先生宽发齿，醉时惟有歌而已。

岁月何须溪上记，千古黄花，自有渊明比。高卧石龙呼不起，微风不动天如醉。

◎法喜：佛语法喜，谓见法生欢喜。

◎宽发齿：即宽延齿落发白之期，亦即延年益寿之意。

◎微风不动天如醉，润物无声春有功。（宋黄庭坚《二月丁卯喜雨吴体为北门留守文潞公作》）

又

何物能令公怒喜？山要人来，人要山无意。恰似哀筝弦下齿，千情万意无时已。

自要溪堂韩作记，今代机云，好语花难比。老眼狂花空处起，银钩未见心先醉。

◎王恂、郗超并有奇才，为大司马所眷拔，恂为主簿，超为记室

参军。超为人多须，恂状短小，于时荆州为之语曰：“髯参军，短主簿，能令公喜，能令公怒。”（《世说新语·宠礼》）

◎陆机字士衡，吴郡人也。……少有异才，文章冠世。……天才秀逸，辞藻宏丽。张华尝谓之曰：“人之为文常患才少，而子更患其多。”……云字士龙，少与兄机齐名，虽文章不及机，而持论过之。号曰二陆。（《晋书·陆机陆云传》）

◎晋索靖草书绝代，名曰银钩虿尾。（《书苑》）

水调歌头

九日游云洞，和韩南涧尚书韵。

今日复何日，黄菊为谁开。渊明谩爱重九，胸次正崔嵬。酒亦关人何事，政自不能不尔，谁遣白衣来。醉把西风扇，随处障尘埃。

为公饮，须一日，三百杯。此山高处东望，云气见蓬莱。翳凤骖鸾公去，落佩倒冠吾事，抱病且登台。归路踏明月，人影共徘徊。

◎渊明句：陶渊明《九日闲居》诗序：“余闲居，爱重九之名。”

◎谓温曰：“安闻诸侯有道，守在四邻，明公何须壁后置人邪？”温笑曰：“政自不能不尔耳。”遂笑语移日。（《晋书·谢安传》）

◎陶渊明九日无酒，出篱边怅望久之，见白衣人至，乃王弘送酒使也。即便就酌，醉而后归。（《续晋阳秋》）

◎于时庾亮以望重地逼，出镇于外，……而执朝廷之权，既据上流，拥强兵，趋向者多归之。导内不能平，常遇西风起，举扇自蔽，徐曰：“元规尘污人。”（《晋书·王导传》）

◎百年三万六千日，一日须倾三百杯。（唐李白《襄阳歌》）

◎翳风骖鸾：意驾鸾凤而登仙也。

◎若予者则谓何如，倒冠落佩兮与世阔疏，敖敖休休兮，真徇其愚而隐居者乎。（唐杜牧《晚晴赋》）

◎归来踏人影，云细月娟娟。（宋苏轼《同王胜之游蒋山》）

◆陶渊明《九日闲居》诗："酒能祛百虑，菊为制颓龄。如何蓬庐士，空视时运倾！尘爵耻虚罍，寒华徒自荣。敛襟独闲谣，缅焉起深情。"即其胸中之郁结不平也。（邓广铭《稼轩词编年笺注》）

又 再用韵，呈南涧

千古老蟾口，云洞插天开。涨痕当日，何事汹涌到崔嵬。攫土抟沙儿戏，翠谷苍崖几变，风雨化人来。万里须臾耳，野马骤空埃。

笑年来，蕉鹿梦，画蛇杯。黄花憔悴风露，野碧涨荒莱。此会明年谁健，后日犹今视昔，歌舞只空台。爱酒陶元亮，无酒正徘徊。

◎伟哉造物真豪纵，攫土抟沙为此弄。（宋苏轼《游白水山》）

◎西极之国，有化人来。（《列子·周穆王》）

◎野马也，尘埃也。（《庄子·逍遥游》）

◎郑人有薪于野者，遇骇鹿，御而击之，毙之，恐人见之也，遽而藏诸隍中，覆之以蕉，不胜其喜；俄而遗其所藏之处，遂以为梦焉。顺途而咏其事。傍人有闻者，用其言而取之，既归，告其室人曰："向薪者梦得鹿而不知其处，吾今得之，彼直真梦者矣。"室人曰："若将是梦见薪者之得鹿耶，讵有薪者耶？今真得鹿，是若之梦真耶？"夫曰："吾据得鹿，何用知我梦彼梦耶。"（《列子·周穆

王》)

◎明年此会知谁健,醉把茱萸仔细看。(唐杜甫《九日蓝田崔氏庄》)

◎固知一死生为虚诞,齐彭、殇为妄作,后之视今,亦犹今之视昔,悲夫!(晋王羲之《兰亭序》)

又 再用韵答李子永提干

君莫赋《幽愤》,一语试相开:长安车马道上,平地起崔嵬。我愧渊明久矣,犹借此翁湔洗,素壁写《归来》。斜日透虚隙,一线万飞埃。

断吾生,左持蟹,右持杯。买山自种云树,山下劚烟莱。百炼都成绕指,万事直须称好,人世几舆台。刘郎更堪笑,刚赋看花回。

◎东平吕安服康高致,每一相思,千里命驾,康友而善之。后安为兄所枉诉,以事系狱,辞相引证,遂复收康。康性慎言行,一旦缧绁,乃作《幽愤诗》。(《晋书·嵇康传》)

◎王子敬过戴安道,饮酣,安道求子敬文,子敬攘臂大言曰:"我辞翰虽不如古人,与君一扫素壁。"今山阴草堂碑是也。(《白氏六帖》)

◎虚隙日光,纤埃扰扰;清潭水底,影像昭昭。(《景德传灯录》卷十三圭峰《禅源诸诠序》)

◎支道林因人就深公买印山,深公答曰:"未闻巢由买山而隐。"(《世说新语·言语》)

◎何意百炼刚,化为绕指柔。(晋刘琨《赠卢谌》)

◎徽有人伦鉴,居荆州,知刘表性暗,必害善人,乃囊括不谈议时人。有以人物问徽者,初不辨其高下,每辄言佳。其妇谏曰:"人质所疑，君宜辨论，而一皆言佳，岂人所以咨君之意乎。”徽曰：“如君所言亦复佳。”其婉约逊遁如此。（《世说新语》注引《司马徽别传》）

又

提干李君索余赋《秀野》、《绿绕》二诗，余诗寻医久矣，姑合二榜之意，赋《水调歌头》以遗之。然君才气不减流辈，岂求田问舍而独乐其身耶。

文字觑天巧，亭榭定风流。平生丘壑，岁晚也作稻粱谋。五亩园中秀野，一水田将绿绕，穲稏不胜秋。饭饱对花竹，可是便忘忧？

吾老矣，探禹穴，欠东游。君家风月几许，白鸟去悠悠。插架牙签万轴，射虎南山一骑，容我揽须不？更欲劝君酒，百尺卧高楼。

◎规模背时利，文字觑天巧。人皆馀酒肉，子独不得饱。（唐韩愈《答孟东野》）

◎一水护田将绿绕，两山排闼送青来。（宋王安石《书湖阴先生壁》）

◎穲稏：稻名。

◎翰林风月三千首，吏部文章二百年。（宋欧阳修《寄王介甫》，按：翰林指李白，故此云君家。）

◎邺侯家多书，插架三万轴。一一悬牙签，新若手未触。（唐韩愈《送诸葛觉往随州读书》，按：唐李泌封邺侯。）

◎伊便抚筝而歌《怨诗》，……声节慷慨，俯仰可观。（谢）安泣下沾衿，乃越席而就之，捋其须曰：“使君于此不凡！”（《晋书·桓伊传》）

小重山 席上和人韵送李子永提干

旋制离歌唱未成，《阳关》先画出，柳边亭。中年怀抱管弦声。难忘处：风月此时情。

夜雨共谁听？尽教清梦去，两三程。商量诗价重连城。相如老，汉殿旧知名。

◎阳关二句：苏轼《书林次中所得李伯时归去来阳关二图后》查慎行补注："张芸叟（舜民）《画墁集》云：'京兆安汾叟赴辟临洮幕府，南舒李伯时自画《阳关图》并诗以送行。'"查注本并附李伯时诗云："画出离筵已怆神，那堪真别渭城春。渭城柳色休相恼，西出阳关有故人。"

◎赵惠文王时，得楚和氏璧，秦昭王闻之，使人遗赵王书，愿以十五城请易璧。（《史记·廉颇蔺相如列传》）

◎相如既奏《大人》之颂，天子大说。……相如既病免，家居茂陵，天子曰："司马相如病甚，可往从悉取其书，若不然，后失之矣。"（《史记·司马相如列传》）

贺新郎 赋水仙

云卧衣裳冷。看萧然风前月下，水边幽影。罗袜生尘凌波去，汤沐烟波万顷。爱一点娇黄成晕。不记相逢曾解佩，甚多情为我香成阵？待和泪，收残粉。

灵均千古《怀沙》恨，记当时匆匆忘把，此仙题品。烟雨凄迷僝僽损，翠袂摇摇谁整？谩写入瑶琴《幽愤》。弦断《招魂》无人赋，但金杯的皪银台润。愁殢酒，又独醒。

◎天阙象纬逼，云卧衣裳冷。（唐杜甫《游龙门奉先寺》）

◎凌波仙子生尘袜，水上轻盈步微月。是谁招此断肠魂，种作寒花寄幽绝。（宋黄庭坚《王充道送水仙花》）

◎江妃二女，游于江滨，逢郑交甫，交甫不知何人也，目而挑之，女遂解佩与之。行数步，空怀无佩，女亦不见。（《神仙传》）

◎上官大夫短屈原于顷襄王，顷襄王怒而迁之，屈原至于江滨，……乃作《怀沙》之赋。（《史记·屈原列传》，按屈原，字灵均。）

◎屈原以忠见斥，隐于沅湘，……被王逼逐，乃赴清泠之水，楚人思慕，谓之水仙。（晋王嘉《拾遗记》）

◎瑶琴幽愤：琴调有《水仙操》。晋嵇康有《幽愤诗》。

◎世以水仙为金盏玉台，盖单叶者甚似真有一酒盏，深黄而金色。至千叶水仙，其中花片卷皱密蹙，一片之中，下轻黄而上淡白，如染一截者，与酒杯之状殊不相似，而千叶者乃真水仙云。（宋杨万里《千叶水仙花》诗序）

◆首五字即隐含水仙神态。以下五句实赋水仙，中用“汤沐”二字颇新。“解佩”二句无情而若有情，自是隽句。下阕因水仙而涉想灵均，犹白石之《暗香》、《疏影》，咏梅而涉想寿阳明妃，咏花而兼咏古，便有寄托。水仙在百花中，高洁与梅花等，而不入楚词，作者特拈出之。以下“烟雨凄迷”等句皆幽怨之音。“招魂”句非特映带上句“怀沙”，且用琴中《水仙操》，而悲愤弦断，当有蒙尘绝望之感。结句借水仙之花承金琖，联想及众皆殢酒而我独醒耳。（俞陛云《唐五代两宋词选释》）

又 赋海棠

着厌霓裳素。染胭脂苎罗山下，浣沙溪渡。谁与流霞千古酝，引得东风相误。从臾入吴宫深处。鬓乱钗横浑不醒，转越江划地迷归路。烟艇小，五湖去。

当时倩得春留住，就锦屏一曲种种，断肠风度。才是清明三月近，须要诗人妙句。笑援笔殷勤为赋。十样蛮笺纹错绮，粲珠玑渊掷惊风雨。重唤酒，共花语。

◎苎罗山：《吴越春秋·句践阴谋篇》："越王得苎萝山鬻薪之女曰西施。"注云："苎萝山在诸暨县南五里，西施、郑旦所居。下临浣江，江中有浣纱石。"

◎转越江三句：世传越复平吴，西施仍随范蠡去，后随范蠡泛舟湖中。"划地"在此应作"无端"或"反而"解。

◎昔有妇人思所欢不见，辄涕泣，恒洒泪于北墙之下，后洒处生草，其花甚媚，色如妇面，……名曰断肠花，又名八月春，即今之秋海棠也。(《嫏嬛记》卷中引《采兰杂志》)

◎笔落惊风雨，诗成泣鬼神。(唐杜甫《寄李白二十韵》)

又 赋琵琶

凤尾龙香拨。自开元《霓裳曲》罢，几番风月？最苦浔阳江头客，画舸亭亭待发。记出塞黄云堆雪。马上离愁三万里，望昭阳宫殿孤鸿没。弦解语，恨难说。

辽阳驿使音尘绝。琐窗寒轻拢慢捻，泪珠盈睫。推手含情还却手，一抹《梁州》哀彻。千古事云飞烟灭。贺老定场无消息，想沉香亭北繁华歇。弹到此，为呜咽。

◎玉奴琵琶龙香拨。（唐郑嵎《津阳门诗》，自注云："贵妃妙弹琵琶，其乐器闻于人间者，有逻逤檀为槽，龙香柏为拨者。"）

◎浔阳江头夜送客，枫叶荻花秋瑟瑟。……忽闻水上琵琶声，主人忘归客不发。（唐白居易《琵琶行》）

◎记出塞三句：盖用王昭君琵琶出塞故事。

◎千载琵琶作胡语，分明怨恨曲中论。（唐杜甫《咏怀古迹》）

◎十年征戍忆辽阳。白狼河北音书断。（唐沈佺期《独不见》）

◎低眉信手续续弹，说尽心中无限事。轻拢慢捻抹复挑，初为《霓裳》后《六幺》。（唐白居易《琵琶行》）

◎逡巡大遍《梁州》彻，色色《龟兹》轰陆续。（唐元稹《连昌宫词》）

◎夜半月高弦索鸣，贺老琵琶定场屋。（唐元稹《连昌宫词》，按：贺老谓贺怀智，开元、天宝时之善弹琵琶者。）

◎解释春风无限恨，沉香亭北倚阑干。（唐李白《清平调》）

◆辛稼轩词，或议其多用事，而欠流便。予览其《琵琶》一词，则此论未足凭也。《贺新郎》云：（略）此篇用事最多，然圆转流丽，不为事所使，称是妙手。（明陈霆《渚山堂词话》）

◆（"记出塞"句）言谪逐正人，以致离乱；（"辽阳"句）言晏安江沱，不复北望。（清周济《宋四家词选》）

◆此词运典虽多，却一片感慨，故不嫌堆垛。心中有泪，故笔下无一字不呜咽。（清陈廷焯《白雨斋词话》）

满江红 送汤朝美司谏自便归金坛

瘴雨蛮烟，十年梦尊前休说。春正好故园桃李，待君花发。儿女灯前和泪拜，鸡豚社里归时节。看依然舌在齿牙牢，心如铁。

活国手，封侯骨。腾汗漫，排阊阖。待十分做了，诗书勋业。当日念君归去好，而今却恨中年别。笑江头明月更多情，今宵缺。

◎韩退之有二妾，一曰绛桃，一曰柳枝，皆能歌舞。初使王庭凑，至寿阳驿绝句云：……盖寄意二姝。逮归，柳枝逾垣遁去，家人追获；故《镇州初归》诗云："别来杨柳街头树，摆乱春风只欲飞。惟有小园桃李在，留花不发待郎归。"自是专宠绛桃矣。（《唐语林》卷六《补遗》）

◎常摐有疾，老子往问焉。……张其口而示老子曰："吾舌存乎？"老子曰："然。""吾齿存乎？"老子曰："亡。"常摐曰："子知之乎？"老子曰："夫舌之存也，岂非以其柔耶？齿之亡也，岂非以其刚耶？"曰："嘻，是已。"（《说苑·敬慎》）

◎子珍国为南谯太守，发米散财以赈穷乏，高帝手敕云："卿爱人活国，甚副吾意。"（《南史·王广之传》，按：汤氏亦有以私积赈穷乏事。）

◎为小史，号迟顿不及事，数为掾史所詈辱。方进自伤，乃从汝南蔡父相，问己能所宜，蔡父大奇其形貌，曰："小史有封侯骨，当以经术进。"（《汉书·翟方进传》）

◎"吾与汗漫期于九垓之外，吾不可以久驻。"若士举臂而竦身，遂入云中。（《淮南子·道应训》）

◎昔者冯夷大丙之御也，……经纪山川，蹈腾昆仑，排阊阖，沦天门。（《淮南子·原道训》）

水调歌头

席上用王德和推官韵，寿南涧。

上界足官府，公是地行仙。青毡剑履旧物，玉立近天颜。莫怪新来白发，恐是当年柱下，《道德》五千言。南涧旧活计，猿鹤且相安。

歌秦缶，宝康瓠，世皆然。不知清庙钟磬，零落有谁编。莫问行藏用舍，毕竟山林钟鼎，底事有亏全？再拜荷公赐，双鹤一千年。公以双鹤见寿。

◎番阳仙人王遥琴子高言："下界功满方超上界，上界多官府，不如地仙快活。"（唐顾况《五源诀》）

◎夜卧斋中，有偷人入其室，盗物都尽，献之徐曰："偷儿，青毡我家旧物，可特置之。"群盗惊走。（《晋书·王献之传》）

◎周秦皆有柱下史，谓御史也。所掌及侍立恒在殿柱之下，故老聃为周柱下史。（《史记·张丞相列传》索隐）

◎赵王鼓瑟，……蔺相如前曰："赵王窃闻秦王善为秦声，请奉盆缶秦王，以相娱乐。"……于是秦王不怿，为一击缶。（《史记·廉颇蔺相如列传》，集解："缶者，瓦器，所以盛酒浆，秦人鼓之以节歌也。"）

◎斡弃周鼎兮而宝康瓠。（汉贾谊《吊屈原赋》）

◎钟鼎山林各天性，浊醪粗饭任吾年。（唐杜甫《清明》）

清平乐 为儿铁柱作

灵皇醮罢，福禄都来也。试引鹓雏花树下，断了惊惊怕怕。

从今日日聪明，更宜潭妹嵩兄。看取辛家铁

柱，无灾无难公卿。

◎灵皇二句：当系宋代为儿童祈福之一种习俗。

◎试引二句：当系宋代为儿童避除惊吓之一种习俗。

◎人皆养子望聪明，我被聪明误一生。惟愿孩儿愚且鲁，无灾无难到公卿。（宋苏轼《洗儿戏作》）

临江仙 即席和韩南涧韵

风雨催春寒食近，平原一片丹青。溪头唤渡柳边行。花飞蝴蝶乱，桑嫩野蚕生。

绿野先生闲袖手，却寻诗酒功名。未知明日定阴晴。今宵成独醉，却笑众人醒。

◎时阉竖擅威，天子拥虚器，搢绅道丧；度不复有经济意，乃治第东都集贤里，沼石林丛，岑缭幽胜。午桥作别墅，具燠馆凉台，号绿野堂，激波其下。度野服萧散，与白居易、刘禹锡为文章，把酒穷昼夜相欢，不问人间事。（《新唐书·裴度传》）

◎举世皆浊我独清，众人皆醉我独醒，是以见放。（《楚辞·渔父》）

洞仙歌 开南溪初成赋

婆娑欲舞，怪青山欢喜。分得清溪半篙水。记平沙鸥鹭，落日渔樵，湘江上，风景依然如此。

东篱多种菊，待学渊明，酒兴诗情不相似。十里涨春波，一棹归来，只做个五湖范蠡。是则是一般弄扁舟，争知道他家，有个西子。

唐河传 效《花间》体

春水，千里，孤舟浪起，梦携西子。觉来村巷夕阳斜。几家，短墙红杏花。

晚云做造些儿雨。折花去，岸上谁家女。太狂颠。那边，柳绵，被风吹上天。

水龙吟 甲辰岁寿韩南涧尚书

渡江天马南来，几人真是经纶手？长安父老，新亭风景，可怜依旧。夷甫诸人，神州沉陆，几曾回首！算平戎万里，功名本是，真儒事，公知否。

况有文章山斗，对桐阴满庭清昼。当年堕地，而今试看：风云奔走。绿野风烟，平泉草木，东山歌酒。待他年整顿，乾坤事了，为先生寿。

◎太安之际，童谣云："五马浮渡江，一马化为龙。"及永嘉中，……王室沦覆，帝与西阳、汝南、南顿、彭城五王获济，而帝竟登大位焉。(《晋书·元帝纪》)

◎温遂统步骑四万发江陵，水军自襄阳入均口，至南乡，步自淅川，以征关中。……温进至霸上，(苻)健以五千人深沟自固，人皆安堵复业，持牛酒迎温于路者十八九，耆老感泣曰："不图今日复见官军！"(《晋书·桓温传》)

◎过江诸人，每至美日，辄相邀新亭，藉卉饮宴。周侯(顗)中坐而叹曰："风景不殊，正自有山河之异！"皆相视流泪。唯王丞相(导)愀然变色曰："当共勠力王室，克复神州，何至作楚囚相

对。”(《世说新语·言语》)

◎温自江陵北伐,……过淮、泗,践北境,与诸寮属登平乘楼眺瞩中原,慨然曰:“遂使神州陆沉,百年丘墟,王夷甫诸人不得不任其责!”(《晋书·桓温传》,按:夷甫,王衍字。)

◎桐阴:北宋有两韩氏并盛,一为相州韩氏,一为颍川韩氏。颍川韩氏京师第门前多植桐木,故世称“桐木韩家”,以别于相州韩琦。韩无咎有《桐阴旧话》十卷,记其家世旧事。

◎谢安寓居会稽,虽放情丘壑,然每游赏,必以妓女从。(《晋书·谢安传》)

满江红 送李正之提刑入蜀

蜀道登天,一杯送绣衣行客。还自叹中年多病,不堪离别。东北看惊诸葛《表》,西南更草相如《檄》。把功名收拾付君侯,如椽笔。

儿女泪,君休滴。荆楚路,吾能说。要新诗准备,庐山山色。赤壁矶头千古浪,铜鞮陌上三更月。正梅花万里雪深时,须相忆。

◎蜀道之难,难于上青天。(唐李白《蜀道难》)

◎诸葛表:诸葛亮出师北伐曹魏,有《出师表》上蜀汉后主。

◎相如檄:司马相如有《喻巴蜀檄》。

◎珣梦人以大笔如椽与之。既觉,语人曰:“此当有大手笔事。”(《晋书·王珣传》)

◆诸葛表与相如檄,俱切蜀事。(卓人月《古今词统》)

◆气魄之大,突过东坡,古今更无敌手。其下笔时,早已目无馀子矣。龙吟虎啸。(清陈廷焯《词则·放歌集》)

蝶恋花

用赵文鼎提举送李正之提刑韵，送郑元英。

莫向楼头听漏点。说与行人，默默情千万。总是离愁无近远，人间儿女空恩怨。

锦绣心胸冰雪面。旧日诗名，曾道空梁燕。倾盖未偿平日愿，一杯早唱《阳关》劝。

◎旧日二句：隋薛道衡有“暗牖悬蛛网，空梁落燕泥”之句，最为一时所传诵。

◎孔子遭齐程本子于郯之间，倾盖而语终日，有间，顾子路曰：“……夫《诗》不云乎：邂逅相遇，适我愿兮。”（《韩诗外传》）

又

客有“燕语莺啼人乍远”之句，用为首句。

燕语莺啼人乍远。却恨西园，依旧莺和燕。笑语十分愁一半，翠围特地春光暖。

只道书来无过雁，不道柔肠，近日无肠断。柄玉莫摇湘泪点，怕君唤作秋风扇。

◎燕语句：《分类草堂诗馀》载朱敦儒《念奴娇》词，内有“燕语莺啼人乍远，还是他乡寒食”二句，稼轩之客盖袭用其句也。

◎常恐秋节至，凉风夺炎热。弃捐箧笥中，恩情中道绝。（汉班婕妤《怨歌行·咏合欢扇》）

鹧鸪天 徐衡仲惠琴不受

千丈阴崖百丈溪，孤桐枝上凤偏宜。玉音落

落虽难合，横理庚庚定自奇。山谷《听摘阮歌》云：“玄璧庚庚有横理。”

人散后，月明时。试弹《幽愤》泪空垂。不如却付骚人手，留和《南风》解愠诗。

◎帝谓弇曰：“将军前在南阳，建此大策，常以为落落难合；有志者事竟成也。”（《后汉书·耿弇传》）

◎代王报太后，计犹豫未定，卜之，兆得大横。占曰：“大横庚庚，余为天王，夏启以光。”（《汉书·文帝纪》，服虔注云：“庚庚横貌也。”）

◎舜作五弦之琴以歌南风：“南风之熏兮，可以解吾民之愠。”是舜歌也。（《文选》《琴赋》注引《尸子》）

又

用前韵，和赵文鼎提举赋雪。

莫上扁舟访剡溪，浅斟低唱正相宜。从教犬吠千家白，且与梅成一段奇。

香暖处，酒醒时，画檐玉箸已偷垂。笑君解释春风恨，倩拂蛮笺只费诗。

◎王子猷居山阴，夜大雪，眠觉，开室，命酌酒，四望皎然，因起彷徨，咏左思招隐诗。忽忆戴安道，时戴在剡，即便夜乘小舟就之，经宿方至。造门，不前而返。人问其故，王曰：“吾本乘兴而行，兴尽而返，何必见戴。”（《世说新语·任诞》）

◎忍把浮名，换了浅斟低唱。（宋柳永《鹤冲天》）

◎仆来南二年，冬大雪，逾岭，被南越中数州，数州之犬皆苍黄

吠噬狂走者累日。（唐柳宗元《答韦中立书》）

◎解释春风无限恨，沉香亭北倚阑干。（唐李白《清平调》）

水龙吟

次年南涧用前韵为仆寿，仆与公生日相去一日，再和以寿南涧。

玉皇殿阁微凉，看公重试熏风手。高门画戟，桐阴闻道，青青如旧。兰佩空芳，蛾眉谁妒？无言搔首。甚年年却有，呼韩塞上，人争问：公安否？

金印明年如斗。向中州锦衣行昼。依然盛事：貂蝉前后，凤麟飞走。富贵浮云，我评轩冕，不如杯酒。待从公痛饮，八千馀岁，伴《庄》椿寿。

◎文宗尝召与联句，帝曰："人皆苦炎热，我爱夏日长。"公权属曰："熏风自南来，殿阁生微凉。"他学士亦属继，帝独讽公权者，以为情词皆足。命题于殿壁。（《新唐书·柳公权传》）

◎韩魏公元勋旧德，夷夏具瞻。每（辽）使至于国，必问侍中（魏公）安否。（宋王辟之《渑水燕谈录》卷二《君臣》，按：韩元吉曾于乾道九年以礼部尚书出使金国，贺金主生辰，故以韩琦拟之。）

◎富贵不归故乡，如锦衣夜行，谁知之者。（《史记·项羽本纪》）

◎凤麟：《礼记·礼运》："凤皇麒麟，皆在郊薮。"本谓祥瑞，后用以拟才俊之士。

◎张季鹰纵任不拘，时人号为江东步兵。或谓之曰："卿乃可纵适一时，独不为身后名耶？"答曰："使我有身后名，不如即时一

杯酒。"(《世说新语·任诞》)

菩萨蛮

乙巳冬南涧举似前作,因和之。

锦书谁寄相思语?天边数遍飞鸿数。一夜梦千回,梅花入梦来。

涨痕纷树发,霜落沙洲白。心事莫惊鸥,人间千万愁。

虞美人 寿赵文鼎提举

翠屏罗幕遮前后,舞袖翻长寿。紫髯冠佩御炉香,看取明年归奉万年觞。

今宵池上蟠桃席,咫尺长安日。宝烟飞焰万花浓,试看中间白鹤驾仙风。

◎班超字仲升,扶风平陵人。使西域,超欲因此叵平诸国,乃上书请兵曰:"……窃冀未便僵仆,目见西域平定,陛下举万年之觞,荐勋祖庙,布大喜于天下。"书奏,帝知其功可成。(《后汉书·班超传》)

又 送赵达夫

一杯莫落他人后,富贵功名寿。胸中书传有馀香,看写《兰亭》小字记流觞。

问谁分我渔樵席,江海消闲日。看君天上拜恩浓,却怕画楼无处着春风。

又

夜深困倚屏风后，试请毛延寿。宝钗小立白翻香，旋唱新词犹误笑持觞。

四更山月寒侵席，歌舞催时日。问他何处最情浓？却道"小梅摇落不禁风"。

水调歌头 和信守郑舜举蔗庵韵

万事到白发，日月几西东。羊肠九折歧路，老我惯经从。竹树前溪风月，鸡酒东家父老，一笑偶相逢。此乐竟谁觉，天外有冥鸿。

味平生，公与我，定无同。玉堂金马，自有佳处着诗翁。"好锁云烟窗户，怕入丹青图画，飞去了无踪。"此语更痴绝，真有虎头风。

◎杨子之邻人亡羊，既率其党，又请杨子之竖追之。杨子曰："嘻，亡一羊何追者之众？"邻人曰："多歧路。"既反，问："获羊乎？"曰："亡之矣。"曰："奚亡之？"曰："歧路之中又有歧焉，吾不知所之，所以反也。"（《列子·说符》）

◎好锁三句：当均为郑舜举语。

◎恺之尤好丹青，妙绝于时。曾以一厨画寄桓玄，皆其绝者。深所珍惜，悉糊题其前。桓乃发厨后取之，好加理复。恺之见封题如初，而画并不存，直云"妙画通灵，变化而去，如人之登仙矣。"（《世说新语·巧艺》注引《续晋阳秋》，按：顾恺之字长康，小字虎头。世谓顾有三绝：画绝，文绝，痴绝。）

千年调

蔗庵小阁名曰卮言，作此词以嘲之。

卮酒向人时，和气先倾倒。最要然然可可，万事称好。滑稽坐上，更对鸱夷笑。寒与热，总随人，甘国老。

少年使酒，出口人嫌拗。此个和合道理，近日方晓。学人言语，未会十分巧。看他们，得人怜，秦吉了。

◎恶乎然？然于然。恶乎不然？不然于不然。恶乎可？可于可。恶乎不可？不可于不可。物固有所然，物固有所可。无物不然，无物不可。（《庄子·寓言》）

◎鸱夷、滑稽（按：二者均酒器），腹如大壶。（汉扬雄《酒赋》）

◎甘草，国老，味甘平，无毒，主五脏六腑寒热邪气。（《本草草部·上品之上》）

◎秦吉了，出南中。彩毛青黑花颈红。耳聪心慧舌端巧，鸟语人言无不通。（唐白居易《新乐府·秦吉了》）

南歌子 独坐蔗庵

玄入《参同契》，禅依不二门。细看斜日隙中尘，始觉人间何处不纷纷。

病笑春先到，闲知懒是真。百般啼鸟苦撩人。除却提壶此外不堪闻。

◎下视生物息，霏如隙中尘。（唐刘禹锡《有僧言罗浮事》）

◎近识峨嵋老，知余懒是真。（唐杜甫《漫成》）

◎提壶：鸟名。盖以鸣声而得名。

◆禅悦逍遥，悠悠世路，谁可与语。（明沈际飞《草堂诗馀别集》）

杏花天

病来自是于春懒。但别院笙歌一片。蛛丝网遍玻璃盏，更问舞裙歌扇！

有多少莺愁蝶怨，甚梦里春归不管。杨花也笑人情浅，故故沾衣扑面。

◎宿酲未醒宫娥报，道别院笙歌会早。（宋秦观《海棠春》）

念奴娇 和韩南涧载酒见过雪楼观雪

兔园旧赏，怅遗踪，飞鸟千山都绝。缟带银杯江上路，惟有南枝香别。万事新奇，青山一夜，对我头先白。倚严千树，玉龙飞上琼阙。

莫惜雾鬓云鬟，试教骑鹤，去约尊前月。自与诗翁磨冻砚，看扫《幽兰》新阕。便拟明年，人间挥汗，留取层冰洁。此君何事，晚来曾为腰折。

◎岁将暮，时既昏，寒风积，愁云繁。梁王不悦，游于兔园。……俄而微霰零，密雪下。王乃歌《北风》于卫《诗》，咏《南山》于周《雅》。"（南朝谢惠连《雪赋》）

◎大庾岭上梅，南枝落，北枝开。（《白孔六帖》，南枝，谓梅。）

◎臣尝行至，主人独有一女，置臣兰房之中，臣援琴而鼓之，为《幽兰》《白雪》之曲。（战国宋玉《讽赋》）

◎此君二句：此君，指竹。《世说新语·任诞》：“王子猷尝暂寄人空宅住，便令种竹。或问：‘暂住何烦尔？’王啸咏良久，直指竹曰：‘何可一日无此君？’”下句盖谓晚来积雪厚重，压竹使弯曲也。

临江仙

小靥人怜都恶瘦，曲眉天与长颦。沉思欢事惜腰身。枕添离别泪，粉落却深匀。

翠袖盈盈浑力薄，玉笙袅袅愁新。夕阳依旧倚窗尘。叶红苔郁碧，深院断无人。

又

逗晓莺啼声昵昵，掩关高树冥冥。小渠春浪细无声。井床听夜雨，出藓辘轳青。

碧草旋荒金谷路，乌丝重记《兰亭》。强扶残醉绕云屏。一枝风露湿，花重入疏棂。

◎《兰亭序》用鼠须笔书乌丝栏蚕纸。（宋陈槱《负暄野录》）

◎晓看红湿处，花重锦官城。（唐杜甫《春夜喜雨》）

又

春色饶君白发了，不妨倚绿偎红。翠鬟催唤

出房栊。垂肩金缕窄，蘸甲宝杯浓。

睡起鸳鸯飞燕子，门前沙暖泥融。画楼人把玉西东。舞低花外月，唱彻柳边风。

◎酒斟满，捧觞必蘸指甲。牧之云："为君蘸甲十分饮。"（《猗觉寮杂记》）

◎玉西东：玉东西谓酒杯，以趁韵故，作"玉西东"。

◎舞低杨柳楼心月，歌尽桃花扇底风。（宋晏幾道《鹧鸪天》）

又

金谷无烟宫树绿，嫩寒生怕春风。博山微透暖熏笼。小楼春色里，幽梦雨声中。

别浦鲤鱼何日到，锦书封恨重重。海棠花下去年逢。也应随分瘦，忍泪觅残红。

◎博山：指香炉。

◎客从远方来，遗我双鲤鱼。呼童烹鲤鱼，中有尺素书。（古乐府《饮马长城窟行》）

◆前半一片幽丽之景，以轻笔写之，而愁人自在其中。下阕始言望远怀人。歇拍二句自伤耶？抑为人着想耶？深情秀句，当以红牙按拍歌之。刘后村评其词，谓"其秾纤绵密者，亦不在小晏、秦郎之下。"此调与上之《祝英台近》，颇合后村评语。（俞陛云《唐五代两宋词选释》）

丑奴儿

醉中有歌此诗以劝酒者，聊檃括之。

晚来云淡秋光薄，落日晴天。落日晴天，堂上风斜画烛烟。

从渠去买人间恨，字字都圆。字字都圆，肠断西风十四弦。

◎十四弦：陆游《剑南诗稿》卷十二《长歌行》："人归华表三千岁，春入箜篌十四弦。"稼轩亦有《太常引》词"赋十四弦"（见卷四），词中用"公无渡河"故事，因知十四弦盖即箜篌。

又

寻常中酒扶头后，歌舞支持。歌舞支持，谁把新词唤住伊。

临岐也有旁人笑，笑已争知。笑已争知：明月楼空燕子飞。

一剪梅 中秋无月

忆对中秋丹桂丛。花在杯中，月在杯中。今宵楼上一尊同。云湿纱窗，雨湿纱窗。

浑欲乘风问化工。路也难通，信也难通。满堂惟有烛花红。杯且从容，歌且从容。

又

记得同烧此夜香，人在回廊，月在回廊。而今独自睚昏黄，行也思量，坐也思量。

锦字都来三两行，千断人肠，万断人肠。雁儿何处是仙乡？来也恓惶，去也恓惶。

◎窦滔妻苏氏，名蕙，字若兰，善属文。滔苻坚时为秦州刺史，被徙流沙，苏氏思之，织锦为《回文旋图诗》以赠滔，宛转循环以读之，词甚凄惋。（《晋书·列女传》）

◎都来：意即“总共”。

江神子 和人韵

梅梅柳柳斗纤秾。乱山中，为谁容？试着春衫，依旧怯东风。何处踏青人未去？呼女伴，认骄骢。

儿家门户几重重。记相逢，画楼东。明日重来，风雨暗残红。可惜行云春不管，裙带褪，鬓云松。

又 和人韵

剩云残日弄阴晴。晚山明，小溪横。枝上绵蛮，休作断肠声。但是青山山下路，春到处，总堪行。

当年彩笔赋《芜城》。忆平生，若为情？试把灵槎，归路问君平。花底夜深寒较甚，须拚却，玉山倾。

◎绵蛮黄鸟，止于丘隅。（《诗经·小雅·绵蛮》）

◎赋芜城：鲍照有《芜城赋》。《文选》五臣注云："宋孝武帝时临海王子瑱镇荆州，明远为其下参军，随至广陵，子瑱叛逆。照见广陵故城荒芜，乃汉吴王濞所都，濞亦叛逆，为汉所灭，照以子瑱事同于濞，遂感为此赋以讽之。"

◎天河与海通，近世有人居海渚者，年年八月有浮槎去来不失期。人有奇志，立飞阁于槎上，多赍粮，乘槎而去。至一处，有城郭状，屋舍甚严，遥望宫中多织妇，见一丈夫牵牛渚次饮之，此人问此是何处，答曰："君还至蜀郡问严君平则知之。"（《博物志》）

◎山公曰："嵇叔夜之为人也，岩岩若孤松之独立；其醉也，傀俄若玉山之将崩。"（《世说新语·容止》）

又 和人韵

梨花着雨晚来晴。月胧明，泪纵横。绣阁香浓，深锁凤箫声。未必人知春意思，还独自，绕花行。

酒兵昨夜压愁城。太狂生，转关情。写尽胸中，磈磊未全平。却与平章珠玉价，看醉里，锦囊倾。

◎王孝伯问王大："阮籍何如司马相如？"王大曰："阮籍胸中垒块，故须酒浇之。"（《世说新语·任诞》）

◎每旦日出，骑弱马，从小奚奴，背古锦囊，遇所得，书投囊中，及暮归，足成之。（《新唐书·李贺传》）

又 博山道中书王氏壁

一川松竹任横斜，有人家，被云遮。雪后疏

梅，时见两三花。比着桃源溪上路，风景好，不争多。

旗亭有酒径须赊，晚寒些，怎禁他。醉里匆匆，归骑自随车。白发苍颜吾老矣，只此地，是生涯。

丑奴儿 书博山道中壁

烟芜露麦荒池柳，洗雨烘晴。洗雨烘晴，一样春风几样青。

提壶脱袴催归去，万恨千情。万恨千情，各自无聊各自鸣。

◎提壶、脱袴、催归：俱鸟名，以其鸣声而得名者也。

又 书博山道中壁

少年不识愁滋味，爱上层楼。爱上层楼，为赋新词强说愁。

而今识尽愁滋味，欲说还休。欲说还休，却道“天凉好个秋”！

◎光景百年，看便一世，生来不识愁味。（宋陈慥《无愁可解》）

◎生怕闲愁暗恨，多少事欲说还休。（宋李清照《凤凰台上忆吹箫》）

◆前是强说，后是强不说。（明卓人月《古今词统》）

又

此生自断天休问，独倚危楼。独倚危楼，不信人间别有愁。

君来正是眠时节，君且归休。君且归休，说与西风一任秋。

◎自断此生休问天，杜曲幸有桑麻田。（唐杜甫《曲江》）

◎贵贱造之者，有酒辄设，潜若先醉，便语客：“我醉欲眠卿可去。”（《宋书·陶潜传》）

丑奴儿近 博山道中效李易安体

千峰云起，骤雨一霎儿价。更远树斜阳，风景怎生图画！青旗卖酒，山那畔别有人家。只消山水光中，无事过这一夏。

午醉醒时，松窗竹户，万千潇洒。野鸟飞来，又是一般闲暇。却怪白鸥，觑着人欲下未下。旧盟都在，新来莫是，别有说话？

清平乐 博山道中即事

柳边飞鞚，露湿征衣重。宿鹭窥沙孤影动，应有鱼鰕入梦。

一川明月疏星，浣纱人影娉婷。笑背行人归去，门前稚子啼声。

◎鞚：马勒。

又 独宿博山王氏庵

绕床饥鼠，蝙蝠翻灯舞。屋上松风吹急雨，破纸窗间自语。

平生塞北江南，归来华发苍颜。布被秋宵梦觉，眼前万里江山。

◆后段有老骥伏枥之概。（清许昂霄《词综偶评》）

◆数语写景逼真，不减昌黎《山石》诗。语奇情至。（清陈廷焯《云韶集》）

鹧鸪天 博山寺作

不向长安路上行，却教山寺厌逢迎。味无味处求吾乐，材不材间过此生。

宁作我，岂其卿。人间走遍却归耕。一松一竹真朋友，山鸟山花好弟兄。

◎为无为，事无事，味无味。（《老子》）

◎明日弟子问于庄子曰："昨日山中之木以不材得终其天年，今主人之雁以不材死，先生将何处？"庄子笑曰："周将处乎材与不材之间。"（《庄子・山木》）

◎桓公少与殷侯齐名，常有竞心。桓问殷："卿何如我？"殷云："我与我周旋久，宁作我。"（《世说新语・品藻》）

◎或曰："君子病没世而无名，盍势诸名卿，可几也。"曰："君子德名为几，梁、齐、赵、楚之君，非不富且贵也，恶乎成名？谷口郑子真不屈其志而耕乎岩石之下，名震于京师。岂其卿，岂其卿。"（汉扬雄《法言・问神》）

◎梦中了了醉中醒，只渊明，是前生。走遍人间，依旧却躬耕。（宋苏轼《江城子》）

◆稼轩词亦有不堪者，“一松一壑真朋友，山鸟山花好弟兄”是也。（清沈雄《古今词话·词品》）

点绛唇

留博山寺，闻光风主人微恙而归，时春涨断桥。

隐隐轻雷，雨声不受春回护。落梅如许，吹尽墙边去。

春水无情，碍断溪南路。凭谁诉？寄声传语，没个人知处。

又

身后虚名，古来不换生前醉。青鞋自喜，不踏长安市。

竹外僧归，路指霜钟寺。孤鸿起，丹青手里，剪破松江水。

◎月落乌啼霜满天，江枫渔火对愁眠。姑苏城外寒山寺，夜半钟声到客船。（唐张继《枫桥夜泊》）

◎安得并州快剪刀，剪取吴淞半江水。（唐杜甫《题王宰画山水图歌》）

念奴娇 赋雨岩，效朱希真体

近来何处，有吾愁，何处还知吾乐。一点凄凉千古意，独倚西风寥廓。并竹寻泉，和云种树，唤做真闲客。此心闲处，未应长藉丘壑。

休说往事皆非，而今云是，且把清尊酌。醉里不知谁是我，非月非云非鹤。露冷松梢，风高桂子，醉了还醒却。北窗高卧，莫教啼鸟惊着。

◎实迷途其未远，觉今是而昨非。（晋陶渊明《归去来辞》）

水龙吟

题雨岩。岩类今所画观音补陀。岩中有泉飞出，如风雨声。

补陀大士虚空，翠岩谁记飞来处？蜂房万点，似穿如碍，玲珑窗户。石髓千年，已垂未落，嶙峋冰柱。有怒涛声远，落花香在，人疑是，桃源路。

又说春雷鼻息，是卧龙弯环如许。不然应是：洞庭张乐，湘灵来去。我意长松，倒生阴壑，细吟风雨。竟茫茫未晓，只应白发，是开山祖。

◎观音补陀、补陀大士：稼轩此词题中所称之“观音补陀”及首句所称之“补陀大士”，当均指观音菩萨而言。

◎北门成问于黄帝曰：“帝张咸池之乐于洞庭之野，吾始闻之惧，复闻之怠，卒闻之而惑。荡荡默默，乃不自得。”帝曰：“汝殆其然哉。吾奏之以人，征之以天，行之以礼义，建之以太清。”（《庄子·天运》）

◎使湘灵鼓瑟兮，令海若舞冯夷。（《楚辞·远游》）

山鬼谣

雨岩有石，状怪甚，取《离骚》《九歌》，名曰山鬼，因赋《摸鱼儿》，改今名。

问何年此山来此？西风落日无语。看君似是羲皇上，直作太初名汝。溪上路，算只有红尘不到今犹古。一杯谁举？笑我醉呼君，崔嵬未起，山鸟覆杯去。

须记取：昨夜龙湫风雨。门前石浪掀舞。四更山鬼吹灯啸，惊倒世间儿女。依约处，还问我：清游杖屦公良苦。神交心许。待万里携君，鞭笞鸾凤，诵我《远游》赋。石浪，庵外巨石也，长三十余丈。

◆屈子《山鬼》篇不可无二。（明卓人月《古今词统》）

生查子 独游雨岩

溪边照影行，天在清溪底。天上有行云，人在行云里。

高歌谁和余？空谷清音起。非鬼亦非仙，一曲桃花水。

◎湖光非鬼亦非仙，风恬浪静光满川。（宋苏轼《夜泛西湖》）

蝶恋花 月下醉书雨岩石浪

九畹芳菲兰佩好。空谷无人，自怨蛾眉巧。宝瑟泠泠千古调，朱丝弦断知音少。

冉冉年华吾自老。水满汀洲，何处寻芳草？唤起湘累歌未了。石龙舞罢松风晓。

◎余既滋兰之九畹兮，又树蕙之百亩。（《楚辞·离骚》）

◎扈江离与辟芷兮，纫秋兰以为佩。（《楚辞·离骚》）

◎绝代有佳人，幽居在空谷。（唐杜甫《佳人》）

◎众女嫉余之娥眉兮，谣诼谓余以善淫。（《楚辞·离骚》）

◎欲将心事付瑶琴，知音少，弦断有谁听。（宋岳飞《小重山》）

◎老冉冉其将至兮，恐修名之不立。（《楚辞·离骚》）

◎湘累：扬雄《反离骚》："钦吊楚之湘累。"注："诸不以罪死曰累。屈原赴湘死，故曰湘累。"

又 用前韵，送人行

意态憨生元自好。学画鸦儿，旧日偏他巧。蜂蝶不禁花引调，西园人去春风少。

春已无情秋又老。谁管闲愁，千里青青草。今夜倩簪黄菊了。断肠明日霜天晓。

◎炀帝幸江都，洛阳人献合蒂迎辇花，帝令御车女袁宝儿持之，号曰司花女。时召虞世南草《征辽指挥德音敕》于帝侧，宝儿注视久之，帝谓世南曰："昔传飞燕可掌上舞，朕常谓儒生饰于文字，岂人能若是乎？及今得宝儿，方昭前事。然多憨态。今注目于卿，卿才人，可便嘲之。"世南应诏为绝句曰："学画鸦黄半未成，垂肩亸袖太憨生。缘憨却得君王惜，长把花枝傍辇行。"（《隋遗录》）

◎献帝践阼之初，京师童谣曰："千里草，何青青。十日卜，不得生。"（《后汉书·五行志》，按："千里草"为董，"十日卜"为卓。疑稼轩此词，为送董姓侍者而赋也。）

定风波

用药名招婺源马荀仲游雨岩。马善医。

山路风来草木香。雨馀凉意到胡床。泉石膏肓吾已甚，多病，提防风月费篇章。

孤负寻常山简醉，独自，故应知子草《玄》忙。湖海早知身汗漫，谁伴？只甘松竹共凄凉。

◎药名：词中嵌有木香、雨馀凉（禹馀粮）、石膏、防风、常山、知（栀）子、海早（藻）、甘松等药名。

◎入箕山，居许由祠旁，自号由东邻。高宗幸嵩山，亲至其门，游岩野服出拜，帝谓曰："先生比佳否？"对曰："臣所谓泉石膏肓，烟霞痼疾者。"（《新唐书·田游岩传》）

◎山季伦为《荆州》，时出酣畅，人为之歌曰："山公时一醉，径造高阳池。日暮倒载归，酩酊无所知。复能乘骏马，倒着白接䍦。举手问葛强，何如并州儿。"（《世说新语·任诞》，按：季伦，晋山简字。）

又 再和前韵，药名

仄月高寒水石乡。倚空青碧对禅房。白发自怜心似铁，风月，使君子细与平章。

平昔生涯筇竹杖，来往，却惭沙鸟笑人忙。便好剩留黄绢句，谁赋，银钩小草晚天凉。

◎药名：词中嵌有寒水石、空青、发自（法子，即半夏）、怜（莲）心、使君子、竻（邛）竹、惭沙（蚕砂）、留（硫）黄、小草（即远志）等药名。

◎魏武尝过曹娥碑下，杨修从，碑背上见题作“黄绢幼妇，外孙齑臼”八字，魏武谓修曰：“解不？”答曰：“解。”魏武曰：“卿未可言，待我思之。”行三十里，魏武乃曰：“吾已得。”令修别记所知，修曰：“黄绢，色丝也；于字为绝。幼妇，少女也；于字为妙。外孙，女子也；于字为好。齑臼，受辛也；于字为辞。所谓绝妙好辞也。”（《世说新语·捷悟》）

满江红 游南岩，和范廓之韵

笑拍洪崖，问“千丈翠岩谁削”？依旧是西风白鸟，北村南郭。似整复斜僧屋乱，欲吞还吐林烟薄。觉人间万事到秋来，都摇落。

呼斗酒，同君酌。更小隐，寻幽约。且丁宁休负，北山猿鹤。有鹿从渠求鹿梦，非鱼定未知鱼乐？正仰看飞鸟却麿人，回头错。

◎左挹浮丘袖，右拍洪崖肩。（晋郭璞《游仙》）

◎悲哉秋之为气也，萧瑟兮草木摇落而变衰。（《楚辞·九辩》）

◎庄子与惠子游于濠梁之上，庄子曰：“鯈鱼出游从容，是鱼之乐也。”惠子曰：“子非鱼，安知鱼之乐！”庄子曰：“子非我，安知我不知鱼之乐？”（《庄子·秋水》）

◎江皋已仲春，花下复清晨。仰面贪看鸟，回头错应人。（唐杜甫《漫成之二》）

又 和廓之雪

天上飞琼，毕竟向人间情薄。还又跨玉龙归去，万花摇落。云破林梢添远岫，月临屋角分层阁。记少年骏马走韩卢，掀东郭。

吟冻雁，嘲饥鹊。人已老，欢犹昨。对琼瑶满地，与君酬酢。最爱霏霏迷远近，却收扰扰还寥廓。待羔儿酒罢又烹茶，扬州鹤。

◎韩子卢者，天下之疾犬也；东郭逡者，海内之狡兔也。韩子卢逐东郭逡，环山者三，腾山者五，兔极于前，犬废于后，犬兔俱罢，各死其处。田父见之，无劳倦之苦而擅其功。（《战国策·齐策三》）

◎有客相从，各言所志：或愿为扬州刺史，或愿多赀财，或愿骑鹤上升，其一人曰："腰缠十万贯，骑鹤上扬州，欲兼三者。"（《殷芸小说》）

念奴娇 赋白牡丹，和范廓之韵

对花何似？似吴宫初教，翠围红阵。欲笑还愁羞不语，惟有倾城娇韵。翠盖风流，牙签名字，旧赏那堪省。天香染露，晓来衣润谁整？

最爱弄玉团酥，就中一朵，曾入扬州咏。华屋金盘人未醒，燕子飞来春尽。最忆当年，沉香亭北，无限春风恨。醉中休问，夜深花睡香冷。

◎孙子武者，齐人也。以兵法见于吴王阖庐，……阖庐曰："可试以妇人乎？”曰：“可。”于是许之。出宫中美女，得百八十人，孙子分为二队，以王之宠姬二人各为队长，皆令持戟。……妇人左右前后跪起，皆中规矩绳墨，无敢出声。（《史记·孙子列传》）

◎弄玉团酥：玉、酥当均形容白色，弄玉、团酥当均为形容白牡丹之色泽。

◎崔涯者吴楚之狂生也，与张祜齐名。每题一诗于倡肆，无不诵之于衢路。誉之则车马继来，毁之则杯盘失错。……又嘲李端端：“黄昏不语不知行，鼻似烟囱耳似铛。……”端端得此诗，忧心如病。使院饮回，遥见二子，再拜兢灼，伏望哀之。又重赠一绝句粉饰之，于是大贾居豪竞臻其户。赠诗曰：“觅得黄骝被绣鞍，善和坊里取端端。扬州近日浑成诧，一朵能行白牡丹。”（《云溪友议》卷中“辞雍氏”条）

◎解释春风无限恨，沉香亭北倚阑干。（唐李白《清平调》）

◎只恐夜深花睡去，高烧银烛照红妆。（宋苏轼《海棠》）

乌夜啼

山行，约范廓之不至。

江头醉倒山公，月明中，记得昨宵归路笑儿童。

溪欲转，山已断，两三松。一段可怜风月欠诗翁。

又 廓之见和，复用前韵

人言我不如公，酒杯中，更把平生湖海问儿童。

千尺蔓，云叶乱，系长松。却笑一身缠绕似衰翁。

◎王述转尚书令，事行便拜。文度曰："故应让杜许。"蓝田云："汝谓我堪此不？"文度曰："何为不堪？但克让自是美事，恐不可阙。"蓝田慨然曰："既云堪，何为复让！人言汝胜我，定不如我。"(《世说新语·方正》)

定风波

大醉归自葛园，家人有痛饮之戒，故书于壁。

昨夜山公倒载归，儿童应笑醉如泥。试与扶头浑未醒，休问，梦魂犹在葛家溪。

欲觅醉乡今古路，知处：温柔东畔白云西。起向绿窗高处看，题遍；刘伶元自有贤妻。

◎襄阳小儿齐拍手，拦街争唱《白铜鞮》。傍人借问笑何事，笑杀山公醉如泥。(唐李白《襄阳歌》)

◎后德嫕计，是夜进合德，帝大悦，以辅属体，无所不靡，谓为温柔乡。谓嫕曰："吾老是乡矣，不能效武皇帝求白云乡也。"(《飞燕外传》)

◎刘伶病酒，渴甚，从妇求酒，妇捐酒毁器，涕泣谏曰："君饮太过，非摄生之道，必宜断之。"伶曰："甚善。我不能自禁，唯当祝鬼神，自誓断之耳，便可具酒肉。"妇曰："敬闻命。"……伶跪而祝曰："天生刘伶，以酒为名。一饮一斛，五斗解酲。妇人之言，慎不可听。"(《世说新语·任诞》)

鹧鸪天 送廓之秋试

白苎新袍入嫩凉，春蚕食叶响回廊。禹门已

准桃花浪，月殿先收桂子香。

鹏北海，凤朝阳，又携书剑路茫茫。明年此日青云上，却笑人间举子忙。

◎梅圣俞在礼部考校时和欧公《春雪》诗云："有梦皆蝴蝶，逢袍只纻麻。"（《王直方诗话》，按：宋代举子均着纻麻袍。）

◎无哗战士衔枚勇，下笔春蚕食叶声。（宋欧阳修《礼部贡院阅进士就试》）

◎禹门句：龙门为禹治洪水时所凿，故亦称禹门。

◎月殿句：宋制，各州郡漕试解试均于八月举行，正桂子飘香时节。

◎凤凰鸣矣，于彼高冈；梧桐生矣，于彼朝阳。（《诗经·大雅·卷阿》）

又 鹅湖寺道中

一榻清风殿影凉，涓涓流水响回廊。千章云木钩辀叫，十里溪风䆉稏香。

冲急雨，趁斜阳，山园细路转微茫。倦途却被行人笑：只为林泉有底忙！

◎处士林逋，居于杭州西湖之孤山。逋工笔画，善为诗。如"草泥行郭索，云木叫钩辀"，颇为士大夫所称。（宋欧阳修《归田录》，按：《和靖集》中不见此二句。）

◎钩辀格磔，谓鹧鸪声也。（《遯斋闲览》）

又 游鹅湖，醉书酒家壁

春入平原荠菜花，新耕雨后落群鸦。多情白

发春无奈，晚日青帘酒易赊。

闲意态，细生涯，牛栏西畔有桑麻。青裙缟袂谁家女，去趁蚕生看外家。

又 鹅湖归，病起作

翠木千寻上薜萝，东湖经雨又增波。只因买得青山好，却恨归来白发多。

明画烛，洗金荷，主人起舞客齐歌。醉中只恨欢娱少，无奈明朝酒醒何！

又 鹅湖归，病起作

枕簟溪堂冷欲秋，断云依水晚来收。红莲相倚浑如醉，白鸟无言定自愁。

书咄咄，且休休，一丘一壑也风流。不知筋力衰多少，但觉新来懒上楼。

◎殷中军（浩）被废，在信安，终日恒书空作字。扬州吏民寻义逐之，窃视，唯作“咄咄怪事”四字而已。（《世说新语·黜免》）

◎咄咄！休休休！莫莫莫！伎俩虽多性情恶，赖是长教闲处着。（《旧唐书·司空图传》引司空图所作《耐辱居士歌》）

◎明帝问谢鲲：“君自谓何如庾亮？”答曰：“端委庙堂，使百僚准则，臣不如亮；一丘一壑，自谓过之。”（《世说新语·品藻》）

◆其有《匪风》、《下泉》之思乎，可以悲其志矣。妙在结二句放开写，不即不离尚含住。（清黄苏《蓼园词选》）

◆余所爱者，如“红莲相倚深如怨，白鸟无言定是愁。”又，

“不知筋力衰多少，但觉新来懒上楼。”……之类，信笔写去，格调自苍劲，意味自深厚。不必剑拔弩张，洞穿已过七札，斯为绝技。（清陈廷焯《白雨斋词话》）

◆人之由壮而衰，积渐初不自觉，迨懒上高楼，始知老之将至，如一叶落而知秋至矣。故“红莲”、“白鸟”，风物本佳，而自倦眼观之，觉花鸟皆逊前神采。吾浙谭仲修丈，喜诵其“懒上楼”二句，谓学词者，当于此等句意求消息也。（俞陛云《唐五代两宋词选释》）

又 鹅湖归，病起作

着意寻春懒便回，何如信步两三杯？山才好处行还倦，诗未成时雨早催。

携竹杖，更芒鞋，朱朱粉粉野蒿开。谁家寒食归宁女，笑语柔桑陌上来。

◎片云头上黑，应是雨催诗。（唐杜甫《丈八沟纳凉》）

◎竹杖芒鞋轻胜马。（宋苏轼《定风波》）

◆绝似唐律，景事俱真。（明杨慎《批点草堂诗馀》）

◆善读此词，便许评陶、评王、孟。（明潘游龙《精选古今诗馀醉》）

◆对句逼唐。诗翁酒客与怀春之女相值何等风光。（明沈际飞《草堂诗馀正集》）

满江红

病中俞山甫教授访别，病起寄之。

曲几团蒲，记方丈君来问疾。更夜雨匆匆别去，一杯南北。“万事莫侵闲鬓发，百年正要佳眠食。”最难忘此语重殷勤，千金直。

西崦路，东岩石。携手处，今尘迹。望重来犹有，旧盟如日。莫信蓬莱风浪隔，垂天自有扶摇力。对梅花，一夜苦相思，无消息。

◎万事二句：当为俞氏访别时相劝之语。

鹧鸪天 重九席上作

戏马台前秋雁飞，管弦歌舞更旌旗。要知黄菊清高处，不入当年二谢诗。

倾白酒，绕东篱，只于陶令有心期。明朝九日浑潇洒，莫使尊前欠一枝。

◎黄菊二句：谓二谢不咏菊花。二谢即谢灵运、谢朓。

又 重九席上再赋

有甚闲愁可皱眉？老怀无绪自伤悲。百年旋逐花阴转，万事长看鬓发知。

溪上枕，竹间棋，怕寻酒伴懒吟诗。十分筋力夸强健，只比年时病起时。

◎孙子荆年少时欲隐，语王武子当枕石漱流，误曰漱石枕流。王曰：“流可枕，石可漱乎？”孙曰：“所以枕流，欲洗其耳；所以漱石，欲砺其齿。”（《世说新语·排调》）

又 败棋，罚赋梅雨

漠漠轻阴拨不开，江南细雨熟黄梅。有情无意东边日，已怒重惊忽地雷。

云柱础，水楼台，罗衣费尽博山灰。当时一识和羹味，便道为霖消息来。

◎漠漠轻阴晚自开，青天白日映楼台。（唐韩愈《同水部张员外曲江春游》）

◎不趁青梅尝煮酒，要看细雨熟黄梅。（宋苏轼《赠岭上梅》）

◎杨柳青青江水平，闻郎江上唱歌声。东边日出西边雨，道是无晴（情）却有晴（情）。（唐刘禹锡《竹枝词》）

◎江湘二浙，梅欲黄时，柱础皆汗，郁蒸成雨。（宋陆佃《埤雅》）

◎衣润费炉烟。（宋周邦彦《满庭芳·夏日溧水无想山作》）

◎和羹二句：和羹，切梅字；为霖，切雨字。

又 元溪不见梅

千丈冰溪百步雷，柴门都向水边开。乱云剩带炊烟去，野水闲将日影来。

穿窈窕，过崔嵬，东林试问几时栽。动摇意态虽多竹，点缀风流却欠梅。

又 戏题村舍

鸡鸭成群晚未收，桑麻长过屋山头。有何不可吾方羡，要底都无饱便休。

新柳树，旧沙洲，去年溪打那边流。自言此地生儿女，不嫁余家即聘周。

◎粗羹淡饭饱即休。（宋黄庭坚《四休居士诗序》引孙昉诗）

清平乐 村 居

茅檐低小，溪上青青草。醉里吴音相媚好，白发谁家翁媪？

大儿锄豆溪东。中儿正织鸡笼。最喜小儿亡赖，溪头卧剥莲蓬。

◎亡赖：《汉书·高帝纪》："始大人常以臣亡赖，不能治产业。"注云："江淮之间，谓小儿多诈狡狯为亡赖。"按：此处之"亡赖"应作"顽皮"解。

又 检校山园，书所见

连云松竹，万事从今足。拄杖东家分社肉，白酒床头初熟。

西风梨枣山园，儿童偷把长竿。莫遣旁人惊去，老夫静处闲看。

◎床：指"糟床"，为榨酒工具。

又 检校山园，书所见

断崖修竹，竹里藏冰玉。路转清溪三百曲，香满黄昏雪屋。

行人系马疏篱，折残犹有高枝。留得东风数点，只缘娇懒春迟。

满江红 送信守郑舜举被召

湖海平生，算不负苍髯如戟。闻道是君王着意，太平长策。此老自当兵十万，长安正在天西北。便凤凰飞诏下天来，催归急。

车马路，儿童泣。风雨暗，旌旗湿。看野梅官柳，东风消息。莫向蔗庵追语笑，只今松竹无颜色。问人间谁管别离愁，杯中物。

◎仲淹领延安，阅兵选将，日夕训练，……夏人闻之，相戒曰："无以延州为意，今小范老子腹中自有数万兵甲，不比大范老子可欺也。"（《五朝名臣言行录》注引《名臣传》，按：大范指范雍，小范指范仲淹。）

◎市桥官柳细，江路野梅香。（唐杜甫《西郊》）

洞仙歌 红　梅

冰姿玉骨，自是清凉态。此度浓妆为谁改。向竹篱茅舍，几误佳期，招伊怪，满脸颜红微带。

寿阳妆鉴里，应是承恩，纤手重匀异香在。怕等闲春未到，雪里先开，风流煞，说与群芳不解。更总做北人未识伊，据品调难作，杏花看待。

◎冰肌玉骨，自清凉无汗。（宋苏轼《洞仙歌》）

◎宋武帝女寿阳公主，人日卧于含章殿檐下，梅花落公主额上，成五出花，拂之不去。皇后留之，看得几时，经三日洗之，乃落。宫女奇其异，竞效之。今梅花妆是也。（《太平御览·时序部》引《杂五行书》）

◎红梅清艳两绝，昔独盛于姑苏，晏元献始移植西冈第中，特称赏之。……公尝与客饮花下，赋诗曰："若更迟开三二月，北人应作杏花看。"客曰："公诗固佳，待北俗何浅也。"公笑曰："顾伧父安得不然。"一坐绝倒。（《西清诗话》）

又

访泉于奇师村，得周氏泉，为赋。

飞流万壑，共千岩争秀。孤负平生弄泉手。叹轻衫短帽，几许红尘；还自喜：濯发沧浪依旧。

人生行乐耳，身后虚名，何似生前一杯酒。便此地结吾庐，待学渊明，更手种门前五柳。且归去父老约重来；问如此青山，定重来否？

◎顾长康从会稽还，人问山川之美，顾云："千岩竞秀，万壑争流，草木蒙笼其上，若云兴霞蔚。"（《世说新语·言语》）

◎宅边有五柳树，因以为号焉。（晋陶渊明《五柳先生传》）

◆于萧散中见笔力。（清陈廷焯《词则·放歌集》）

水龙吟

盘园任帅子严，挂冠得请，取执政书中语，以"高风"名其堂，来索词，为赋《水龙吟》。芗林，侍郎向公告老所居，高宗皇帝御书所赐名也，与盘园相并云。

断崖千丈孤松，挂冠更在松高处。平生袖手，故应休矣，功名良苦。笑指儿曹：“人间醉梦，莫嗔惊汝。”问黄金馀几，旁人欲说，田园计，君推去。

叹息芗林旧隐，对先生竹窗松户。一花一草，一觞一咏，风流杖屦。野马尘埃，扶摇下视，苍然如许。恨当年《九老》，图中忘却，画盘园路。

◎昨夜村饮归，健倒三四五。摩娑青莓苔，莫嗔惊着汝。（唐卢仝《村醉》）

◎广既归乡里，日令家共具设酒食，请族人故旧宾客与相娱乐。数问其家金馀尚有几所，趣卖以共具。居岁馀，广子孙窃谓其昆弟老人曰：“宜从丈人所，劝说君买田宅。”老人即以闲暇时为广言此计。广曰：“此金者圣主所以惠养老臣也，故乐与乡宗族共飨其赐，以尽吾馀日。”（《汉书·疏广传》）

◎一觞一咏，亦足以畅叙幽情。（晋王羲之《兰亭序》）

◎野马也，尘埃也。生物之以息相吹也。天之苍苍，其正色耶？其远而无所至极耶？其下视也亦若是则已矣。（《庄子·逍遥游》）

◎尝与胡杲、吉旼、郑据、刘真、卢真、张浑、狄兼谟、卢贞燕集，皆高年不事者，人慕之，绘为《九老图》。（《新唐书·白居易传》）

水调歌头 庆韩南涧尚书七十

上古八千岁，才是一春秋。不应此日，刚把七十寿君侯。看取垂天云翼，九万里风在下，与造物同游。君欲计岁月，尝试问庄周。

醉淋浪，歌窈窕，舞温柔。从今杖屦南涧，白日为君留。闻道钧天帝所，频上玉卮春酒，冠盖拥龙楼。快上星辰去，名姓动金瓯。

◎鹏之背不知其几千里也，怒而飞，其翼若垂天之云，……抟扶摇而上者九万里。……风之积也不厚，则其负大翼也无力，故九万里则风斯在下矣。（《庄子·逍遥游》）

◎上与造物者游而下与外死生无终始者为友。（《庄子·天下》）

◎诵明月之诗，歌窈窕之章。（宋苏轼《前赤壁赋》，按：窈窕之章指《诗经·陈风·月出》）

◎明皇每命相，先书其名。一日，书琳等名，覆以金瓯，会太子入，帝谓曰："此宰相名，若自意之，谁乎？"太子曰："非崔琳卢从愿乎？"帝曰："然。"（《新唐书·崔琳传》）

最高楼

醉中有索四时歌者，为赋。

长安道，投老倦游归。七十古来稀。藕花雨湿前湖夜，桂枝风澹小山时。怎消除？须殢酒，更吟诗。

也莫向竹边辜负雪，也莫向柳边辜负月。闲过了，总成痴。种花事业无人问，惜花情绪只天知。笑山中：云出早，鸟归迟。

◎云无心以出岫，鸟倦飞而知还。（晋陶渊明《归去来辞》）

◆任达不拘，悠悠荡荡，大落便宜。（明沈际飞《草堂诗馀别

集》）

又

和杨民瞻席上用前韵，赋牡丹。

西园买，谁载万金归？多病胜游稀。风斜画烛天香夜，凉生翠盖酒酣时。待重寻，居士谱，谪仙诗。

看黄底御袍元自贵，看红底状元新得意。如斗大，笑花痴。汉妃翠被娇无奈，吴娃粉阵恨谁知。但纷纷，蜂蝶乱，笑春迟。

◎居士谱：欧阳修号六一居士，著有《洛阳牡丹记》。

◎谪仙诗：指李白《清平调》。

◎看黄底二句：御袍黄、状元红均牡丹之品种。

菩萨蛮

雪楼赏牡丹，席上用杨民瞻韵。

红牙签上群仙格，翠罗盖底倾城色。和雨泪阑干，沉香亭北看。

东风休放去，怕有流莺诉。试问赏花人：晓妆匀未匀？

◎玉容寂寞泪阑干，梨花一枝春带雨。（唐白居易《长恨歌》）

生查子 山行，寄杨民瞻

昨宵醉里行，山吐三更月。不见可怜人，一夜头如雪。

今宵醉里归，明月关山笛。收拾锦囊诗，要寄扬雄宅。

◎四更山吐月，残夜水明楼。（唐杜甫《月》）

◎更吹羌笛关山月，无那金闺万里愁。（唐王昌龄《从军行》）

◎寂寂扬子宅，门无卿相舆。（晋左思《咏史》）

又 民瞻见和，复用前韵

谁倾沧海珠，簸弄千明月？唤取酒边来，软语裁春雪。

人间无凤凰，空费穿云笛。醉里却归来，松菊陶潜宅。

◎谁倾二句：赞美民瞻和词字字如珠。

◎春雪：谓《阳春》《白雪》。

西江月 和杨民瞻赋牡丹韵

宫粉厌涂娇额，浓妆要压秋花。西真人醉忆仙家，飞佩丹霞羽化。

十里芬芳未足，一亭风露先加。杏腮桃脸费铅华，终惯秋蟾影下。

◎贤鸡君鲁敢，西城道上遇青衣曰："君东斋客伺久矣。"归步庭际，见女子揉英弄蕊，映身花阴。君疑狐妖，正色远之，女亦徐去。月馀，飞空而来，曰："奴西王母之裔，家于瑶池西真阁。"恍如梦中，引君同跨彩麟，在寒光碧虚中，临万丈绝壑，陟蟠桃岭，西顾琼林，烂若金银世界，曰："此瑶池也。"……命君升西真阁，……见千万红妆，珠佩丁当，星眸丹脸霞裳人，面特秀丽艳发，其旁，西真曰："此吾西王母也。"……须臾，觥筹递举，霞衣吏请奏《鸾凤和鸣曲》，又奏《云雨庆先期曲》。酒酣，复入一洞，碧桃艳杏，香凝如雾。西真曰："他日与君人间还，双栖于此。"君乃辞归。（宋曾慥《类说》引《续青琐高议·贤鸡君传》）

八声甘州

夜读《李广传》，不能寐，因念晁楚老、杨民瞻约同居山间，戏用李广事，赋以寄之。

故将军饮罢夜归来，长亭解雕鞍。恨灞陵醉尉，匆匆未识，桃李无言。射虎山横一骑，裂石响惊弦。落魄封侯事，岁晚田园。

谁向桑麻杜曲，要短衣匹马，移住南山。看风流慷慨，谭笑过残年。汉开边功名万里，甚当时健者也曾闲。纱窗外，斜风细雨，一阵轻寒。

◎自断此生休问天，杜曲幸有桑麻田。故将移住南山边，短衣匹马随李广，看射猛虎终残年。（唐杜甫《曲江》）

昭君怨 送晁楚老游荆门

夜雨剪残春韭，明日重斟别酒。君去问曹

瞒，好公安。

试看如今白发，却为中年离别。风雨正崔嵬，早归来。

◎夜雨剪春韭，新炊间黄粱。（唐杜甫《赠卫八处士》）

◎与曹公战于赤壁，大破之，焚其舟船。先主与吴军水陆并进，追到南郡。时又疾疫，北军多死，曹公引归。……群下推先主为荆州牧，治公安。（《三国志·蜀书·先主传》）

又

人面不如花面，花到开时重见。独倚小阑干，许多山。

落叶西风时候，人共青山都瘦。说道梦阳台，几曾来？

◎去年今日此门中，人面桃花相映红。人面不知何处去，桃花依旧笑春风。（唐崔护《题都城南庄》）

临江仙

醉宿崇福寺，寄佑之弟。佑之以仆醉先归。

莫向空山吹玉笛，壮怀酒醒心惊。四更霜月太寒生。被翻红锦浪，酒满玉壶冰。

小陆未须临水笑，山林我辈钟情。今宵依旧醉中行。试寻残菊处，中路候渊明。

◎鸳鸯绣被翻红浪。（宋柳永《凤栖梧》）

◎少与兄机齐名，虽文章不及机而持论过之，号曰二陆。……吴平入洛。机初诣张华，华问云何在？机曰："云有笑疾，未敢自见。"俄而云至。华为人多姿制，又好帛绳缠须，云见而大笑不能自已。先是，尝着缞绖上船，于水中顾见其影，因大笑落水，人救获免。（《晋书·陆云传》）

◎江州刺史王弘欲识之，不能致也。潜尝往庐山，弘令潜故人庞通之赍酒具于半道栗里要之。潜有脚疾，使一门生二儿舁篮舆，既至，欣然便共饮酌。俄顷弘至，亦无忤也。（《宋书·陶潜传》）

又 再用韵送佑之弟归浮梁

钟鼎山林都是梦，人间宠辱休惊。只消闲处过平生：酒杯秋吸露，诗句夜裁冰。

记取小窗风雨夜，对床灯火多情。问谁千里伴君行？晓山眉样翠，秋水镜般明。

菩萨蛮

功名饱听儿童说，看公两眼明如月。万里勒燕然，老人书一编。

玉阶方寸地，好趁风云会。他日赤松游，依然万户侯。

◎会南单于请兵北伐，乃拜宪车骑将军，以执金吾耿秉为副，与北单于战于稽落山，大破之。……宪、秉遂登燕然山，去塞三千馀里，刻石勒功，纪汉威德，令班固作《铭》。（《后汉书·窦宪传》）

◎陛下何惜玉阶方寸地，不使臣披露肝胆乎？（《新唐书·员半千传》）

◎留侯乃称曰："家世相韩，今以三寸舌为帝者师，封万户，位列侯，此布衣之极，于良足矣。愿弃人间事，欲从赤松子游耳。"乃学辟谷道引轻身。(《史记·留侯世家》)

又 送佑之弟归浮梁

无情最是江头柳，长条折尽还依旧。木叶下平湖，雁来书有无？

雁无书尚可，好语凭谁和？风雨断肠时，小山生桂枝。

◎为近都门多送别，长条折尽减春风。(唐白居易《青门柳》)

◎袅袅兮秋风，洞庭波兮木叶下。(《楚辞·九歌·湘夫人》)

蝶恋花 送佑之弟

衰草斜阳三万顷，不算飘零，天外孤鸿影。几许凄凉须痛饮，行人自向江头醒。

会少离多看两鬓，万缕千丝，何况新来病。不是离愁难整顿，被他引惹其它恨。

◎谁见幽人独往来，飘渺孤鸿影。(宋苏轼《卜算子·黄州定惠院寓居作》)

◆一句两"他"字，妙！(明卓人月《古今词统》)

鹊桥仙 和范先之送佑之弟归浮梁

小窗风雨，从今便忆，中夜笑谈清软。啼鸦衰柳自无聊，更管得离人肠断。

诗书事业，青毡犹在，头上貂蝉会见。莫贪风月卧江湖，道日近长安路远。

◎ 晋明帝数岁，坐元帝膝上，有人从长安来。……因问明帝："汝意长安何如日远？"答曰："日远。不闻人从日边来，居然可知。"元帝异之。明日集群臣宴会，告以此意，更重问之，乃答曰："日近。"元帝失色曰："尔何故异昨日之言耶？"答曰："举目见日，不见长安。"（《世说新语·夙慧》）

满江红 和杨民瞻送佑之弟还侍浮梁

尘土西风，便无限凄凉行色。还记取明朝应恨，今宵轻别。珠泪争垂华烛暗，雁行欲断哀筝切。看扁舟幸自涩清溪，休催发。

白石路，长亭侧。千树柳，千丝结。怕行人西去，棹歌声阕。黄卷莫教诗酒污，玉阶不信仙凡隔。但从今伴我又随君，佳哉月。

朝中措

崇福寺道中，归寄佑之弟。

篮舆袅袅破重冈，玉笛两红妆。这里都愁酒尽，那边正和诗忙。

为谁醉倒，为谁归去，都莫思量。白水东边篱落，斜阳欲下牛羊。

◎日之夕矣，羊牛下来。（《诗经·王风·君子于役》）

又

夜深残月过山房，睡觉北窗凉。起绕中庭独步，一天星斗文章。

朝来客话：“山林钟鼎，那处难忘？”“君向沙头细问，白鸥知我行藏。”

◎雷霆驰号令，星斗焕文章。（唐杜牧《华清宫》）

又

绿萍池沼絮飞忙，花入蜜脾香。长怪春归何处，谁知个里迷藏。

残云剩雨，些儿意思，直恁思量。不是流莺惊觉，梦中啼损红妆。

◎蜜房如脾，谓之蜜脾。（《埤雅》）

浪淘沙 山寺夜半闻钟

身世酒杯中，万事皆空。古来三五个英雄。雨打风吹何处是，汉殿秦宫？

梦入少年丛，歌舞匆匆。老僧夜半误鸣钟。惊起西窗眠不得，卷地西风。

◎欧公言：唐人有“姑苏城外寒山寺，夜半钟声到客船”之

句，说者云："句则佳也，其如三更不是撞钟时！"……（《王直方诗话》）

◆沉郁顿挫中，自觉眉飞争舞。笔力雄大，辟易千人。结数语，如闻霜钟，如听秋风，读者神色都变。（清陈廷焯《云韶集》）

南歌子 山中夜坐

世事从头减，秋怀彻底清。夜深犹送枕边声，试问清溪底事未能平？

月到愁边白，鸡先远处鸣。是中无有利和名，因甚山前未晓有人行？

◎大凡物不得其平则鸣。草木之无声，风挠之鸣；水之无声，风荡之鸣。（唐韩愈《送孟东野序》）

鹧鸪天

木落山高一夜霜，北风驱雁又离行。无言每觉情怀好，不饮能令兴味长。

频聚散，试思量，为谁春草梦池塘？中年长作东山恨，莫遣离歌苦断肠。

◎谢惠连年十岁能属文，族兄灵运加赏之，云："每有篇章，对惠连辄得佳句。"尝于永嘉西堂思诗，竟日不就，忽梦见惠连，即得"池塘生春草"，大以为工。常云："此语有神工，非吾语也。"（《南史·谢惠连传》）

又 席上再用韵

水底明霞十顷光，天教铺锦衬鸳鸯。最怜杨柳如张绪，却笑莲花似六郎。

方竹簟，小胡床，晚来消得许多凉。背人白鸟都飞去，落日残鸦更断肠。

◎张绪字思曼。……宋明帝每见绪，辄叹其清淡。……刘悛之为益州，献弱柳数株，树条甚长，状若丝缕。时旧宫芳林苑始成，武帝以植于太昌灵和殿前，常赏玩咨嗟，曰："此杨柳风流可爱，似张绪当年时。"其见赏爱如此。（《南史·张绪传》）

◎昌宗以姿貌见宠幸，再思又谀之曰："人言六郎面似莲花；再思以为莲花似六郎，非六郎似莲花也。"（《旧唐书·杨再思传》）

◎万里衡阳雁，今年又北归。双双瞻客上，一一背人飞。（唐杜甫《归雁》）

念奴娇 双陆，和陈仁和韵

少年横槊，气凭陵，酒圣诗豪馀事。袖手旁观初未识，两两三三而已。变化须臾，鸥翻石镜，鹊抵星桥外。捣残秋练，玉砧犹想纤指。

堪笑千古争心，等闲一胜，拚了光阴费。老子忘机浑谩与，鸿鹄飞来天际。武媚宫中，韦娘局上，休把兴亡记。布衣百万，看君一笑沉醉。

◎荣祖少学骑射，或曰："何不学书？"荣祖曰："曹操、曹丕，上马横槊，下马谈论，此可不负饮食矣。君辈无自全之伎，无异犬羊乎。"(《南史·垣荣祖传》,按:双陆又称握槊。)

◎鸥翻四句:当谓戏双陆情状。

◎王建《宫词》:"分朋同坐赌樱桃,休却投壶玉腕劳。各把沉香双陆子,局中斗垒阿谁高?"按,《狄仁杰家传》载武后语仁杰曰:"朕昨夜梦与人双陆,频不胜,何也?"对曰:"双陆输者,盖谓宫中无子。此是上天之意,假此以示陛下,安可虚储位哉!"今《新唐史》削去"宫中"二字,止云"双陆不胜,无子也"。余尝与善博者论之,博局有宫,其字不可削。盖削之则无以见宫中之意,故王建诗中亦云。(宋吴曾《能改斋漫录》卷六"双陆"条)

◎于东府聚樗蒱,大掷,一判应至数百万。(《晋书·刘毅传》)

水龙吟 题瓢泉

稼轩何必长贫,放泉檐外琼珠泻。乐天知命,古来谁会,行藏用舍?人不堪忧,一瓢自乐,贤哉回也。料当年曾问:"饭蔬饮水,何为是,栖栖者?"

且对浮云山上,莫匆匆去流山下。苍颜照影,故应零落,轻裘肥马。绕齿冰霜,满怀芳乳,先生饮罢。笑挂瓢风树,一鸣渠碎,问何如哑。

◎子曰:贤哉回也,一箪食,一瓢饮,在陋巷,人不堪其忧,回也不改其乐,贤哉回也。(《论语·雍也》)

◎子曰:饭蔬食饮水,曲肱而枕之,乐亦在其中矣。(《论语·述而》)

◎赤之适齐也,乘肥马,衣轻裘。(《论语·雍也》)

◎诗成锦绣开胸臆,论极冰霜绕齿牙。(宋苏轼《寄高令》)

◎许由手捧水饮，人遗一瓢，饮讫，挂木上，风吹有声，由以为烦，去之。（《逸士传》）

又

用瓢泉韵戏陈仁和，兼简诸葛元亮，且督和词。

被公惊倒瓢泉，倒流三峡词源泻。长安纸贵，流传一字，千金争舍。割肉怀归，先生自笑，又何廉也。渠坐事失官。但衔杯莫问："人间岂有，如孺子，长贫者。"

谁识稼轩心事，似风乎舞雩之下。回头落日，苍茫万里，尘埃野马。更想隆中，卧龙千尺，高吟才罢。倩何人与问："雷鸣瓦釜，甚黄钟哑？"

◎词源倒流三峡水，笔阵独扫千人军。（唐杜甫《醉歌行》）

◎思欲赋三都，遂构思十年。……及赋成，时人未之重，皇甫谧为其赋序，张载为注《魏都》，刘逵注《吴》、《蜀》，于是豪贵之家竞相传写，洛阳为之纸贵。（《晋书·左思传》）

◎伏日，诏赐从官肉，大官丞日晏不来，朔独拔剑割肉，谓其同官曰："伏日当早归，请受赐。"即怀肉去。大官奏之，朔入，上曰："昨赐肉，不待诏，以剑割肉而去之，何也？"朔免冠谢。上曰："先生起自责也。"朔再拜曰："朔来朔来，受赐不待诏，何无礼也；拔剑割肉，壹何壮也；割之不多，又何廉也；归遗细君，又何仁也！"上笑曰："使生自责，乃反自誉。"复赐酒一石，肉百斤，归遗细君。（《汉书·东方朔传》）

◎张负女孙五嫁而夫辄死，人莫敢娶，平欲得之。……张负谓其子仲曰："吾欲以女孙予陈平。"张仲曰："平贫，不事事，一县中尽笑其所为，独奈何予女乎？"负曰："人固有好美如陈平而长贫贱者乎？”卒予女。（《史记·陈丞相世家》，按：陈平字孺子。）

◎浴乎沂，风乎舞雩，咏而归。（《论语·先进》）

◎世溷浊而不清：蝉翼为重，千钧为轻；黄钟毁弃，瓦釜雷鸣；谗人高张，贤士无名。吁嗟默默兮，谁知吾之廉贞？（《楚辞·卜居》）

江神子 和陈仁和韵

玉箫声远忆骖鸾。几悲欢，带罗宽。且对花前，痛饮莫留残。归去小窗明月在，云一缕，玉千竿。

吴霜应点鬓云斑。绮窗闲，梦连环。说与东风，归兴有无间。芳草姑苏台下路，和泪看，小屏山。

◎ 萧萧出屋千竿玉，霭霭当窗一炷云。（宋王安石《金陵报恩大师西堂方丈》，李壁注：“谓对竹烧香也。”）

◎昨宵梦倚门，手取连环持。（唐韩愈《送张道士》，魏怀忠注引孙汝听曰：“持连环以示还意。”）

◎小屏山：屏风也。

又 和陈仁和韵

宝钗飞凤鬓惊鸾。望重欢，水云宽。肠断新来，翠被粉香残。待得来时春尽也：梅着子，笋成竿。

湘筠帘卷泪痕斑。佩声闲，玉垂环。个里温柔，容我老其间。却笑将军三羽箭，何日去，定天山？

◎ 薛仁贵绛州龙门人。……诏副郑仁泰为铁勒道行军总管。……时九姓众十馀万，令骁骑数十来挑战，仁贵发三矢辄杀三人，于是虏气慑，皆降。仁贵虑为后患，皆坑之。……军中歌曰："将军三箭定天山，壮士长歌入汉关。"（《新唐书·薛仁贵传》）

永遇乐

送陈仁和自便东归。陈至上饶之一年，得子，甚喜。

紫陌长安，看花年少，无限歌舞。白发怜君，寻芳较晚，卷地惊风雨。问君知否：鸱夷载酒，不似井瓶身误。细思量悲欢梦里，觉来总无寻处。

芒鞋竹杖，天教还了，千古玉溪佳句。落魄东归，风流赢得，掌上明珠去。起看清镜，南冠好在，拂了旧时尘土。向君道云霄万里，这回稳步。

◎自是寻春去较迟，不须惆怅怨芳时。（唐杜牧《叹花》）

◎观瓶之居，居酒之眉。……身提黄泉，骨肉为泥。自用如此，不如鸱夷。鸱夷滑稽，腹如大壶。尽日盛酒，人复借酤。（汉扬雄《酒赋》）

◎晋侯观于军府，见钟仪，问之曰："南冠而絷者谁也？"有司对曰："郑人所献楚囚也。"（《左传》成公九年）

定风波 暮春漫兴

少日春怀似酒浓，插花走马醉千钟。老去逢春如病酒，唯有：茶瓯香篆小帘栊。

卷尽残花风未定，休恨；花开元自要春风。试问春归谁得见？飞燕，来时相遇夕阳中。

◆上阕回忆年少春游，迨老去而瀹茗垂帘，不作伤春之语，自乐其天。下阕言菀枯之感，人有同情，但造物者春温秋肃，亦循例之乘除耳。试观花之繁茂，方受春风嘘拂而生，旋复收拾而去，风从何来，遽归何处？人不能见，飞燕来自空中，或与之相遇，作不解语解之，稼翁其静观有悟耶？（俞陛云《唐五代两宋词选释》）

菩萨蛮 席上分赋得樱桃

香浮奶酪玻璃盌，年年醉里尝新惯。何物比春风？歌唇一点红。

江湖清梦断，翠笼明光殿。万颗写轻匀，低头愧野人。

◎汉家旧种明光殿，炎帝还书《本草经》。岂似满朝承雨露，共看传赐出青冥。香随翠笼擎初到，色映银盘写未停。食罢自知无所报，空然惭汗仰皇扃。（唐韩愈《和张水部敕赐樱桃》）

◎苦被微官缚，低头媿野人。（唐杜甫《独酌成诗》）

鹧鸪天 代人赋

晚日寒鸦一片愁，柳塘新绿却温柔。若教眼底无离恨，不信人间有白头。

肠已断，泪难收。相思重上小红楼。情知已被山遮断，频倚阑干不自由。

◆人生容易白头，大抵怨别伤离所致。故下阕言相思不已，重上楼头，明知江上峰青，已曲终人远，而阑干独倚，极目云天，与东坡“天一方”之歌，同其寓感。（俞陛云《唐五代两宋词选释》）

又 代人赋

陌上柔桑破嫩芽，东邻蚕种已生些。平冈细草鸣黄犊，斜日寒林点暮鸦。

山远近，路横斜，青旗沽酒有人家。城中桃李愁风雨，春在溪头荠菜花。

◆“城中”二语，有多少感慨。信笔写去，格调自苍劲，意味自深厚，有不可强而致者，放翁、改之、竹山学之，已成效颦，何论馀子。（陈廷焯《词则·放歌集》）

◆稼轩集中多雄慨之词，纵横之笔，此调乃闲放自适，如听雄笳急鼓之馀，忽闻渔唱在水烟深处，为之意远。（俞陛云《唐五代两宋词简析》）

踏歌

攧厥。看精神压一庞儿劣。更言语一似春莺滑。一团儿美满香和雪。

去也。把春衫换却同心结。向人道“不怕轻离别”，问昨宵因甚歌声咽？

秋被梦，春闺月。旧家事却对何人说。告第一莫趁蜂和蝶，有春归花落时节。

◎撷厥：撷读如颤。撷厥盖形容体态轻儇状。

◎精神压一：谓精神饱满，压倒一切也。

◎庞儿劣：谓脸儿俏俊。“劣”为反训词。

小重山 茉莉

倩得熏风染绿衣。国香收不起，透冰肌。略开些个未多时。窗儿外，却早被人知。

越惜越娇痴。一枝云鬓上，那人宜。莫将他去比荼蘼，分明是，他更韵些儿。

临江仙 探梅

老去惜花心已懒，爱梅犹绕江村。一枝先破玉溪春。更无花态度，全是雪精神。

剩向青山餐秀色，为渠着句清新。竹根流水带溪云。醉中浑不记，归路月黄昏。

◎鲜肤一何润，秀色若可餐。（南朝陆机《日出东南隅行》）

一落索 闺思

羞见鉴鸾孤却，倩人梳掠。一春长是为花愁，甚夜夜东风恶。

行绕翠帘珠箔，锦笺谁托？玉觞泪满却停觞，怕酒似郎情薄。

◆不意此老，亦解作喁喁语。（明卓人月《古今词统》）

◆后叠末句，真个中人伤心语。（明潘游龙《古今诗馀醉》）

◆深情如见，情致婉转，而笔力劲直，自是稼轩词。（清陈廷焯《云韶集》）

鹊桥仙 为人庆八十席上戏作

朱颜晕酒，方瞳点漆，闲傍松边倚杖。不须更展画图看，自是个寿星模样。

今朝盛事，一杯深劝，更把新词齐唱。人间八十最风流，长贴在儿儿额上。

◎老聃居山，有父老五人，方瞳，握青筇杖，共谈天地五方五行之精。（《拾遗记》，按：道家谓道行久深者瞳方。）

◎王右军见杜弘治，叹曰："面如凝脂，眼如点漆，此神仙中人。"（《世说新语·容止》）

◎人间二句：儿儿即孩儿。宋代习俗，每朱书"八十"字于小儿额上以求长生。

又 庆岳母八十

八旬庆会，人间盛事，齐劝一杯春酿。臙脂小字点眉间，犹记得旧时宫样。

彩衣更着，功名富贵，直过太公以上。大家着意记新词，遇着个十年便唱。

好事近

医者索酬劳，那得许多钱物？只有一个整整，也盒盘盛得。

下官歌舞转凄惶，剩得几枝笛。觑着这般火色，告妈妈将息。

◎火色：颜面潮红之色。

◎告妈妈句："告"为请求意。"将息"为"调养"、"休息"意。

蝶恋花 戊申元日立春，席间作

谁向椒盘簪彩胜？整整韶华，争上春风鬓。往日不堪重记省，为花长把新春恨。

春未来时先借问，晚恨开迟，早又飘零近。今岁花期消息定，只愁风雨无凭准。

◎后世率以正月一日以盘进椒，号椒盘。（《尔雅翼》）

◎立春日自郎官、御史、寺监长贰以上，皆赐春旛胜，以罗为之。宰执亲王近臣，皆赐金银旛胜。入贺讫，戴归私第。（《东京梦华录》，按：彩胜，即旛胜。宋代士大夫家多袭汉唐旧俗，于立春日剪彩为小旛，谓之春旛，或悬于家人之头，或缀于花枝之下，或剪为春蝶春钱春胜以为戏。）

◆妙在不纯用时事。（明潘游龙《古今诗馀醉》）

◆稼轩《蝶恋花·元日立春》云："今岁花期消息定。只愁风雨无凭准。"盖言荣辱不定，迁谪无常。言外有多少哀怨，多少疑惧。（清陈廷焯《白雨斋词话》）

水调歌头 送郑厚卿赴衡州

寒食不小住，千骑拥春衫。衡阳石鼓城下，记我旧停骖。襟以潇湘桂岭，带以洞庭青草，紫盖屹西南。文字起《骚》《雅》，刀剑化耕蚕。

看使君，于此事，定不凡。奋髯抵几堂上，尊俎自高谈。莫信君门万里，但使民歌《五袴》，归诏凤凰衔。君去我谁饮，明月影成三。

◎博迁琅琊太守，齐部舒缓养名，博新视事，右曹掾史皆移病卧，博奋髯抵几曰："观齐儿欲以此为俗耶！"……皆罢斥诸病吏。（《汉书·朱博传》）

◎建初中迁蜀郡太守，……旧制禁民夜作以防火灾，而更相隐蔽，烧者日属。范乃毁削先令，但严使储水而已。百姓为便，乃歌之曰："廉叔度，来何暮。不禁火，民安作。平生无襦今五袴。"（《后汉书·廉范传》）

◎花间一壶酒，独酌无相亲。举杯邀明月，对影成三人。（唐李白《月下独酌》）

◆笔致疏放，而气绝遒练。（清陈廷焯《词则·放歌集》）

满江红 饯郑衡州厚卿席上再赋

莫折荼蘼，且留取一分春色。还记得青梅如豆，共伊同摘。少日对花浑醉梦，而今醒眼看风月。恨牡丹笑我倚东风，头如雪。

榆荚阵，菖蒲叶。时节换，繁华歇。算怎禁风雨，怎禁鹈鴂。老冉冉兮花共柳，是栖栖者蜂和蝶。也不因春去有闲愁；因离别。

◎郎骑竹马来，绕床弄青梅。（唐李白《长干行》）

沁园春

戊申岁，奏邸忽腾报谓余以病挂冠，因赋此。

老子平生，笑尽人间，儿女怨恩。况白头能几，定应独往；青云得意，见说长存。抖擞衣冠，怜渠无恙，合挂当年神武门。都如梦；算能争几许，鸡晓钟昏。

此心无有亲冤，况抱瓮年来自灌园。但凄凉顾影，频悲往事；殷勤对佛，欲问前因。却怕青山，也妨贤路，休斗尊前见在身。山中友，试高吟《楚些》，重与招魂。

◎白乐天……不汲汲于进而志在于退，是以能安于去就爱憎之际，每裕然有馀也。……至甘露十家之祸，乃有"当君白首同归日，是我青山独往时"之句，得非为王涯发乎？览之使人太息。空花、妄想，初何所有，而况冤亲相寻，缴绕何已？乐天不唯能外世故，固自以为深得于佛氏，犹不能旷然一洗，电扫冰释于无所有之地，习气难除至是。要之，若飘瓦之击，虚舟之触，庄周以为至人之用心也，宜乎。（宋叶梦得《避暑录话》卷上，按：白居易诗题为"九年十一月二十一日感事而作"，其下自注："其日独游香山寺。"诗云："祸福茫茫不可期，大都早退似先知。当君白首同归日，是我青山独往时。顾索素琴应不暇，忆牵黄犬定难追。麒麟作脯龙为醢，何似泥中曳尾龟。"）

◎陶弘景字通明，丹阳秣陵人也。……善琴棋，工草隶。未弱冠，齐高帝作相，引为诸王侍读，除奉朝请。虽在朱门，闭影不交外物。……永明十年，脱朝服挂神武门，上表辞禄，诏许之。（《南史·陶弘景传》）

◎子贡南游于楚，反于晋，过汉阴，见一丈人，方将为圃畦，凿隧而入井，抱瓮而出灌。搰搰然用力甚多而见功寡。（《庄子·天地》）

◎休论世上升沉事，且斗尊前见在身。（唐牛僧孺《席上赠刘梦得》，“斗”字在此处有“受用”意。）

◎楚些：指《楚辞·招魂》，句尾用“些”字。

贺新郎

陈同父自东阳来过余，留十日，与之同游鹅湖，且会朱晦庵于紫溪，不至，飘然东归。既别之明日，余意中殊恋恋，复欲追路，至鹭鹚林，则雪深泥滑，不得前矣。独饮方村，怅然久之，颇恨挽留之不遂也。夜半投宿吴氏泉湖四望楼，闻邻笛悲甚，为赋《乳燕飞》以见意。又五日，同父书来索词，心所同然者如此，可发千里一笑。

把酒长亭说。看渊明风流酷似，卧龙诸葛。何处飞来林间鹊，蹙踏松梢残雪。要破帽多添华发。剩水残山无态度，被疏梅料理成风月。两三雁，也萧瑟。

佳人重约还轻别。怅清江天寒不渡，水深冰合。路断车轮生四角，此地行人销骨。问谁使君来愁绝？铸就而今相思错，料当初费尽人间铁。长夜笛，莫吹裂。

◎剩水沧江破，残山碣石开。（唐杜甫《陪郑广文游何将军山林》，按：剩水残山谓穿池垒石，指园林之人工山水。）

◎朱全忠留魏半岁，罗绍威供亿所杀牛羊豕近七十万，资粮称是，所赂遗又近百万。比去，蓄积为之一空。绍威虽去其逼，而魏

兵自是衰弱。绍威悔之，谓人曰："合六州四十三县铁不能为此错也。"（《资治通鉴》）

◎謩开元中吹笛为第一部，近代无比。有故，自教坊请假至越州，公私更燕，以观其妙。时州客……同会镜湖，欲邀李生湖上吹之。……有独孤生者，年老，久处田野，人事不知，……到会所，澄波万顷，景物皆奇，李生拂笛，……其声始发之后，昏曀齐开，水木森然，髣髴如有鬼神之来，坐客皆更赞咏之，以为钧天之乐不如也。独孤生乃无一言，会者皆怒，……独孤生乃徐曰："公安知仆不会也！"……独孤生乃取吹之，李生更有一笛，拂拭以进，独孤视之曰："此都不堪取，执者粗通耳。"乃换之，曰："此至入破，必裂，得无吝惜否？"李生曰："不敢。"遂吹，声发入云，四座震栗，李生蹙踖不敢动，……及入破，笛遂败裂，不复终曲。李生再拜，众皆帖息，乃散。（《太平广记》卷二〇四"李謩"条引《逸史》）

◆稼轩与陈同甫别后，意殊恋恋，往追之，雪深不得前，赋词见意。越日，同甫书来索词，两心相同，有如此者。稼轩与同甫，为并世健者，交谊之深厚，文章之振奇，可称词坛瑜、亮。此词为惬心之作。首三句言渊明之高逸，而以卧龙为比。如尚父之磻溪把钓，景略之扪虱清谈，避世而未忘用世也。"飞鹊"三句写景幽峭，兼有伤老之意。"剩水"二句见春色无私，不以陵谷沧桑而易态。兼有举目河山之异，惟寒梅聊可慰情耳。下阕言车轮生角，自古伤离，孰使君来，铸此相思大错。铸错语而用诸相思，句新而情更挚。通首劲气直达中不使一平笔，学稼轩者，非徒放浪通脱，便能学步也。（俞陛云《唐五代两宋词选释》）

又 同父见和，再用韵答之

老大那堪说。似而今元龙臭味，孟公瓜葛。我病君来高歌饮，惊散楼头飞雪。笑富贵千钧如发。硬语盘空谁来听？记当时只有西窗月。重进酒，换鸣瑟。

事无两样人心别。问渠侬神州毕竟，几番离合？汗血盐车无人顾，千里空收骏骨。正目断关河路绝。我最怜君中宵舞，道“男儿到死心如铁”。看试手，补天裂。

◎ 今譬于草木，寡君在君，君之臭味也。（《左传》襄公八年，注：“言同类。”）

◎陈遵字孟公，杜陵人也。……居长安中，列侯、近臣、贵戚皆贵重之。牧守当之官，及郡国豪杰至京师者，莫不相因到遵门。（《汉书·游侠列传》，按：瓜葛指交游。）

◎ 横空盘硬语，妥帖力排奡。（唐韩愈《荐士》）

◎大宛旧有天马种，蹋石汗血，汗从前肩髆出，如血，号一日千里。（《汉书·武帝纪》应劭注）

◎骥之齿至矣，服盐车而上太行，蹄申膝折，尾湛胕溃，漉汁洒地，白汗交流，外阪迁延，负辕而不能上。（《战国策·楚策四》）

◎燕昭王即位，卑身厚币以招贤者，欲将报雠，故往见郭隗先生。……郭隗先生曰：“臣闻古之君人有以千金求千里马者，三年不能得，涓人言于君曰：请求之。君遣之，三月得千里马，马已死，买其首五百金，反以报君。君大怒曰：‘所求者生马，安事死马，而捐五百金！’涓人对曰：‘死马且买之五百金，况生马乎？天下必以王为能市马，马今至矣。’于是不期年千里马之至者三。今王诚欲致士，先从隗始。”（《战国策·燕策一》）

◎与司空刘琨俱为司州主簿，情好绸缪，共被同寝。中夜，闻荒鸡鸣，蹴琨觉曰：“此非恶声也。”因起舞。琨逖并有英气，每语世事，或中宵起坐，相谓曰：“若四海鼎沸，豪杰并起，吾与足下当相避于中原耳。”（《晋书·祖逖传》）

又 用前韵送杜叔高

细把君诗说：恍馀音钧天浩荡，洞庭胶葛。千丈阴崖尘不到，惟有层冰积雪。乍一见寒生毛发。自昔佳人多薄命，对古来一片伤心月。金屋冷，夜调瑟。

去天尺五君家别。看乘空鱼龙惨淡，风云开合。起望衣冠神州路，白日消残战骨。叹夷甫诸人清绝！夜半狂歌悲风起，听铮铮阵马檐间铁。南共北，正分裂。

◎黄帝张《咸池》之乐于洞庭之野，……其声能短能长，能柔能刚，变化齐一，不主故常。（《庄子·天运》）

◎城南韦、杜，去天尺五。（《辛氏三秦记》）

◎夷甫，晋王衍字。按：南宋时士大夫间亦有趋尚清谈风气，孝宗亦曾以为言，故稼轩于此深致慨叹。

◎元帝时临池观竹，竹既枯，后每思其响，夜不能寐，帝为作薄玉龙数十枚，以缕线悬于檐外，夜中因风相击，听之与竹无异。民间效之，不敢用龙，以什骏代。今之铁马，是其遗制。（《芸窗私志》）

破阵子 为陈同甫赋壮词以寄之

醉里挑灯看剑，梦回吹角连营。八百里分麾下炙，五十弦翻塞外声。沙场秋点兵。

马作的卢飞快，弓如霹雳弦惊。了却君王天下事，赢得生前身后名。可怜白发生！

◎王君夫（恺）有牛，名八百里驳，常莹其蹄角。王武子（济）语君夫："我射不如卿，今指赌卿牛，以千万对之。"君夫既恃手快，且谓骏物无有杀理，便相然可，令武子先射。武子一起便破的，却据胡床、叱左右："速探牛心来！"须臾炙至，一脔便去。（《世说新语·汰侈》，此"八百里"，谓牛。）

◎太帝使素女鼓五十弦瑟，悲，帝禁不止，故破其瑟为二十五弦。（《史记·封禅书》，按：五十弦，谓瑟。）

◎马白额入口齿者，名曰榆雁，一名的卢。（《相马经》）

◎景宗谓所亲曰："我昔在乡里，骑快马如龙，与年少辈数十骑，拓弓弦作霹雳声，箭如饿鸱叫，……此乐使人忘死，不知老之将至。"（《南史·曹景宗传》）

◆字字跳掷而出，"沙场"五字，起一片秋声，沉雄悲壮，凌轹千古。（清陈廷焯《云韶集》）

又 赠行

少日春风满眼，而今秋叶辞柯。便好消磨心下事，也忆寻常醉后歌。新来白发多。

明日扶头颠倒，倩谁伴舞婆娑？我定思君拚瘦损，君不思兮可奈何。天寒将息呵。

水调歌头

元日投宿博山寺，见者惊叹其老。

头白齿牙缺，君勿笑衰翁。无穷天地今古，人在四之中。臭腐神奇俱尽，贵贱贤愚等耳，造物也儿童。老佛更堪笑，谈妙说虚空。

坐堆豗，行答飒，立龙钟。有时三盏两盏，淡酒醉蒙鸿。四十九年前事，一百八盘狭路，拄杖倚墙东。老境竟何似？只与少年同。

◎故万物一也。是其所美者为神奇，其所恶者为臭腐；臭腐复化为神奇，神奇复化为臭腐。故曰通天下一气耳。圣人故贵一。（《庄子·知北游》）

◎审言病甚，宋之问、武平一等省候何如，答曰："甚为造化小儿所苦，尚何言！"（《新唐书·杜审言传》）

◎堆㕒：困顿貌。

◎时傅亮、谢晦位遇日隆，范泰尝众中让诮鲜之曰："卿与傅、谢俱从圣主有功关洛，卿乃居僚首，今日答飒，去人辽远，何不肖之甚！"鲜之熟视不对。（《南史·郑鲜之传》）

◎蒙鸿，即鸿蒙。《庄子·在宥》"适遭鸿蒙"司马彪注："自然元气也。"

◎浮云一百八盘萦，落日四十八渡明。（宋黄庭坚《竹枝词》，按：此处乃泛指，以喻世路及本人生活历程之艰险。）

◆我疑稼轩不死，何惊其志耶？（明卓人月《古今词统》）

卜算子 齿落

刚者不坚牢，柔底难摧挫。不信张开口角看，舌在牙先堕。

已阙两边厢，又豁中间个。说与儿曹莫笑翁，狗窦从君过。

◎张吴兴年八岁，齿亏，先达知其不常，故戏之曰："君口中何为开狗窦？"张应声答曰："正使君辈从此中出入。"（《世说新语·排调》）

最高楼

送丁怀忠教授入广。渠赴调都下，久不得书，或谓从人辟置，或谓径归闽中矣。

相思苦，君与我同心。鱼没雁沉沉。是梦他松后追轩冕，是化为鹤后去山林？对西风，怅望，到如今。

待不饮奈何君有恨；待痛饮奈何吾又病。君起舞，试重斟。苍梧云外湘妃泪，鼻亭山下鹧鸪吟。早归来，流水外，有知音。

◎丁固初为尚书，梦松树生其腹上，谓人曰：“松字，十八公也；后十八岁，吾其为公乎。”卒如梦焉。（《吴录》，按：“后”，略似今口语中之“啊”字，不作先后解。）

◎丁令威本辽东人，学道于灵虚山，后化鹤归辽，集郡城门华表柱。时有少年举弓欲射之，鹤乃飞，徘徊空中而言曰：“有鸟有鸟丁令威，去家千年今始归，城郭如故人民非，何不学仙冢累累。”遂高上冲天。（晋陶渊明《搜神后记》）

◎苍梧句：舜南巡，崩于苍梧之野，二妃追至，哭之极哀，后投水而死，为湘水之神，遂称湘妃，亦曰湘君或湘夫人。

浣溪沙 寿内子

寿酒同斟喜有馀，朱颜却对白髭须。两人百岁恰乘除。

婚嫁剩添儿女拜，平安频拆外家书。年年堂上寿星图。

水调歌头 送信守王桂发

酒罢且勿起，重挽使君须。一身都是和气，别去意何如。我辈情钟休问，父老田头说尹，泪落独怜渠。秋水见毛发，千尺定无鱼。

望清阙，左黄合，右紫枢。东风桃李陌上，下马拜除书。屈指吾生馀几，多病妨人痛饮，此事正愁余。江湖有归雁，能寄草堂无？

◎王戎丧儿万子，山简往省之，王悲不自胜，简曰："孩抱中物，何至于此？"王曰："圣人忘情，最下不及情，情之所钟，正在我辈。"（《世说新语·伤逝》）

◎水至清则无鱼，人至察则无徒。（汉东方朔《答客难》）

◎黄合：谓中书门下省。

◎紫枢：谓枢密院。

鹊桥仙 己酉山行书所见

松冈避暑，茅檐避雨，闲去闲来几度。醉扶怪石看飞泉，又却是前回醒处。

东家娶妇，西家归女，灯火门前笑语。酿成千顷稻花香，夜夜费一天风露。

满江红

送徐抚幹衡仲之官三山，时马叔会侍郎帅闽。

绝代佳人，曾一笑倾城倾国。休更叹旧时青镜，而今华发。明日伏波堂上客，"老当益壮"翁应说。恨苦遭邓禹笑人来，长寂寂。

诗酒社，江山笔。松菊径，云烟屐。怕一觞一咏，风流弦绝。我梦横江孤鹤去，觉来却与君相别。记功名万里要吾身，佳眠食。

◎马援字文渊，扶风茂陵人也。……常谓宾客曰："丈夫为志，穷当益坚，老当益壮。"……交址女子征侧及女弟征贰反，……侧自立为王，于是玺书拜援伏波将军。(《后汉书·马援传》)

◎融躁于名利，自恃人地，三十内望为公辅。及为中书郎，尝抚案叹曰："为尔寂寂，邓禹笑人。"(《南史·王融传》)

◎时夜将半，四顾寂寥，适有孤鹤，横江东来。(宋苏轼《后赤壁赋》)

御街行 山中问盛复之提干行期

山城甲子冥冥雨，门外青泥路。杜鹃只是等闲啼，莫被他催归去。垂杨不语，行人去后，也会风前絮。

情知梦里寻鹓鹭，玉殿追班处。怕君不饮太愁生，不是苦留君住。白头笑我，年年送客，自唤春江渡。

◎冥冥甲子雨，已度立春时。(唐杜甫《雨》)

◎鹓鹭：谓朝官之行列，因其整齐有序如鹓与鹭也。

又

阑干四面山无数。供望眼，朝与暮。好风催雨过山来，吹尽一帘烦暑。纱厨如雾，簟纹如水，别有生凉处。

冰肌不受铅华污，更旎旎，真香聚。临风一曲最妖娇，唱得行云且住。藕花都放，木犀开后，待与乘鸾去。

◎薛谭学讴于秦青，未穷青之技，自谓尽之，遂辞归，秦青弗止，饯于郊衢，抚节悲歌，声振林木，响遏行云。（《列子·汤问》）

卜算子 寻春作

修竹翠罗寒，迟日江山暮。幽径无人独自芳，此恨知无数。

只共梅花语，懒逐游丝去。着意寻春不肯香，香在无寻处。

◎天寒翠袖薄，日暮倚修竹。（唐杜甫《佳人》）
◎迟日江山丽，春风花草香。（唐杜甫《绝句》）

又 为人赋荷花

红粉靓梳妆，翠盖低风雨。占断人间六月凉，明月鸳鸯浦。

根底藕丝长，花里莲心苦，只为风流有许愁，更衬佳人步。

又 闻李正之茶马讣音

欲行且起行，欲坐重来坐。坐坐行行有倦时，更枕闲书卧。

病是近来身，懒是从前我。静扫瓢泉竹树阴，且恁随缘过。

归朝欢

寄题三山郑元英巢经楼。楼之侧有尚友斋，欲借书者就斋中取读，书不借出。

万里康成西走蜀，药市船归书满屋。有时光彩射星躔，何人汗简雠天禄？好之宁有足。请看良贾藏金玉。记斯文，千年未丧，四壁闻丝竹。

试问辛勤携一束，何似牙签三万轴。古来不作借人痴，有朋只就云窗读。忆君清梦熟。觉来笑我便便腹。倚危楼，人间谁舞，扫地八风曲。

◎康成：后汉郑玄字，此以喻郑元英。

◎雠校者，一人读书，校其上下，得谬误，为校；一人持本，一人读书，如怨家相对，为雠。（《刘向别传》）

◎子曰：天之将丧斯文也，后死者不得与于斯文也；天之未丧斯文也，匡人其如予何。（《论语·子罕》）

◎汉武帝时，鲁恭王坏孔子旧宅，得《尚书》、《春秋》、《论语》、《孝经》，于时闻堂上有金石丝竹之音，乃不坏。（《水经注》“泗水”条）

◎韶曾昼日假卧，弟子私嘲之曰：“边孝先，腹便便，懒读书，但欲眠。”韶潜闻之，应时对曰：“边为姓，孝为字，腹便便，五经

笥。但欲眠，思经事。寐与周公通梦，静与孔子同意。师而可嘲，出何典记？”（《后汉书·边韶传》）

◎夫舞，所以节八音而行八风。（《左传》隐公五年）

玉楼春 寄题文山郑元英巢经楼

悠悠莫向文山去，要把襟裾牛马汝。遥知书带草边行，正在雀罗门里住。

平生插架昌黎句，不似拾柴东野苦。侵天且拟凤凰巢，扫地从他鸜鹆舞。

◎人不通古今，马牛而襟裾。（唐韩愈《符读书城南》）

◎郑康成居不其城南山中教授，山下草如薤，叶长尺馀，人号康成书带草。（《三齐记略》）

◎夫以汲郑之贤，有势则宾客十倍，无势则否，况众人乎！下邽翟公有言，始翟公为廷尉，宾客阗门；及废，门外可设雀罗。……汲、郑亦云，悲夫！（《史记·汲黯郑当时传》）

◎东野：唐孟郊字。

◎司徒王导辟为掾，始到府通谒，导谓曰：“闻君能作鸲鹆舞，一座倾想，宁有此理不？”尚曰：“佳。”便着衣帻而舞。（《晋书·谢尚传》）

声声慢 送上饶黄倅秩满赴调

东南形胜，人物风流，白头见君恨晚。便觉君家叔度，去人未远。长怜士元骥足，道直须别驾方展。问个里，待怎生销杀，胸中万卷？

况有星辰剑履，是传家，合在玉皇香案。零落新诗，我欠可人消遣。留君再三不住，便直饶万家泪眼，怎抵得，这眉间黄色一点？

◎黄宪字叔度，汝南慎阳人也。……郭林宗少游汝南，先过袁闳，不宿而退；进往从宪，累日方还。或以问林宗，林宗曰："奉高之器，譬诸泛滥，虽清而易挹；叔度汪汪若千顷陂，澄之不清，淆之不浊，不可量也。"（《后汉书·黄宪传》）

◎庞统字士元，襄阳人也。……先主领荆州，统以从事守耒阳令，在县不治，免官。吴将鲁肃遗先主书曰："庞士元非百里才也，使处治中别驾之任，始当展其骥足耳。"（《三国志·蜀书·庞统传》）

◎星辰剑履：杜甫《上韦左相》："持衡留藻鉴，听履上星辰。"《杜诗镜铨》注谓"殿廷象太微帝座，故曰上星辰"。星辰剑履意谓剑履上殿。

◎我是玉皇香案吏，谪居犹得住蓬莱。（唐元稹《以州宅夸乐天》）

◎怪见眉间一点黄，诏书催发羽书忙。从教娇泪洗红妆。（宋苏轼《浣溪沙·彭门送梁左藏》）

玉楼春

席上赠别上饶黄倅。巃嵸，雨岩堂名。通判雨，当时民谣。吏垂头，亦渠摄郡时事。

往年巃嵸堂前路，路上人夸通判雨。去年拄杖过瓢泉，县吏垂头民叹语。

学窥圣处文章古，清到穷时风味苦。尊前老泪不成行，明日送君天上去。

水调歌头 送杨民瞻

日月如磨蚁，万事且浮休。君看檐外江水，滚滚自东流。风雨瓢泉夜半，花草雪楼春到，老子已菟裘。岁晚问无恙，归计橘千头。

梦连环，歌《弹铗》，赋《登楼》。黄鸡白酒，君去村社一番秋。长剑倚天谁问，夷甫诸人堪笑，西北有神州。此事君自了，千古一扁舟。

◎《周髀》家云：“日月东行而天牵之以西没，譬之蚁行磨石之上，磨左旋而蚁右去，磨急而蚁迟，故不得不随磨以左旋焉。”（《晋书·天文志》）

◎其生若浮，其死若休。（《庄子·刻意》）

◎羽父请杀桓公，将以求太宰，公曰：“为其少故也，吾将授之矣。使营菟裘，吾将老焉。”（《左传》隐公十一年，注：“菟裘，鲁邑，在泰山梁父县南。不欲复居鲁朝，故别营外邑。”）

◎方地为车，圜天为盖，长剑耿耿倚天外。（战国宋玉《大言赋》）

又

簪履竞晴昼，画戟插层霄。红莲幕底风定，香雾不成飘。螺髻梅妆环列，凤管檀槽交奏，回雪舞纤腰。觞酒荡寒玉，冰颊醉江潮。

颂丰功，祝难老，沸民谣。晓庭梅蕊初绽，定报鼎羹调。龙衮方思勋旧，已覆金瓯名姓，行看紫泥褒。重试补天手，高插侍中貂。

◎（王俭）乃用杲之为卫将军长史。安陆侯萧缅与俭书曰："盛府元僚，实难其选，庾景行泛绿衣，依芙蓉，何其丽也。"时人以入俭府为莲花池，故缅书美之。（《南史·庾杲之传》）

◎鼎羹调：《尚书·说命》："若作和羹，尔惟盐梅。"后皆用以称美相业。

寻芳草 调陈莘叟忆内

有得许多泪，更闲却许多鸳被。枕头儿放处都不是，旧家时怎生睡。

更也没书来，那堪被雁儿调戏。道无书却有书中意，排几个人人字。

◆妙全在俚，似古诗"老女不嫁，踏地唤天"。（明卓人月《古今词统》）

◆一味古质，自是绝唱。通首缠绵尽致，语挚情真，愈朴愈妙。于此见稼轩真面目。（清陈廷焯《云韶集》）

柳梢青 和范先之席上赋牡丹

姚魏名流，年年揽断，雨恨风愁。解释春光，剩须破费，酒令诗筹。

玉肌红粉温柔，更染尽天香未休。今夜簪花，他年第一，玉殿东头。

◎姚黄者千叶黄花，出于民姚氏家。魏家花者千叶肉红花，出于魏相仁溥家。（《洛阳牡丹记》）

◎国色朝酣酒，天香夜染衣。（唐李正封《牡丹》）

谒金门 和廓之五月雪楼小集韵

遮素月，云外金蛇明灭。翻树啼鸦声未彻，雨声惊落叶。

宝炬成行嫌热，玉腕藕丝谁雪？《流水高山》弦断绝，怒蛙声自咽。

◎雨过潮平江海碧，电光时掣紫金蛇。（宋苏轼《望海楼晚景五绝》）

◎公子调冰水，佳人雪藕丝。（唐杜甫《陪诸贵公子丈八沟携妓纳凉》）

又

山吐月，画烛从教风灭。一曲瑶琴才听彻，金蕉三两叶。

骤雨微凉还热，似欠舞琼歌雪。近日醉乡音问绝，有时清泪咽。

定风波 席上送范廓之游建康

听我尊前醉后歌，人生无奈别离何。但使情亲千里近；须信：无情对面是山河。

寄语石头城下水：居士，而今浑不怕风波。借使未成鸥鸟伴；经惯，也应学得老渔蓑。

醉翁操

顷予从廓之求观家谱，见其冠冕蝉联，世载勋德。廓之甚文而好修，意其昌未艾也。今天子即位，覃庆中外，命国朝勋臣子孙之无见任者官之；先是，朝廷屡诏甄录元佑党籍家：合是二者，廓之应仕矣。将告诸朝，行有日，请予作诗以赠。属予避谤，持此戒甚力，不得如廓之请。又念廓之与予游八年，日从事诗酒间，意相得欢甚，于其别也，何独能恝然。顾廓之长于楚词而妙于琴，辄拟《醉翁操》，为之词以叙别。异时廓之绾组东归，仆当买羊沽酒，廓之为鼓一再行，以为山中盛事云。

长松，之风。如公，肯余从，山中。人心与吾兮谁同？湛湛千里之江，上有枫。噫送子于东，望君之门兮九重。女无悦己，谁适为容？

不龟手药，或一朝兮取封。昔与游兮皆童，我独穷兮今翁。一鱼兮一龙，劳心兮忡忡。噫命与时逢。子取之食兮万钟。

◎刘尹云：人想王荆产佳，此想长松下当有清风耳。（《世说新语·言语》）

◎何灵魂之信直兮，人之心不与吾心同。（《楚辞·九章·抽思》）

◎湛湛江水兮上有枫，目极千里兮伤春心。（《楚辞·招魂》）

◎岂不郁陶而思君兮，君之门以九重。（《楚辞·九辩》）

◎士为知己者用，女为悦己者容。（汉司马迁《报任少卿书》）

◎自伯之东，首如飞蓬。岂无膏沐，谁适为容。（《诗经·卫风·伯兮》）

◎宋人有善为不龟手之药者，世世以洴澼絖为事。客闻之，请买其方百金。聚族而谋曰："我世世为洴澼絖，不过数金，今一朝而鬻技百金，请与之。"客得之，以说吴王。越有难，吴王使之将，冬与

越人水战，大败越人。裂地而封之。能不龟手一也，或以封，或不免于洴澼絖，则所用之异也。（《庄子·逍遥游》）

◎一鱼句：龙可飞腾于天，鱼则只能浮沉水中，亦犹云泥异路之意。

◆小词中《离骚》也。（明卓人月《古今词统》）

◆《醉操翁》，本琴曲，今入词，传词亦止苏、辛两首。（清吴衡照《莲子居词话》）

◆此赠范先之作。范为世臣之后，与稼轩交甚久。其时廷旨录用元祐党籍后裔，先之将趋朝应仕，稼轩因其长于楚辞，且工琴，为赋《醉翁操》以赠别。上阕言与其仕隐殊途，故有人心不同之句。后言昔童而今叟，子龙而我鱼，言之慨然。此词为《稼轩集》中别调，亦庄亦谐，似骚似雅，固见交谊深久，亦见感怀激越也。（俞陛云《唐五代两宋词选释》）

踏莎行

庚戌中秋后二夕，带湖篆冈小酌。

夜月楼台，秋香院宇，笑吟吟地人来去。是谁秋到便凄凉？当年宋玉悲如许。

随分杯盘，等闲歌舞，问他有甚堪悲处？思量却也有悲时：重阳节近多风雨。

◎悲哉秋之为气也，萧瑟兮草木摇落而变衰。（战国宋玉《九辩》）

◆郁勃以蕴藉出之。（清陈廷焯《词则·放歌集》）

又 赋木樨

弄影阑干，吹香岩谷。枝枝点点黄金粟。未堪收拾付熏炉，窗前且把《离骚》读。

奴仆葵花，儿曹金菊。一秋风露清凉足。傍边只欠个姮娥，分明身在蟾宫宿。

清平乐 赋木樨词

月明秋晓，翠盖团团好。碎剪黄金教恁小，都着叶儿遮了。

折来休似年时，小窗能有高低。无顿许多香处，只消三两枝儿。

又 再赋

东园向晓，阵阵西风好。唤起仙人金小小，翠羽玲珑装了。

一枝枕畔开时，罗帏翠幕垂低。恁地十分遮护，打窗早有蜂儿。

鹧鸪天

郑守厚卿席上谢余伯山，用其韵。

梦断京华故倦游，只今芳草替人愁。《阳关》莫作三叠唱，越女应须为我留。

看逸韵，自名流，青衫司马且江州。君家兄弟真堪笑，个个能修五凤楼。

◎ 韩浦、韩洎能为古文，洎常轻浦，语人曰："吾兄为文，譬如绳缚草舍，庇风雨而已。予之文造五凤楼手。”浦闻其言，因人遗蜀笺，作诗与洎曰：“十样蛮笺出益州，寄来新自浣花头。老兄得此全无用，助尔添修五凤楼。”（《杨文公谈苑》）

又 和人韵，有所赠

趁得春风汗漫游，见他歌后怎生愁。事如芳草春长在，人似浮云影不留。

眉黛敛，眼波流，十年薄幸谩扬州。明朝短棹轻衫梦，只在溪南罨画楼。

◎十年一觉扬州梦，赢得青楼薄幸名。（唐杜牧《遣怀》）

◎《墨客挥犀》曰：“罨画，今之生色也。”余尝谓五采彰施于五服，此固生色之始也。秦韬玉诗：“花明驿路胭脂暖，山入江亭罨画开。”卢赞元诗：“花外小楼云罨画，杏波晴叶退微红。”李商隐爱义兴罨画溪者，亦以其如画也。（清高似孙《纬略》“罨画”条）

菩萨蛮 送郑守厚卿赴阙

送君直上金銮殿，情知不久须相见。一日甚三秋，愁来不自由。

九重天一笑，定是留中了。白发少经过，此时愁奈何！

◎ 一日不见，如三秋兮。（《诗经·王风·采葛》）

◎留中：留在朝廷供职。

又 送曹君之庄所

人间岁月堂堂去，劝君快上青云路。圣处一灯传，工夫萤雪边。

麴生风味恶，辜负西窗约。沙岸片帆开，寄书无雁来。

◎一灯传：释氏以灯喻法，故纪载其衣钵相传之史迹者名《传灯录》。

◎胤博学多通，家贫，不常得油，夏月则练囊盛数十萤火以照书，以夜继日焉。（《晋书·车胤传》）

◎道士叶法善精于符箓之术。……尝有朝客数十人诣之，解带淹留，满座思酒。忽有人叩门，云麴秀才，……傲倪直入。年二十馀，肥白可观。笑揖诸公，居末席，伉声谈论，援引古人。……法善密以小剑击之，随手丧元，坠于阶下，化为瓶榼。一座惊慑惶遽。视其处所，乃盈瓶醲酝也。咸大笑。饮之，其味甚佳。坐客醉而揖其瓶曰："麴生麴生，风味不可忘也。"（《开天传信记》，按：麴生，谓酒。）

◎君问归期未有期，巴山夜雨涨秋池。何当共剪西窗烛，却话巴山夜雨时。（唐李商隐《夜雨寄北》）

又 双韵赋摘阮

阮琴斜挂香罗绶，玉纤初试琵琶手。桐叶雨声干，真珠落玉盘。

朱弦调未惯，笑倩春风伴。莫作别离声，且听双凤鸣。

◎嘈嘈切切错杂弹，大珠小珠落玉盘。（唐白居易《琵琶行》）

◎春风：亦指琵琶。此句谓请琵琶伴奏，故下云“且听双凤鸣”。

又

赠张医道服为别，且令馈河豚。

万金不换囊中术，上医元自能医国。软语到更阑，绨袍范叔寒。

江头杨柳路，马踏春风去。快趁两三杯，河豚欲上来。

◎平公有疾，秦景公使医和视之。……赵文子曰：“医及国家乎？”对曰：“上医医国，其次疾人，固医官也。”（《国语·晋语八》）

◎范雎既相秦，秦号曰张禄，而魏不知，以为范雎已死久矣。魏闻秦且东伐韩、魏，魏使须贾于秦，范雎闻之，为微行，敝衣闲步至邸，见须贾，须贾见之而惊曰：“范叔固无恙乎？”范雎曰：“然。”须贾笑曰：“范叔有说于秦耶？”曰：“不也。雎前日得过于魏相，故亡逃至此，安敢说乎？”须贾曰：“今叔何事？”范雎曰：“臣为人庸赁。”须贾意哀之，留与坐，饮食，曰：“范叔一寒至此哉！”乃取其绨袍以赐之。（《史记·范雎传》）

◎蒌蒿满地芦芽短，正是河豚欲上时。（宋苏轼《惠崇春江晚景》）

虞美人 赋荼蘼

群花泣尽朝来露，争怨春归去。不知庭下有

荼蘼，偷得十分春色怕春知。

淡中有味清中贵，飞絮残红避。露华微浸玉肌香，恰似杨妃初试出兰汤。

◎诏高力士潜搜外宫，得弘农杨玄琰女于寿邸，既笄矣。鬒发腻理，纤秾中度，举止闲冶，如汉武帝李夫人。别疏汤泉，诏赐藻莹。既出水，体弱力微，若不任罗绮，光彩焕发，转动照人。上甚悦。（唐陈鸿《长恨歌传》）

◎浴兰汤兮沐芳，华采衣兮若英。（《楚辞·九歌·云中君》）

定风波 施枢密圣与席上赋

春到蓬壶特地晴，神仙队里相公行。翠玉相挨呼小字，须记：笑簪花底是飞琼。

总是倾城来一处，谁妒？谁携歌舞到园亭？柳妒腰肢花妒艳，听看：流莺直是妒歌声。

念奴娇 瓢泉酒酣，和东坡韵

倘来轩冕，问还是，今古人间何物？旧日重城愁万里，风月而今坚壁。药笼功名，酒垆身世，可惜蒙头雪。浩歌一曲，坐中人物三杰。

休叹黄菊凋零，孤标应也，有梅花争发。醉里重揩西望眼，惟有孤鸿明灭。万事从教，浮云来去，枉了冲冠发。故人何在？长庚应伴残月。

◎元澹字行冲，以字显。……及进士第，累迁通事舍人，狄仁杰器之。尝谓仁杰曰："下之事上，譬富家储积以自资也。脯腊膎胰以供滋膳，参术芝桂以防疾疢。门下充旨味者多矣，愿以小人备一药石，可乎？"仁杰笑曰："君正吾药笼中物，不可一日无也。"（《新唐书·元行冲传》）

◎相如与（卓文君）俱之临邛，尽卖车骑，置酒舍，令文君当垆，相如自着犊鼻裈，与庸保杂作，涤器于市中。卓王孙耻之，为闭门不出。（《汉书·司马相如传》）

◆此作和东坡，其激昂雄逸，颇似东坡，故录之。起笔破空而来，有俯视馀子之概。"药笼"三句，早知身世功名，终付与酒罏药笼，直至霜雪盈头，始期思卜筑，深悔其迟也。后言黄菊虽凋，而梅花尚在，犹可结岁寒之侣。"孤鸿明灭"句，有消沉今古在长空飞鸟中意。视万事若浮云，则当年一怒冲冠，宁非无谓。但此意知己无多，伴我者已如残月，为可伤耳。（俞陛云《唐五代两宋词选释》）

又

再用前韵，和洪莘之通判《丹桂词》。

道人元是，道家风，来作烟霞中物。翠幰裁犀遮不定，红透玲珑油壁。借得春工，惹将秋露，熏做江梅雪。我评花谱，便应推此为杰。

憔悴何处芳枝，十郎手种，看明年花发。坐断虚空香色界，不怕西风起灭。别驾风流，多情更要，簪满常娥发。等闲折尽，玉斧重倩修月。

又

洞庭春晚，□旧传，恐是人间尤物。收拾瑶池倾国艳，来向朱栏一壁。透户龙香，隔帘莺语，料得肌如雪。月妖真态，是谁教避人杰？

酒罢归对寒窗，相留昨夜，应是梅花发。赋了《高唐》犹想象，不管孤灯明灭。半面难期，多情易感，愁点星星发。绕梁声在，为伊忘味三月。

◎素娥者，武三思之妓人也，……相州凤阳门宋媪女。善弹五弦，世之殊色。三思乃以帛三百段往聘焉。素娥既至，三思大悦，盛宴以出素娥，公卿大夫毕至，唯纳言狄仁杰称疾不来，三思怒，于座中有言。宴罢，有告仁杰者，明日谒谢三思曰："……不睹丽人亦分也，他后或有良宴，敢不先期到门！"素娥闻之，谓三思曰："梁公强毅之士，……请不召梁公也！"……后数日复宴，客未来，梁公果先至，三思特延梁公坐于内寝。……请先出素娥，略观其艺，遂停杯，设榻召之。有顷苍头出曰："素娥藏匿，不知所在。"三思自入召之，皆不见。忽于堂奥隙中闻兰麝芬馥，乃附耳而听，即素娥语音也，……曰："请公不召梁公，今固召之，不复生也。……某非他怪，乃花月之妖，上帝遣来，亦以多言荡公之心，将兴李氏。今梁公乃时之正人，某固不敢见，……愿公勉事梁公，勿萌他志。……"言迄更问，亦不应也。（《甘泽谣》）

◎子在齐闻韶，三月不知肉味。（《论语·述而》）

瑞鹤仙

寿上饶倅洪莘之，时摄郡事，且将赴漕举。

黄金堆到斗。怎得似长年，画堂劝酒。蛾眉最明秀。向水沉烟里，两行红袖。笙歌撋就。争说道明年时候。被姮娥做了殷勤，仙桂一枝入手。

知否：风流别驾，近日人呼，文章太守。天长地久，岁岁上，乃翁寿。记从来人道，相门出相，金印累累尽有。但直须周公拜前，鲁公拜后。

◎挦就：宋人常用语，此处当为"温存体贴"之意。

◎累迁雍州刺史。武帝于东堂会送，问诜曰："卿自以为如何？"诜对曰："臣举贤良，对策为天下第一，犹桂林之一枝，昆山之片玉。"（《晋书·郤诜传》）

◎文章太守，挥毫万字，一饮千钟。（宋欧阳修《朝中措·平山堂》）

◎周公何以称大庙于鲁？封鲁公以为周公也。周公拜乎前，鲁公拜乎后，曰：生以养周公，死以为周公主。（《公羊传》文公十三年）

水调歌头

送施枢密圣与帅江西。信之谶云："水打乌龟石，方人也大奇。""方人也"实"施"字。

相公倦台鼎，要伴赤松游。高牙千里东下，笳鼓万貔貅。试问东山风月，更着中年丝竹，留得谢公不？孺子宅边水，云影自悠悠。

占古语，方人也，正黑头。穹龟突兀，千丈石打玉溪流。金印沙堤时节，画栋珠帘云雨，一醉早归休。贱子亲再拜：西北有神州。

◎相公倦台鼎，分正新洛邑。（唐韩愈《送郑十校理》）

◎孺子宅二句：后汉徐稺字孺子，南昌人。《太平寰宇记》：

“洪州南昌县徐孺子宅，在州东北三里。孺子美梅福之德，于福宅东立宅。”王勃《滕王阁序》：“人杰地灵，徐孺下陈蕃之榻。”诗云：“闲云潭影日悠悠，物换星移几度秋。”

◎诸葛道明初过江左，自名道明，名亚王、庾之下。先为临沂令，丞相谓曰：“明府当为黑头公。”（《世说新语·识鉴》）

◎成都侯商，子邑，贵重，商故人皆敬事邑，唯护自安如旧节。时请召宾客，邑居樽下称贱子上寿。（《汉书·楼护传》）

清平乐 寿信守王道夫

此身长健，还却功名愿。枉读平生三万卷，满酌金杯听劝。

男儿玉带金鱼，能消几许诗书？料得今宵醉也，两行红袖争扶。

一落索

信守王道夫席上，用赵达夫赋金林檎韵。

锦帐如云处，高不知重数。夜深银烛泪成行，算都把心期付。

莫待燕飞泥污。问花花诉。不知花定有情无，似却怕新词妒。

好事近 中秋席上和王路钤

明月到今宵，长是不如人约。想见广寒宫殿，正云梳风掠。

夜深休更唤笙歌，檐头雨声恶。不是小山词

就，这一场寥索。

又 送李复州致一席上和韵

和泪唱《阳关》，依旧字娇声稳。回首长安何处，怕行人归晚。

垂杨折尽只啼鸦，把离愁勾引。却笑远山无数，被行云低损。

又 和城中诸友韵

云气上林梢，毕竟非空非色。风景不随人去，到而今留得。

老无情味到篇章，诗债怕人索。却笑近来林下，有许多词客。

◎江西韦大夫丹与东林灵彻上人骘忘形之契，篇章唱和，月唯四五焉。韦偶为《思归》绝句诗一首以寄上人。……予谓韦亚台归意未坚，果为高僧所诮。韦《寄庐山上人彻公》诗曰："王事纷纷无暇日，浮生冉冉只如云。已为平子归休计，五老岩前必共君。"彻奉酬诗曰："年老身闲无外事，麻衣草座亦容身。相逢尽道休官去，林下何曾见一人！"（《云溪友议》卷中"思归隐"条）

东坡引 闺怨

玉纤弹旧怨，还敲绣屏面，清歌目送西风雁。雁行吹字断，雁行吹字断。

夜深拜月，琐窗西畔。但桂影空阶满。翠帷自掩无人见。罗衣宽一半，罗衣宽一半。

◎玉纤弹处真珠落，流多暗湿铅华薄。……看取薄情人，罗衣无此痕。（唐温庭筠《菩萨蛮》）

又

君如梁上燕，妾如手中扇，团团清影双双伴。秋来肠欲断，秋来肠欲断。

黄昏泪眼，青山隔岸。但咫尺如天远。病来只谢旁人劝。龙华三会愿，龙华三会愿。

◎四月八日，诸寺各设斋，以五香水浴佛，作龙华会，以为弥勒下生之征也。（《荆楚岁时记》）

◎南唐宰相冯延巳有乐府一章，名《长命女》，云："春日宴，绿酒一杯歌一遍，再拜陈三愿：一愿郎君千岁，二愿妾身长健，三愿如同梁上燕，岁岁长相见。"（《能改斋漫录》"冯相三愿词"条）

又

花梢红未足，条破惊新绿，重帘下遍阑干曲。有人春睡熟，有人春睡熟。

鸣禽破梦，云偏目蹙。起来香腮褪红玉。花时爱与愁相续。罗裙过半幅，罗裙过半幅。

◆不可使人独居深念。（明沈际飞《草堂诗馀别集》）

醉花阴 为人寿

黄花漫说年年好，也趁秋光老。绿鬓不惊秋，若斗尊前，人好花堪笑。

蟠桃结子知多少，家住三山岛。何日跨归鸾，沧海飞尘，人世因缘了。

◎三山：谓海内之瀛洲、方壶、蓬莱三神山，居其地者均长生不老。

◎麻姑自说云："接侍以来，已见东海三为桑田。向到蓬莱，又水浅于往日，会时略半耳，岂将复为陵陆乎？"（王）远叹曰："圣人皆言海中行复扬尘也。"（《神仙传》）

醉太平 春晚

态浓意远，眉颦笑浅，薄罗衣窄絮风软。鬓云欺翠卷。

南园花树春光暖，红香径里榆钱满。欲上秋千又惊懒，且归休怕晚。

◎态浓意远淑且真，肌理细腻骨肉匀。（唐杜甫《丽人行》）

◆集中作《金荃》丽句者无多，此作情态俱妍。结句有絮飞春昼、日长人倦之意；且有少陵"一卧沧江惊岁晚"、"扁舟一系故园心"之感。（俞陛云《唐五代两宋词选释》）

乌夜啼

晚花露叶风条，燕飞高。行过长廊西畔小红

桥。

歌再唱，人再舞，酒才消。更把一杯重劝摘樱桃。

如梦令 赋梁燕

燕子几曾归去？只在翠岩深处。重到画梁间，谁与旧巢为主？深许，深许，闻道凤凰来住。

忆王孙 秋江送别，集古句

登山临水送将归。悲莫悲兮生别离。不用登临怨落晖。昔人非。惟有年年秋雁飞。

◎悲哉秋之为气也，萧瑟兮草木摇落而变衰。憭栗兮若在远行，登山临水兮送将归。（《楚辞·九辩》）

◎悲莫悲兮生别离，乐莫乐兮新相知。（《楚辞·九歌·少司命》）

◎但将酩酊酬佳节，不用登临怨落晖。（唐杜牧《九日齐山登高》）

◎江山犹是昔人非。（宋苏轼《陌上花》）

◎不见只今汾水上，唯有年年秋雁飞。（唐李峤《汾阴行》）

金菊对芙蓉 重阳

远水生光，遥山耸翠，霁烟深锁梧桐。正零瀼玉露，淡荡金风。东篱菊有黄花吐，对映水几簇芙蓉。重阳佳致，可堪此景，酒酽花浓。

追念景物无穷。叹年少胸襟，忒煞英雄。把黄英红萼，甚物堪同。除非腰佩黄金印，座中拥红粉娇容。此时方称情怀，尽拚一饮千钟。

◎澄明远水生光，重叠暮山耸翠。（宋柳永《诉衷情近》）

水调歌头 题永丰杨少游提点一枝堂

万事几时足，日月自西东。无穷宇宙，人是一粟太仓中。一葛一裘经岁，一钵一瓶终日，老子旧家风。更着一杯酒，梦觉大槐宫。

记当年，吓腐鼠，叹冥鸿。衣冠神武门外，惊倒几儿童。休说须弥芥子，看取鹍鹏斥鷃，小大若为同？君欲论齐物，须访一枝翁。

◎计中国之在海内，不似稊米之在太仓乎？（《庄子·秋水》）

◎问："如何是和尚家风？"师曰："一瓶兼一钵，到处是生涯。"（《景德传灯录》卷二十二泉州《后招庆和尚》）

◎梦觉句：唐李公佐《南柯太守传》，谓有淳于棼者，吴楚游侠之士，一日酒醉，梦有二紫衣使者邀彼至槐安国，至则尚公主，并奉命为南柯郡太守。凡二十馀年，郡政大理。梦醒时日尚未斜，往寻梦中所至之地，则古槐一穴。所谓南柯郡者仅一南向之槐枝而已。

◎夫鹓雏发于南海而飞于北海，非梧桐不止，非练实不食，非醴泉不饮。于是鸱得腐鼠，鹓雏过之，仰而视之，曰"吓！"（《庄子·秋水》）

◎若菩萨信是解脱者，以须弥之高广，内芥子中，无所增减。（《维摩诘经·不思议品》，按：须弥山喻高大，芥子喻渺小。）

◎有鱼焉，其广数千里，未有知其修者，其名为鲲；有鸟焉，其名为鹏，背若泰山，翼若垂天之云，抟扶摇羊角而上者九万里，……斥鴳笑之曰："彼且奚适也？我腾跃而上，不过数仞而下，翱翔蓬蒿之间，此亦飞之至也。而彼且奚适也？"此小大之辨也。（《庄子·逍遥游》）

◎论齐物：《庄子》有《齐物论》。

浣溪沙 席上赵景山提干赋溪台，和韵

台倚崩崖玉灭瘢，青山却作捧心颦。远林烟火几家村。

引入沧浪鱼得计，展成寥阔鹤能言。几时高处见层轩？

◎后莽疾，孔休候之，莽缘恩意，进其玉具宝剑，欲以为好，休不肯受。莽因曰："诚见君面有瘢，美玉可以灭瘢。"（《汉书·王莽传》，颜师古注云："瘢，创痕也。"）

◎西施病心而矉其里，其里之丑人见而美之，归亦捧心而矉其里。（《庄子·天运》，按：矉同颦。）

◎于鱼得计。（《庄子·徐无鬼》）

又

妙手都无斧凿瘢，饱参佳处却成颦。恰如春入浣花村。

笔墨今宵光有艳，管弦从此悄无言。主人席次两眉轩。

◎眉轩席次，袂耸筵上。（南朝孔稚珪《北山移文》，按：轩，举也。举眉谓喜也。）

渔家傲

为余伯熙察院寿。信之谶云："水打乌龟石，三台出此时。"伯熙旧居城西，直龟山之北，溪水啮山足矣，意伯熙当之耶？伯熙学道有新功，一日语余云："溪上尝得异石，有文隐然，如记姓名，且有长生等字。"余未之见也。因其生朝，姑摭二事为词以寿之。

道德文章传几世，到君合上三台位。自是君家门户事。当此际，龟山正抱西江水。

三万六千排日醉，鬓毛只恁青青地。江里石头争献瑞，分明是：中间有个"长生"字。

◎三台：后汉称尚书为中台，御史为宪台，谒者为外台，合称三台。宋代之监察御史隶察院，属御史台。

◎盛著《魏氏春秋》、《晋阳秋》，《晋阳秋》词直而理正，咸称良史焉。既而桓温见之，怒谓盛子曰："枋头诚为失利，何至乃如尊君所说？若此史遂行，自是关君门户事。"（《晋书·孙盛传》）

◎百年三万六千日，一日须倾三百杯。（唐李白《襄阳歌》）

鹊桥仙 寿余伯熙察院

豸冠风采，绣衣声价，曾把经纶少试。看看有诏日边来，便入侍明光殿里。

东君未老，花明柳媚，且引玉船沉醉。好将三万六千场，自今日从头数起。

◎豸冠：为獬豸冠之简称。

◎玉船：酒器。

◎百年里，浑教是醉，三万六千场。（宋苏轼《满庭芳》）

沁园春

期思旧呼奇狮，或云碁师，皆非也。余考之荀卿书云：孙叔敖，期思之鄙人也。期思属弋阳郡。此地旧属弋阳县。虽古之弋阳、期思，见之图记者不同，然有弋阳则有期思也。桥坏复成，父老请余赋，作《沁园春》以证之。

有美人兮，玉佩琼琚，吾梦见之。问斜阳犹照，渔樵故里；长桥谁记，今古期思？物化苍茫，神游仿佛，春与猿吟秋鹤飞。还惊笑：向晴波忽见，千丈虹霓。

觉来西望崔嵬，更上有青枫下有溪。待空山自荐，寒泉秋菊；中流却送，桂棹兰旗。万事长嗟，百年双鬓，吾非斯人谁与归。凭阑久，正清愁未了，醉墨休题。

◎有女同车，颜如舜华。将翱将翔，佩玉琼琚。彼美孟姜，洵美且都。（《诗经·郑风·有女同车》）

◎侯出游兮暮来归，春与猿吟兮秋鹤与飞。（唐韩愈《罗池庙碑》）

◎我笑吴人不好事，好作祠堂傍修竹。不然配食水仙王，一盏寒泉荐秋菊。（宋苏轼《书林逋诗后》）

◎微斯人吾谁与归。（宋范仲淹《岳阳楼记》）

又 答余叔良

我试评君，君定何如，玉川似之。记李花初发，乘云共语；梅花开后，对月相思。白发重来，画桥一望，秋水长天孤鹜飞。同吟处，看珮摇明月，衣卷青霓。

相君高节崔嵬，是此处耕岩与钓溪。被西风吹尽，村箫社鼓；青山留得，松盖云旗。吊古愁浓，怀人日暮，一片心从天外归。新词好，似凄凉《楚些》，字字堪题。

◎卢仝居东都，（韩）愈为河南令，爱其诗，厚礼之。仝自号玉川子。尝为《月蚀》诗，讥切元和逆党，愈称其工。（《新唐书·卢仝传》）

◎李花、梅花：均玉川子事。韩愈《寒食日出游》诗："李花初发君始病。"又《李花》诗："夜领张彻投卢仝，乘云共至玉皇家。"又卢仝《有所思》："娟娟姮娥月，三五盈又缺。……相思一夜梅花发，忽到窗前疑是君。"

◎耕岩、钓溪：耕岩谓傅说于相殷之前隐于傅岩之下；钓溪谓吕尚于相周之前，年已老而隐居垂钓渭南之磻溪。

◎刘禹昭字休明，婺州人。少师林宽，为诗刻苦，不惮风雪。有句云："句向夜深得，心从天外归。"（《诗话总龟》卷十"雅什门"引《郡阁雅谈》）

又 答杨世长

我醉狂吟，君作新声，倚歌和之。算芬芳定向，梅间得意；轻清多是，雪里寻思。朱雀桥边，何人会道，野草斜阳春燕飞。都休问：甚元无雾雨，却有晴霓。

诗坛千丈崔嵬，更有笔如山墨作溪。看君才未数，曹刘敌手；风骚合受，屈宋降旗。谁识相如，平生自许：慷慨须乘驷马归。长安路，问垂虹千柱，何处曾题？

◎曹刘、屈宋：谓曹植、刘桢、屈原、宋玉。

◎郡治少城，……城北十里有升仙桥，有送客观。司马相如初入长安，题市门曰："不乘高车驷马，不过汝下也。"（《华阳国志·蜀志》）

◆倚韵和歌，辛词最盛，无不天然辐辏，有水到渠成之趣。（明卓人月《古今词统》）

江神子 闻蝉蛙戏作

簟铺湘竹帐笼纱，醉眠些，梦天涯。一枕惊回，水底沸鸣蛙。借问喧天成鼓吹，良自苦，为官哪？

心空喧静不争多。病维摩，意云何。扫地烧香，且看散天花。斜日绿阴枝上噪，还又问：是蝉么？

◎帝常在华林园，闻虾蟆声，谓左右曰："此鸣者为官乎私乎？"或对曰："在官地为官，在私地为私。"（《晋书·惠帝纪》）

◎维摩诘以身疾，广为说法。佛告文殊师利："汝诣问疾。"时维摩室有一天女，见诸大人，闻所说法，便现其身，即以天花散诸菩萨大弟子上。花至诸菩萨即皆堕落，至大弟子便着不堕。（《维摩诘所说经·观众生品第七》）

又 赋梅，寄余叔良

暗香横路雪垂垂，晚风吹，晓风吹。花意争春，先出岁寒枝。毕竟一年春事了，缘太早，却成迟。

未应全是雪霜姿，欲开时，未开时。粉面朱唇，一半点胭脂。醉里谤花花莫恨；浑冷澹，有谁知。

朝中措

年年黄菊艳秋风，更有拒霜红。黄似旧时宫额，红如此日芳容。

青青未老，尊前要看，儿辈平戎。试酿西江为寿，西江绿水无穷。

◎芙蓉一名拒霜，艳如荷花，八九月始开，故名拒霜。（《本草》）

◎谢公与人围棋，俄而谢玄淮上信至。看书竟，默然无言，徐向局，客问淮上利害，答曰："小儿辈大破贼。"（《世说新语·雅量》）

又 为人寿

年年金蕊艳西风，人与菊花同。霜鬓经春重绿，仙姿不饮长红。

焚香度日尽从容，笑语调儿童：一岁一杯为寿，从今更数千钟。

又

九日小集，时杨世长将赴南宫。

年年团扇怨秋风，愁绝宝杯空。山下卧龙丰度，台前戏马英雄。

而今休也，花残人似，人老花同。莫怪东篱韵减，只今丹桂香浓。

◎新裂齐纨素，皎洁如霜雪。裁为合欢扇，团团似明月。出入君怀袖，动摇微风发。常恐秋节至，凉风夺炎热。弃捐箧笥中，恩情中道绝。（《汉书·外戚传》载班婕妤《怨歌行》）

清平乐 忆吴江赏木樨

少年痛饮，忆向吴江醒。明月团团高树影，十里水沉烟冷。

大都一点宫黄，人间直恁芬芳。怕是秋天风露，染教世界都香。

又 题上卢桥

清泉奔快，不管青山碍。十里盘盘平世界，更着溪山襟带。

古今陵谷茫茫，市朝往往耕桑。此地居然形胜，似曾小小兴亡。

◎百川沸腾，山冢萃崩。高岸为谷，深谷为陵。（《诗经·小雅·十月之交》）

水龙吟

寄题京口范南伯家文官花。花先白，次绿，次绯，次紫。《唐会要》载学士院有之。

倚栏看碧成朱，等闲褪了香袍粉。上林高选，匆匆又换，紫云衣润。几许春风，朝熏暮染，为花忙损。笑旧家桃李，东涂西抹，有多少，凄凉恨。

拟倩流莺说与：记荣华易消难整。人间得意，千红百紫，转头春尽。白发怜君，儒冠曾误，平生官冷。算风流未减，年年醉里，把花枝问。

◎谁知心眼乱，看朱忽成碧。（南朝王僧孺《夜愁示诸宾》）

◎薛监晚年厄于宦途，尝策骡赴朝，值新进士榜下缀行而出，时进士团所由辈数十人，见逢行李萧条，前导曰："回避新郎君。"逢辗然，即遣一介语之曰："报道莫贫相，阿婆三五少年时，也曾东涂西抹来。"（《唐摭言》）

生查子 有觅词者，为赋

去年燕子来，绣户深深处。花径得泥归，都把琴书污。

今年燕子来，谁听呢喃语。不见卷帘人，一阵黄昏雨。

◎熟知茅斋绝低小，江上燕子故来频。衔泥点污琴书内，更接飞虫打着人。（唐杜甫《漫兴》）

又 重叶梅

百花头上开，冰雪寒中见。霜月定相知，先识春风面。

主人情意深，不管江妃怨。折我最繁枝，还许冰壶荐。

◎王曾布衣时以《梅花》诗献吕蒙正云："而今未问和羹事，且向百花头上开。"蒙正云："此生已安排状元宰相也。"（《谈苑》）

◎江妃：唐明皇开元中，高力士使闽、粤，见江采苹少而丽，选归，侍明皇，大见宠幸。性喜梅，所居悉植之。帝以其所好，戏名曰梅妃。

又 独游西岩

青山招不来，偃蹇谁怜汝。岁晚太寒生，唤我溪边住。

山头明月来，本在天高处。夜夜入清溪，听读《离骚》去。

◎青山偃蹇如高人，常时不肯入官府。（宋苏轼《越州张中舍寿乐堂》）

又 独游西岩

青山非不佳，未解留侬住。赤脚踏层冰，为爱清溪故。

朝来山鸟啼，劝上山高处。我意不关渠，自在寻诗去。

◎南望青松架短壑，安得赤脚踏层冰。（唐杜甫《早秋苦热堆案相仍》）

浣溪沙 黄沙岭

寸步人间百尺楼，孤城春水一沙鸥。天风吹树几时休。

突兀趁人山石狠，朦胧避路野花羞。人家平水庙东头。

又 漫兴作

未到山前骑马回，风吹雨打已无梅，共谁消遣两三杯。

一似旧时春意思，百无是处老形骸，也曾头上戴花来。

鹧鸪天 黄沙道中即事

句里春风正剪裁，溪山一片画图开。轻鸥自趁虚船去，荒犬还迎野妇回。

松共竹，翠成堆。要擎残雪斗疏梅。乱鸦毕竟无才思，时把琼瑶蹴下来。

西江月 夜行黄沙道中

明月别枝惊鹊，清风半夜鸣蝉。稻花香里说丰年，听取蛙声一片。

七八个星天外，两三点雨山前。旧时茅店社林边，路转溪桥忽见。

好事近 席上和王道夫赋元夕立春

彩胜斗华灯，平把东风吹却。唤取雪中明月，伴使君行乐。

红旗铁马响春冰，老去此情薄。惟有前村梅在，倩一枝随着。

◎僧齐己，长沙人，……天性颖悟，于风雅之道日有所得。……时郑谷在袁州，齐己因携所为诗往谒焉。有《早梅》诗曰："前村深雪里，昨夜数枝开。"谷笑谓曰："数枝非早，不若一枝则佳。"齐己矍然，不觉搴衣叩地膜拜。自是，士林以谷为齐己一字之师。（宋陶岳《五代史补》"僧齐己"条）

念奴娇 和信守王道夫席上韵

风狂雨横，是邀勒园林，几多桃李。待上层楼无气力，尘满栏干谁倚？就火添衣，移香傍枕，莫卷珠帘起。元宵过也，春寒犹自如此。

为问几日新晴，鸠鸣屋上，鹊报檐前喜。揩拭老来诗句眼，要看拍堤春水。月下凭肩，花边系马，此兴今休矣。溪南酒贱，光阴只在弹指。

◎邀勒：箝制、抑勒之意。

最高楼 庆洪景卢内翰七十

金闺老，眉寿正如川。七十且华筵。乐天诗句香山里，杜陵酒债曲江边。问何如，歌窈窕，舞婵娟？

更十岁太公方出将；又十岁武公方入相。留盛事，看明年。直须腰下添金印，莫教头上欠貂蝉。向人间，长富贵，地行仙。

◎更十岁句：世传姜太公年七十馀钓于渭滨，其后周文王出猎，遇于渭水之阳，载与俱归，立为师，时太公已八十矣。

◎昔卫武公年数九十有五矣，犹箴儆于国曰："自卿以下，至于师长士，无谓我老耄而舍我，必恭恪于朝，朝夕以交戒我。"（《国语 · 楚语上》）

辛弃疾词集卷三

浣溪沙

壬子春，赴闽宪，别瓢泉。

细听春山杜宇啼，一声声是送行诗。朝来白鸟背人飞。

对郑子真岩石卧，赴陶元亮菊花期。而今堪诵《北山移》。

◎谷口郑子真，不屈其志而耕乎岩石之下，名震于京师。（《扬子法言·问神》）

临江仙

和信守王道夫韵，谢其为寿。时仆作闽宪。

记取年年为寿客，只今明月相随。莫教弦管

便生衣。引壶觞自酌，须富贵何时。

入手清风词更好，细书白茧乌丝。海山问我几时归。枣瓜如可啖，直欲觅安期。

◎弦管生衣：谓弦管如久置不御，则将蛛网尘封也。

◎引壶觞以自酌，眄庭柯以怡颜。（晋陶渊明《归去来辞》）

◎人生行乐耳，须富贵何时？（汉杨恽《报孙会宗书》）

◎唐会昌元年，李师稷中丞为浙东观察使。有商客遭风飘荡，不知所止，月馀至一大山，……山侧有人迎问，与语曰：……此蓬莱山也。……遣左右引于宫内游观，……至一院，扃锁甚严，因窥之，众花满庭，堂有裀褥，焚香阶下。客问之，答曰："此是白乐天院，乐天在中国未来耳。"乃潜记之，遂别之归，旬日至越，具白廉使，李公尽录以报白公。先是白公平生唯修上生业，及览李公所报，乃自为诗二首以记其事及答李浙东云："近有人从海上回，海山深处见楼台。中有仙龛开一室，皆言此待乐天来。"又曰："吾学空门不学仙，恐君此语是虚传。海山不是吾归处，归即应归兜率天。"（《太平广记》卷四十八《逸史》）

◎是时李少君亦以祠灶谷道却老方见上，……言上曰："……臣尝游海上，见安期生，安期生食巨枣大如瓜。安期生仙者，通蓬莱中，合则见人，不合则隐。"于是天子始亲祠灶，遣方士入海求蓬莱安期生之属，而事化丹沙诸药齐为黄金矣。（《史记·封禅书》）

贺新郎

三山雨中游西湖，有怀赵丞相经始。

翠浪吞平野。挽天河谁来照影，卧龙山下。烟雨偏宜晴更好，约略西施未嫁。待细把江山图画。千顷光中堆滟潋，似扁舟欲下瞿塘马。中有句，浩难写。

诗人例入西湖社。记风流重来手种，绿成阴也。陌上游人夸故国，十里水晶台榭。更复道横空清夜。粉黛中洲歌妙曲，问当年鱼鸟无存者。堂上燕，又长夏。

◎安得壮士挽天河，净洗甲兵长不用。（唐杜甫《洗兵马》）

◆淡妆浓抹之喻，重为洗出。（明卓人月《古今词统》）

又 和前韵

觅句如东野。想钱塘风流处士，水仙祠下。更忆小孤烟浪里，望断彭郎欲嫁。是一色空蒙难画。谁解胸中吞云梦，试呼来草赋看司马。须更把，《上林》写。

鸡豚旧日渔樵社。问先生：带湖春涨，几时归也？为爱琉璃三万顷，正卧水亭烟榭。对玉塔微澜深夜。雁鹜如云休报事，被诗逢敌手皆勍者。春草梦，也宜夏。

◎东野：唐孟郊字东野。

◎风流处士：指林逋。

◎江南有大小孤山，在江水中，嶷然独立。而世俗转孤为姑。江侧有一石矶，谓之澎浪矶，遂转为彭郎矶。云彭郎者小姑壻也。（《归田录》）

◎文书行吏抱成案诣丞，卷其前，钳以左手，右手摘纸尾，雁鹜行以进。(唐韩愈《蓝田县丞厅壁记》,按:雁鹜,喻文吏。)

◆沦涟灏瀚之致,笔舌间足以副之。(明卓人月《古今词统》)

又 又和

碧海成桑野。笑人间江翻平陆,水云高下。自是三山颜色好,更着雨婚烟嫁。料未必龙眠能画。拟向诗人求幼妇,倩诸君妙手皆谈马。须进酒,为陶写。

回头鸥鹭瓢泉社。莫吟诗莫抛尊酒,是吾盟也。千骑而今遮白发,忘却沧浪亭榭。但记得灞陵呵夜。我辈从来文字饮,怕"壮怀激烈"须歌者。蝉噪也,绿阴夏。

◎李公麟字伯时,舒州人。第进士。……元符三年病痹,遂致仕。既归老,肆意于龙眠山岩壑间。雅善画,自作山庄图,为世宝传。写人物尤精。识者以为顾恺之、张僧繇之亚。(《宋史·李公麟传》)

◎徐铉父延休,博物多学,尝事徐温为义兴令。县有后汉太守许馘庙,庙碑即许劭记,岁久多磨灭。至开元中,许氏诸孙重刻之。碑阴有八字云:"谈马砺毕,王田数七。"时人多不能晓。延休一见为之解曰:"谈马,言午;言午,许字。砺毕,石卑;石卑,碑字。王田,千里;千里,重字。数七,是六一;六一,立字。"此亦杨修辨齑臼之比也。(《青箱杂记》)

◎长安众富儿,盘馔罗膻荤。不解文字饮,惟能醉红裙。(唐韩愈《醉赠张秘书》)

◆（末数句）繁促伤听。（明卓人月《古今词统》）

小重山 三山与客泛西湖

绿涨连云翠拂空。十分风月处，着衰翁。垂杨影断岸西东。君恩重，教且种芙蓉。

十里水晶宫。有时骑马去，笑儿童。殷勤却谢打头风。船儿住，且醉浪花中。

水调歌头

三山用赵丞相韵，答帅幕王君，且有感于中秋近事，并见之末章。

说与西湖客，观水更观山。淡妆浓抹西子，唤起一时观。种柳人今天上，对酒歌翻《水调》，醉墨卷秋澜。老子兴不浅，歌舞莫教闲。

看尊前，轻聚散，少悲欢。城头无限今古，落日晓霜寒。谁唱黄鸡白酒，犹记红旗清夜，千骑月临关。莫说西州路，且尽一杯看。

◎安虽受朝寄，然东山之志，始末不渝，每形于言色。及镇新城，尽室而行。造泛海之装，欲须经略粗定，自江道还东。雅志未就，遂遇疾笃，上疏请量移旋旆。……诏遣侍中慰劳，遂还都。闻当舆入西州门，自以本志不遂，深自慨失。……寻薨，年六十六。……羊昙者，太山人，知名士也，为安所爱重。安薨后，辍乐弥年，行不由西州路。尝因石头大醉，扶路唱乐，不觉至州门，左右白曰："此西州门。"昙悲感不已，以马策扣扉，诵曹子建诗曰："生存华屋处，零落归山丘。"因恸哭而去。（《晋书·谢安传》）

添字浣溪沙 三山戏作

记得瓢泉快活时，长年耽酒更吟诗。蓦地捉将来断送，老头皮。

绕屋人扶行不得，闲窗学得鹧鸪啼。却有杜鹃能劝道：不如归！

◎宋真宗既东封，访天下隐者，杞人杨朴能为诗，召对，自言不能。上问："临行有人作诗送卿否？"朴曰："惟臣妻有一首云：'更休落魄耽杯酒，且莫猖狂爱咏诗。今日捉将官里去，这回断送老头皮。'"上大笑，放还山。（《苕溪渔隐丛话》）

◎闲窗句：《本草》谓鹧鸪鸣声如云"行不得也，哥哥"。

◎却有二句：《本草》谓杜宇鸣声若曰"不如归去"。

西江月 三山作

贪数明朝重九，不知过了中秋。人生有得许多愁，只有黄花如旧。

万象亭中殢酒，九仙阁上扶头。城鸦唤我醉归休，细雨斜风时候。

◎青箬笠，绿蓑衣，斜风细雨不须归。（唐张志和《渔父词》）

水调歌头

壬子三山被召，陈端仁给事饮饯席上作。

长恨复长恨，裁作《短歌行》。何人为我楚舞，听我楚狂声？余既滋兰九畹，又树蕙之百亩，秋菊更餐英。门外沧浪水，可以濯吾缨。

一杯酒，问何似，身后名。人间万事，毫发常重泰山轻。悲莫悲生离别，乐莫乐新相识，儿女古今情。富贵非吾事，归与白鸥盟。

◎戚夫人泣，上曰："为我楚舞，吾为若楚歌。"……歌数阕，戚夫人嘘唏流涕，上起去，罢酒。(《史记·留侯世家》)

◎余既滋兰之九畹兮，又树蕙之百亩。(《楚辞·离骚》)

◎天下莫大于秋毫之末，而泰山为小。(《庄子·齐物论》)

◎悲莫悲兮生别离，乐莫乐兮新相知。(《楚辞·九歌·少司命》)

◆几不欲自作一语。(明卓人月《古今词统》)

◆一片悲郁，不可遏抑。运用成句，长袖善舞。郁勃肮脏，笔力恣肆，声情激越。(清陈廷焯《云韶集》)

鹧鸪天 三山道中

抛却山中诗酒窠，却来官府听笙歌。闲愁做弄天来大，白发栽埋日许多。

新剑戟，旧风波。天生予懒奈予何。此身已觉浑无事，却教儿童莫恁么。

西江月

癸丑正月四日，自三山被召，经从建安，席上和陈安行舍人韵。

风月亭危致爽，管弦声脆休催。主人只是旧

情怀，锦瑟旁边须醉。

玉殿何须侬去，沙堤正要公来。看看红药又翻阶，趁取西湖春会。

又 用韵，和李兼济提举

且对东君痛饮，莫教华发空催。琼瑰千字已盈怀，消得津头一醉。

休唱《阳关》别去，只今凤诏归来。五云两两望三台，已觉精神聚会。

满江红 和卢国华

汉节东南，看驷马光华周道。须信是七闽还有，福星来到。庭草自生心意足，榕阴不动秋光好。问不知何处着君侯，蓬莱岛。

还自笑，人今老；空有恨，萦怀抱。记江湖十载，厌持旌纛。濩落我材无所用，易除殆类无根潦。但欲搜好语谢新词，羞琼报。

◎顾瞻周道，中心怛兮。（《诗经·桧风·匪风》，按：“周道”谓东西大道。）

◎惠子谓庄子曰：“魏王贻我大瓠之种，我树之成，而实五石，……剖之以为瓢，则瓠落无所容。非不呺然大也，吾为其无用而掊之。”（《庄子·逍遥游》，按：瓠亦作濩。）

◎投我以木桃，报之以琼瑶。非报也，永以为好也。（《诗

经·卫风·木瓜》)

鹧鸪天

指点斋尊特地开，风帆莫引酒船回。方惊共折津头柳，却喜重寻岭上梅。

催月上，唤风来，莫愁缾罄耻金罍。只愁画角楼头起，急管哀弦次第催。

◎缾之罄矣，维罍之耻。(《诗经·小雅·蓼莪》)

菩萨蛮 和卢国华提刑

旌旗依旧长亭路，尊前试点莺花数。何处捧心颦，人间别样春。

功名君自许，少日闻鸡舞。诗句到梅花，春风十万家。时籍中有放自便者。

◎时籍中句：籍即歌妓乐籍。地方官妓求脱籍者须经州县长官批准。如宋王辟之《渑水燕谈录》载：“(苏)子瞻通判钱塘，尝权领州事，新太守将至，营妓陈状，以年老乞出籍从良，公即判曰：‘五日京兆，判状不难；九尾野狐，从良任便。’”

定风波

三山送卢国华提刑，约上元重来。

少日犹堪话别离，老来怕作送行诗。极目南云无过雁，君看：梅花也解寄相思。

无限江山行未了，父老，不须和泪看旌旗。后会丁宁何日是？须记：春风十里放灯时。

又

再用韵。时国华置酒，歌舞甚盛。

莫望中州叹《黍离》，元和圣德要君诗。老去不堪谁似我？归卧，青山活计费寻思。

谁筑诗坛高十丈？直上，看君斩将更搴旗。歌舞正浓还有语：记取，须髯不似少年时。

◎黍离：《诗经·王风》篇名。《毛诗序》云："黍离，闵宗周也。周大夫行役，至于宗周，过故宗庙宫室，闵周室之颠覆，彷徨不忍去而作是诗也。"

◎元和句：唐宪宗永贞元年即位，明年改元元和，平夏州、成都之叛，李师道、张愔皆受命，二年献太清宫太庙，祀郊丘，大赦天下。韩愈时为国子博士，作《元和圣德诗》歌颂唐宪宗之德业。

又 自和

金印累累佩陆离，河梁更赋断肠诗。莫拥旌旗真个去，何处？玉堂元自要论思。

且约风流三学士，同醉，春风看试几枪旗。从此酒酣明月夜，耳热，那边应是说侬时。

◎高余冠之岌岌兮，长余佩之陆离。（《楚辞·离骚》，按："陆离"，参差众多貌。）

◎携手上河梁，游子暮何之？（汉李陵《与苏武》）

◎《会老堂口号》曰："金马玉堂三学士，清风明月两闲人。"……欧阳文忠公文章虽优，词亦精致如此。(《许彦周诗话》)

◎草茶极品唯双井、顾渚。……盖茶味虽均，其精者在嫩芽，取其初萌如雀舌者谓之枪，稍敷而为叶者谓之旗。(宋叶梦得《避暑录话》)

满江红

卢国华由闽宪移漕建安，陈端仁给事同诸公饯别，余为酒困，卧青涂堂上，三鼓方醒。国华赋词留别，席上和韵。青涂，端仁堂名也。

宿酒醒时，算只有清愁而已。人正在青涂堂上，月华如洗。纸帐梅花归梦觉，莼羹鲈脍秋风起。问人生得意几何时，吾归矣。

君若问，相思事，料长在，歌声里。这情怀只是，中年如此。明月何妨千里隔，顾君与我如何耳。向尊前重约几时来，江山美。

◎法用独床，旁置四黑漆柱，各挂以半锡瓶，插梅数枝，后设黑漆板约二尺，自地及顶，欲靠以清坐。左右设横木一，可挂衣，角安斑竹书贮一，藏书三四，挂白麈一。上作大方目顶，用细白楮衾作帐罩之。前安小踏床，于左植绿漆小荷叶一，寘香鼎，然紫藤香。中只用布单、楮衾、菊枕、蒲褥，乃相称"道人还了鸳鸯债，纸帐梅花醉梦间"之意。古语云："服药千朝，不如独宿一宵。"傥未能以此为戒，宜亟移去梅花，毋污之。(宋林洪《山家清事》"梅花纸帐"条)

◎美人迈兮音尘阙，隔千里兮共明月。(南朝谢庄《月赋》)

◎吕须常以平前为高帝谋执樊哙，数谗平曰：“为丞相不治事，日饮醇酒近妇人。”平闻，日益甚。吕太后闻之私喜，面质吕须于平前曰：“鄙语曰：儿妇人口不可用。顾君与我何如耳，无畏吕须谮。”（《汉书·陈平传》）

◆如听琴中作客窗夜话。（明卓人月《古今词统》）

鹧鸪天

点尽苍苔色欲空，竹篱茅舍要诗翁。花馀歌舞欢娱外，诗在经营惨澹中。

听软语，笑衰容，一枝斜坠翠鬟松。浅颦深笑谁堪醉，看取萧然林下风。

◎诏谓将军拂绢素，意匠惨澹经营中。（唐杜甫《丹青引》）

◎谢家夫人淡丰容，萧然自有林下风。（宋苏轼《题王逸少帖》）

又

用前韵赋梅。三山梅开时犹有青叶甚盛，余时病齿。

病绕梅花酒不空，齿牙牢在莫欺翁。恨无飞雪青松畔，却放疏花翠叶中。

冰作骨，玉为容，常年宫额鬓云松。直须烂醉烧银烛，横笛难堪一再风。

又

桃李漫山过眼空，也曾恼损杜陵翁。若将玉骨冰姿比，李蔡为人在下中。

寻驿使，寄芳容，陇头休放马蹄松。吾家篱落黄昏后，剩有西湖处士风。

◎初，广之从弟李蔡，与广俱事孝文帝。……蔡为人在下中，名声出广下甚远，然广不得爵邑，官不过九卿，而蔡为列侯，位至三公。（《史记·李将军列传》）

◎西湖处士：指林逋。

行香子 三山作

好雨当春，要趁归耕。况而今已是清明。小窗坐地，侧听檐声。恨夜来风，夜来月，夜来云。

花絮飘零，莺燕丁宁，怕妨侬湖上闲行。天心肯后，费甚心情。放霎时阴，霎时雨，霎时晴。

◎好雨知时节，当春乃发生。（唐杜甫《春夜喜雨》）

◆此告归未得请时作也。发端云"好雨当春，要趁归耕。况而今，已中清明。"直出本意，文义甚明。次云："小窗坐地，侧听檐声。恨夜来风，夜来月，夜来云。"谓受谗谤迫扰，不能堪忍也。下半阕云："花絮飘零，莺语丁宁。怕妨侬湖上闲行。"尚虑有种种牵制，不得自由归去也。次云："天心肯后，费甚心情，放霎时阴，霎时雨，霎时晴。"谓只要俞旨一允，万事便了；却是君意难测，然疑问作，令人闷杀也。此诗人比兴之旨，意内言外，细绎自见。先生虽功名之士，然其所惓惓者，在雪大耻，复大仇，既不得所藉手，则区区专阃虚荣，殊非所愿。……盖已知报国夙愿，不复能偿，而厌弃此官抑甚矣。（梁启超《辛稼轩先生年谱》）

水调歌头 题张晋英提举玉峰楼

木末翠楼出，诗眼巧安排。天公一夜，削出四面玉崔嵬。畴昔此山安在，应为先生见晚，万马一时来。白鸟飞不尽，却带夕阳回。

劝公饮，左手蟹，右手杯。人间万事变灭，今古几池台。君看庄生达者，犹对山林皋壤，哀乐未忘怀。我老尚能赋，风月试追陪。

◎主父偃者，齐临菑人也。……上书阙下，朝奏，暮召入见。……是时赵人徐乐、齐人严安俱上书言世务。……天子召见三人，谓曰："公等皆安在，何相见之晚也。"（《史记·平津侯主父列传》）

◎山林与！皋壤与！使我欣欣然而乐与！乐未毕也，哀又继之。哀乐之来，吾不能御；其去，弗能止。悲夫，世人直为物逆旅耳！（《庄子·知北游》）

最高楼

吾拟乞归，犬子以田产未置止我，赋此骂之。

吾衰矣，须富贵何时。富贵是危机。暂忘设醴抽身去，未曾得米弃官归。穆先生，陶县令，是吾师。

待葺个园儿名"佚老"，更作个亭儿名"亦好"，闲饮酒，醉吟诗。千年田换八百主，一人口插几张匙。便休休，更说甚，是和非。

◎子曰：甚矣吾衰矣，久矣吾不复梦见周公。（《论语·述而》）

◎初，元王敬礼申生等，穆生不嗜酒，元王每置酒，常为穆生设醴。及王戊即位，常设，后忘设焉，穆生退曰："可以逝矣。醴酒不设，王之意怠，不去，楚人将钳我于市。"遂称疾卧。（《汉书·楚元王传》）

◎夫大块载我以形，劳我以生，佚我以老，息我以死。（《庄子·大宗师》）

◎有僧问："如何是和尚家风？"师云："千年田，八百主。"僧云："如何是千年田、八百主？"师云："郎当屋舍勿人修。"（《景德传灯录》卷十一《韶州灵树如敏禅师》）

清平乐

寿赵民则提刑。时新除，且素不喜饮。

诗书万卷，合上明光殿。案上文书看未遍，眉里阴功早见。

十分竹瘦松坚，看君自是长年。若解尊前痛饮，精神便是神仙。

感皇恩

露染武夷秋，千峦耸翠。练色泓澄玉清水。十分冰鉴，未吐玉壶天地。精神先付与，人中瑞。

青琐步趋，紫微标致。凤翼看看九千里。任挥金碗，莫负凉飔佳致。瑶台人度曲，千秋岁。

一枝花 醉中戏作

千丈擎天手，万卷悬河口。黄金腰下印，大如斗。更千骑弓刀，挥霍遮前后。百计千方久。似斗草儿童，赢个他家偏有。

算枉了，双眉长恁皱，白发空回首。那时闲说向，山中友。看丘陇牛羊，更辨贤愚否。且自栽花柳。怕有人来，但只道“今朝中酒”。

◎王衍每言：听象言，如悬河泻水，注而不竭。（《晋书·郭象传》）

◎五月五日有斗百草之戏。（南朝宗懔《荆楚岁时记》）

◆“千丈”数语，入他人手，如何耐得？放翁所谓“王侯蝼蚁，毕竟成尘”。（明卓人月《古今词统》）

瑞鹤仙 赋梅

雁霜寒透幕。正护月云轻，嫩冰犹薄。溪奁照梳掠。想含香弄粉，艳妆难学。玉肌瘦弱，更重重龙绡衬着。倚东风一笑嫣然，转盼万花羞落。

寂寞。家山何在？雪后园林，水边楼阁。瑶池旧约，鳞鸿更仗谁托？粉蝶儿只解，寻桃觅柳，开遍南枝未觉。但伤心冷落黄昏，数声画角。

◎夜阑风细得香迟，不道晓来开遍向南枝。（宋黄庭坚《虞美人·宜州见梅作》）

念奴娇 戏赠善作墨梅者

江南尽处，堕玉京仙子，绝尘英秀。彩笔风流偏解写，姑射冰姿清瘦。笑杀春工，细窥天巧，妙绝应难有。丹青图画，一时都愧凡陋。

还似篱落孤山，嫩寒清晓，只欠香沾袖。淡竚轻盈谁付与，弄粉调朱纤手。疑是花神，谒来人世，占得佳名久。松篁佳韵，倩君添做三友。

◎衡州花光仁老以墨为梅花，鲁直观之，叹曰："如嫩寒春晓行孤山篱落间，但欠香耳。"（《冷斋夜话》）

又 题梅

疏疏淡淡，问阿谁堪比，天真颜色？笑杀东君虚占断，多少朱朱白白。雪里温柔，水边明秀，不借春工力。骨清香嫩，迥然天与奇绝。

尝记宝籞寒轻，琐窗人睡起，玉纤轻摘。漂泊天涯空瘦损，犹有当年标格。万里风烟，一溪霜月，未怕欺他得。不如归去，阆苑有个人惜。

水龙吟 过南剑双溪楼

举头西北浮云，倚天万里须长剑。人言此地，夜深长见，斗牛光焰。我觉山高，潭空水冷，月明星淡。待燃犀下看，凭栏却怕，风雷怒，鱼龙惨。

峡束苍江对起，过危楼欲飞还敛。元龙老矣，不妨高卧，冰壶凉簟。千古兴亡，百年悲笑，一时登览。问何人又卸，片帆沙岸，系斜阳缆。

◎至牛渚矶，水深不可测，世云其下多怪物，峤遂燃犀角而照之，须臾见水族覆火，奇形异状，或乘马车、着赤衣者。（《晋书·温峤传》）

◎峡束苍江起，岩排古树圆。（唐杜甫《秋日夔府咏怀》）

◆欲抉浮云，必须长剑。长剑不可得出，安得不恨鱼龙。（清周济《宋四家词选》）

◆词直气盛，宝光焰焰，笔阵横扫千军。雄奇之景，非此雄奇之笔，不能写得如此精神。（清陈廷焯《云韶集》）

瑞鹤仙 南剑双溪楼

片帆何太急？望一点须臾，去天咫尺。舟人好看客。似三峡风涛，嵯峨剑戟。溪南溪北。正遐想幽人泉石。看渔樵指点危楼，却羡舞筵歌席。

叹息。山林钟鼎，意倦情迁，本无欣戚。转头陈迹。飞鸟外，晚烟碧。问谁怜旧日，南楼老子，最爱月明吹笛？到而今扑面黄尘，欲归未得。

◆笔势如涛奔涌，不可遏抑，极尽词中能事。短句字字跳掷。“问谁怜旧日”以下，合坡翁、山谷为一手。（清陈廷焯《云韶集》）

鹧鸪天

欲上高楼去避愁，愁还随我上高楼。经行几处江山改，多少亲朋尽白头。

归休去，去归休。不成人总要封侯？浮云出处元无定，得似浮云也自由。

柳梢青 三山归途，代白鸥见嘲

白鸟相迎，相怜相笑，满面尘埃。华发苍颜，去时曾劝，闻早归来。

而今岂是高怀，为千里莼羹计哉！好把《移文》，从今日日，读取千回。

辛弃疾词集卷四

沁园春 再到期思卜筑

一水西来，千丈晴虹，十里翠屏。喜草堂经岁，重来杜老；斜川好景，不负渊明。老鹤高飞，一枝投宿，长笑蜗牛戴屋行。平章了，待十分佳处，着个茅亭。

青山意气峥嵘，似为我归来妩媚生。解频教花鸟，前歌后舞；更催云水，暮送朝迎。酒圣诗豪，可能无势，我乃而今驾驭卿。清溪上，被山灵却笑：白发归耕。

◎斜川二句：陶渊明有《游斜川》诗。

祝英台近

与客饮瓢泉，客以泉声喧静为问，余醉，未及答，或者以“蝉噪林逾静”代对，意甚美矣，翌日为赋此词以褒之。

水纵横，山远近，拄杖占千顷。老眼羞明，水底看山影。试教水动山摇，吾生堪笑，似此个青山无定。

一瓢饮，人问“翁爱飞泉，来寻个中静；绕屋声喧，怎做静中境？”“我眠君且归休，维摩方丈，待天女散花时问。”

◎蝉噪林逾静，鸟鸣山更幽。（南朝王籍《入若耶溪》）

水龙吟

用些语再题瓢泉，歌以饮客，声韵甚谐，客皆为之釂。

听兮清佩琼瑶些。明兮镜秋毫些。君无去此，流昏涨腻，生蓬蒿些。虎豹甘人，渴而饮汝，宁猿猱些。大而流江海，覆舟如芥，君无助，狂涛些。

路险兮山高些。块予独处无聊些。冬槽春盎，归来为我，制松醪些。其外芳芬，团龙片凤，煮云膏些。古人兮既往，嗟予之乐，乐箪瓢些。

◎君无上天些，虎豹九关，啄害下人些。……土伯九约，……参目虎首，其身若牛些，此皆甘人。（《楚辞·招魂》，注：“言此物食人以为甘美。”）

◎大而四句：此谓瓢泉勿流入江海，助狂涛以颠覆舟楫。《庄子·逍遥游》：“水之积也不厚，则其负大舟也无力。覆杯水于坳堂之上，则芥为之舟，置杯焉则胶，水浅而舟大也。”

◎丁晋公为福建转运使，始制为凤团，后又为龙团。（宋张舜民《画墁录》）

兰陵王 赋一丘一壑

一丘壑，老子风流占却。茅檐上，松月桂云，脉脉石泉逗山脚。寻思前事错，恼杀，晨猿夜鹤。终须是，邓禹辈人，锦绣麻霞坐黄阁。

长歌自深酌。看天阔鸢飞，渊静鱼跃，西风黄菊香喷薄。怅日暮云合，佳人何处，纫兰结佩带杜若。入江海曾约。

遇合。事难托。莫击磬门前，荷蒉人过，仰天大笑冠簪落。待说与穷达，不须疑着。古来贤者，进亦乐，退亦乐。

◎麻霞：即履也。

◎鸢飞戾天，鱼跃于渊，岂弟君子，遐不作人。（《诗经·大雅·旱麓》）

◎日暮碧云合，佳人殊未来。（南朝江淹《拟休上人怨别》）

◎力田不如逢年，善仕不如遇合。（《史记·佞幸列传》）

◎子击磬于卫，有荷蒉而过孔氏之门者，曰：“有心哉，击磬乎！”既而曰：“鄙哉硁硁乎，莫己知也。……”子曰：“果哉，末之难矣。”（《论语·宪问》）

◎齐王使淳于髡之赵请救兵，……淳于髡仰天大笑，冠缨索

绝。(《史记·滑稽列传》)

◎子贡曰:"古之得道者,穷亦乐,通亦乐;所乐非穷通也,道德于此,则穷通为寒暑风雨之序矣。"(《庄子·让王》)

卜算子 饮酒不写书

一饮动连宵,一醉长三日。废尽寒温不写书,富贵何由得!

请看冢中人,冢似当年笔。万札千书只恁休,且进杯中物。

◎长沙僧怀素好草书,自言得草圣三昧,弃笔堆积埋于山下,号曰笔冢。(《国史补》)

◎天运苟如此,且进杯中物。(晋陶渊明《责子》)

又 饮酒成病

一个去学仙,一个去学佛。仙饮千杯醉似泥,皮骨如金石。

不饮便康强,佛寿须千百。八十馀年入涅盘,且进杯中物。

◎八十句:佛家谓释迦牟尼年八十,示寂于跋陀河之遮罗双树间。涅盘即涅槃,谓永离诸趣,入不生不灭之门。亦曰圆寂。

又 饮酒败德

盗跖倘名丘,孔子还名跖,跖圣丘愚直到

今，美恶无真实。

简策写虚名，蝼蚁侵枯骨。千古光阴一霎时，且进杯中物。

◎柳下季之弟名曰盗跖，盗跖从卒九千人，横行天下，侵暴诸侯：穴室枢户，驱人牛马，取人妇女，贪得忘亲，不顾父母兄弟，不祭先祖；所过之邑，大国守城，小国入保，万民苦之。（《庄子·盗跖》）

水龙吟

爱李延年歌、淳于髡语，合为词，庶几《高唐》、《神女》、《洛神赋》之意云。

昔时曾有佳人，翩然绝世而独立。未论一顾倾城，再顾又倾人国。宁不知其，倾城倾国，佳人难得。看行云行雨，朝朝暮暮，阳台下，襄王侧。

堂上更阑烛灭，记主人留髡送客。合尊促坐，罗襦襟解，微闻芗泽。当此之时，止乎礼义，不淫其色。但啜其泣矣，啜其泣矣，又何嗟及。

◎中谷有蓷，暵其湿矣。有女仳离，啜其泣矣。啜其泣矣，何嗟及矣。（《诗经·王风·中谷有蓷》）

菩萨蛮

淡黄弓样鞋儿小，腰肢只怕风吹倒。蓦地管弦催，一团红雪飞。

曲终娇欲诉，定忆梨园谱。指日按新声，主人朝玉京。

又 赠周国辅侍人

画楼影蘸清溪水，歌声响彻行云里。帘幕燕双双，绿杨低映窗。

曲中特地误，要试周郎顾。醉里客魂消，春风大小乔。

鹧鸪天 送元济之归豫章

敧枕婆娑两鬓霜，起听檐溜碎喧江。那边玉箸销啼粉，这里车轮转别肠。

诗酒社，水云乡，可堪醉墨几淋浪。画图恰似归家梦，千里河山寸许长。

◎檐泻碎江喧，街流浅溪迈。（唐韩愈、孟郊《雨中寄孟刑部联句》）

◎离家日趋远，衣带日趋缓。心思不能言，肠中车轮转。（《古乐府》）

◎画图二句：意谓画家能将千里江山缩写于寸幅之中，亦犹离家千里之旅客可于梦中迅速返抵家乡也。

江神子 送元济之归豫章

乱云扰扰水潺潺，笑溪山，几时闲？更觉桃源，人去隔仙凡。桃源乃王氏酒垆，与济之作别处。万壑千岩楼外雪，琼作树，玉为栏。

倦游回首且加餐。短篷寒，画图间。见说娇颦，拥髻待君看。二月东湖湖上路，官柳嫩，野梅残。

◎伶玄字子于，潞水人。……买妾樊通德，颇能言赵飞燕姊弟事。通德占袖顾视烛影，以手拥髻，凄然泣下，不胜其悲。（《赵飞燕外传》附《伶玄自叙》）

鹧鸪天 送欧阳国瑞入吴中

莫避春阴上马迟，春来未有不阴时。人情展转闲中看，客路崎岖倦后知。

梅似雪，柳如丝。试听别语慰相思。短篷炊饭鲈鱼熟，除却松江枉费诗。

◎西风吹上四腮鲈，除却松江到处无。（宋范成大《晚春田园》，按：松江即古笠泽。源出苏州之太湖。）

行香子

归去来兮，行乐休迟。命由天富贵何时。百年光景，七十者稀。奈一番愁，一番病，一番衰。

名利奔驰，宠辱惊疑，旧家时都有些儿。而今老矣，识破关机：算不如闲，不如醉，不如痴。

◎死生有命，富贵在天。（《论语·颜渊》）

◎宠辱若惊，贵大患若身。（《老子》）

浣溪沙 别成上人，并送性禅师

梅子生时到几回，桃花开后不须猜。重来松竹意徘徊。

惯听禽声应可谱，饱观鱼阵已能排。晚云挟雨唤归来。

又

百世孤芳肯自媒，直须诗句与推排。不然唤近酒边来。

自有渊明方有菊，若无和靖即无梅。只今何处向人开？

清平乐

春宵睡重，梦里还相送。枕畔起寻双玉凤，半日才知是梦。

一从卖翠人还，又无音信经年。却把泪来做水，流也流到伊边。

杏花天

牡丹昨夜方开遍，毕竟是今年春晚。荼蘼付与熏风管。燕子忙时莺懒。

多病起日长人倦。不待得酒阑歌散。副能得见茶瓯面，却早安排肠断。

◎副能：意即方才，宋词屡见。

又 嘲牡丹

牡丹比得谁颜色？似宫中太真第一。渔阳鼙鼓边风急，人在沉香亭北。

买栽池馆多何益，莫虚把千金抛掷。若教解语应倾国，一个西施也得。

◎买栽池馆恐无地，看到子孙能几家。（唐罗邺《牡丹》）

◎卢任门族甲于天下，举进士，三十尚未第，为一绝云："惆怅兴亡系绮罗，世人犹自选青娥。越王解破夫差国，一个西施已是多。"（《诗话总龟》卷一"讽谕门"）

浪淘沙 赋虞美人草

不肯过江东，玉帐匆匆。只今草木忆英雄。唱着虞兮当日曲，便舞春风。

儿女此情同，往事朦胧。湘娥竹上泪痕浓。舜盖重瞳堪痛恨，羽又重瞳。

◎生当作人杰，死亦为鬼雄。至今思项羽，不肯过江东。（宋李清照《绝句》）

◎太史公曰：吾闻之周生曰：舜目盖重瞳子。又闻项羽亦重瞳子，羽岂其苗裔也，何兴之暴也。（《史记·项羽本纪》）

虞美人 赋虞美人草

当年得意如芳草，日日春风好。拔山力尽忽悲歌，饮罢虞兮从此奈君何。

人间不识精诚苦，贪看青青舞。蓦然敛袂却亭亭，怕是曲中犹带楚歌声。

◎力拔山兮气盖世，时不利兮骓不逝，骓不逝兮可奈何，虞兮虞兮奈若何！（《史记·项羽本纪》）

临江仙 和叶仲洽赋羊桃

忆醉三山芳树下，几曾风韵忘怀。黄金颜色五花开。味如卢橘熟，贵似荔枝来。

闻道商山馀四老，橘中自酿秋醅。试呼名品细推排。重重香肺腑，偏殢圣贤杯。

◎有巴邛人，不知姓名，家有橘园，因霜后诸橘尽收，馀有两大橘，如三斗盎。巴人异之，即令攀橘下。轻重亦如常橘，剖开，每橘有二老叟，须眉皤然，肌体红润，皆相对象戏。……有一叟曰："……橘中之乐，不减商山，但不得深根固蒂，为愚人摘下耳。……"（唐牛僧孺《玄怪录》卷三《巴邛人》）

又

冷雁寒云渠有恨，春风自满余怀。更教无日不花开。未须愁菊尽，相次有梅来。

多病近来浑止酒，小槽空压新醅。青山却自

要安排。不须连日醉，且进两三杯。

◎欧公守滁阳，筑醒心、醉翁两亭于琅琊幽谷，且命幕客谢某者杂植花卉其间。谢以状问名品，公即书纸尾云：“浅深红白宜相间，先后仍须次第栽。我欲四时携酒去，莫教一日不花开。”其清放如此。（《西清诗话》）

鹧鸪天 寄叶仲洽

是处移花是处开，古今兴废几池台。背人翠羽偷鱼去，抱蕊黄须趁蝶来。

掀老瓮，拨新醅，客来且进两三杯。日高盘馔供何晚？市远鱼鲑买未回。

水调歌头 席上为叶仲洽赋

高马勿捶面，千里事难量。长鱼变化云雨，无使寸鳞伤。一壑一丘吾事，一斗一石皆醉，风月几千场。须作猬毛磔，笔作剑锋长。

我怜君，痴绝似，顾长康。纶巾羽扇颠倒，又似竹林狂。解道澄江如练，准备停云堂上，千首买秋光。怨调为谁赋，一斛贮槟榔。

◎高马勿捶面，长鱼无损鳞。辱马马毛焦，困鱼鱼有神。君看磊落士，不肯易其身。（唐杜甫《三韵》）

◎温豪爽有风概，姿貌甚伟。刘惔尝称之曰：“温眼如紫石棱，须作猬毛磔，孙仲谋、晋宣王之流亚也。”（《晋书·桓温传》）

◎陈留阮籍、谯国嵇康、河内山涛，三人年皆相比，康年少亚之。预此契者：沛国刘伶，陈留阮咸，河内向秀，琅邪王戎。七人常集于竹林之下，肆意酣畅，故世谓竹林七贤。（《世说新语·任诞》）

◎穆之少时家贫，诞节嗜酒食，不修拘检。好往妻兄家乞食，多见辱，不以为耻。其妻江嗣女，甚明识，每禁不令往。江氏后有庆会，属令勿来，穆之犹往。食毕，求槟榔，江氏兄弟戏之曰："槟榔消食，君乃常饥，何忽须此？"妻复截发市肴馔为其兄弟以饷穆之，自此不对穆之梳沐。及穆之为丹阳尹，将召妻兄弟，妻泣而稽颡以致谢，穆之曰："本不匿怨，无所致忧。"及至，醉，穆之乃令厨人以金柈贮槟榔一斛以进之。（《南史·刘穆之传》）

鹧鸪天 登一丘一壑偶成

莫殢春光花下游，便须准备落花愁。百年雨打风吹却，万事三平二满休。

将扰扰，付悠悠。此生于世百无忧。新愁次第相抛舍，要伴春归天尽头。

◎俗言三平二满，盖三遇平、二遇满，皆平稳得过之日。（《颍川语小》）

添字浣溪沙 答傅岩叟酬春之约

艳杏妖桃两行排，莫携歌舞去相催。次第未堪供醉眼，去年栽。

春意才从梅里过，人情都向柳边来。咫尺东家还又有，海棠开。

又 用前韵谢岩叟瑞香之惠

句里明珠字字排，多情应也被春催。怪得名花知泪送，雨中栽。

赤脚未安芳斛稳，蛾眉早把橘枝来。报道锦熏笼底下，麝脐开。

◎怪得：惊喜之意。

◎赤脚：谓婢。

◎瑞香一名锦熏笼，一名锦被堆。（《天禄识馀》）

归朝欢

灵山齐庵菖蒲港，皆长松茂林。独野樱花一株，山上盛开，照映可爱；不数日，风雨摧败殆尽。意有感，因效介庵体为赋，且以“菖蒲绿”名之。丙辰岁三月三日也。

山下千林花太俗，山上一枝看不足。春风正在此花边，菖蒲自蘸清溪绿。与花同草木，问谁风雨飘零速。莫悲歌，夜深岩下，惊动白云宿。

病怯残年频自卜，老爱遗篇难细读。苦无妙手画於菟，人间雕刻真成鹄。梦中人似玉，觉来更忆腰如束。许多愁，问君有酒，何不日丝竹？

◎楚人谓乳，谷；谓虎，於菟。（《左传》宣公四年）

沁园春

灵山齐庵赋。时筑偃湖未成。

叠嶂西驰，万马回旋，众山欲东。正惊湍直

下，跳珠倒溅；小桥横截，缺月初弓。老合投闲；天教多事，检校长身十万松。吾庐小，在龙蛇影外，风雨声中。

争先见面重重。看爽气朝来三数峰。似谢家子弟，衣冠磊落；相如庭户，车骑雍容。我觉其间，雄深雅健，如对文章太史公。新堤路，问偃湖何日，烟水濛濛？

◎王子猷作桓车骑参军，桓谓王曰："卿在府久，比当相料理。"初不答，直高视，以手版拄颊云："西山朝来，致有爽气。"（《世说新语·简傲》）

◎安尝戒约子侄，因曰："子弟亦何豫人事，而正欲使其佳？"诸人莫有言者，玄答曰："譬如芝兰玉树，欲使其生于庭阶耳。"（《晋书·谢玄传》）

◎相如之临邛，从车骑雍容闲雅甚都。（《史记·司马相如列传》）

◆说松而及谢家子弟、相如车骑、太史公文章，自非脱落故常者，未易闯其堂奥。（宋陈模《怀古录》）

◆"雄深雅健"四字，幼安可以自赠。（明卓人月《古今词统》）

又 弄溪赋

有酒忘杯，有笔忘诗，弄溪奈何。看纵横斗转，龙蛇起陆；崩腾决去，雪练倾河。袅袅东风，悠悠倒影，摇动云山水又波。还知否：欠菖蒲攒港，绿竹缘坡。

长松谁剪嵯峨？笑野老来耘山上禾。算只因鱼鸟，天然自乐；非关风月，闲处偏多。芳草春深，佳人日暮，濯发沧浪独浩歌。徘徊久，问“人间谁似，老子婆娑？”

◎疾笃，将归长沙，……将出府门，顾谓愆期曰：“老子婆娑，正坐诸君辈。”（《晋书·陶侃传》）

南歌子 新开池，戏作

散发披襟处，浮瓜沉李杯。涓涓流水细侵阶。凿个池儿唤个月儿来。

画栋频摇动，红蕖尽倒开。斗匀红粉照香腮。有个人人把做镜儿猜。

◎每念昔日南皮之游，诚不可忘：……浮甘瓜于清泉，沉朱李于寒水，白日既匿，继以朗月，同乘并载，以游后园。（三国魏曹丕《与朝歌令吴质书》）

添字浣溪沙

日日闲看燕子飞，旧巢新垒画帘低。玉历今朝推戊己，住衔泥。

先自春光留不住，那堪更着子规啼？一阵晚香吹不断，落花溪。

◎戊、己，其日皆土，故燕之往来避社，而嗛土避戊己日。

（《埤雅》）

又

与客赏山茶，一朵忽堕地，戏作。

酒面低迷翠被重，黄昏院落月朦胧。堕髻啼妆孙寿醉，泥秦宫。

试问花留春几日，略无人管雨和风。瞥向绿珠楼下见，坠残红。

◎封冀妻孙寿为襄城君。……寿色美而善为妖态，作愁眉啼妆、堕马髻、折腰步、龋齿笑，以为媚惑。冀亦改易舆服之制。……冀爱监奴秦宫，官至太仓令，得出入寿所。寿见宫辄屏御者，托以言事，因与私焉。（《后汉书·梁冀传》）

◎崇有妓曰绿珠，美而艳，善吹笛。孙秀使人求之，……崇勃然曰："绿珠吾所爱，不可得也。"……秀怒，……矫诏收崇。……崇正宴于楼上，介士到门，崇谓绿珠曰："我今为尔得罪。"绿珠泣曰："当效死于官前。"因自投于楼下而死。（《晋书·石崇传》）

贺新郎 和徐斯远下第谢诸公载酒相访韵

逸气轩眉宇。似王良轻车熟路，骅骝欲舞。我觉君非池中物，咫尺蛟龙云雨。时与命犹须天付。兰珮芳菲无人问，叹灵均欲向重华诉。空壹郁，共谁语？

儿曹不料扬雄赋。怪当年甘泉误说，青葱玉树。风引船回沧溟阔，目断三山伊阻。但笑指吾庐何许。门外苍官千百辈，尽堂堂八尺须髯古。谁载酒，带湖去？

◎昔者王良、造父之御也，上车摄辔，马为整齐而敛谐，投足调均，劳逸若一心怡气和，体便轻毕，安劳乐进，驰骛若灭。（《淮南子·览冥训》）

◎刘备以枭雄之姿，而有关羽、张飞熊虎之将，必非久屈为人用者，恐蛟龙得云雨，终非池中物也。（《吴志·周瑜传》）

◎名余曰正则兮，字余曰灵均。……扈江离与辟芷兮，纫秋兰以为佩。……佩缤纷其繁饰兮，芳菲菲其弥章。……众不可户说兮，孰云察余之中情？……济沅湘以南征兮，就重华而陈词。（《楚辞·离骚》）

◎苍官、须髯古：指松桧。

浣溪沙 瓢泉偶作

新葺茅檐次第成，青山恰对小窗横。去年曾共燕经营。

病怯杯盘甘止酒，老依香火苦翻经。夜来依旧管弦声。

◆禅心艳思，夹杂不清，英雄本色。（明卓人月《古今词统》）

水调歌头

将迁新居不成，有感，戏作。时以病止酒，且遣去歌者，末章及之。

我亦卜居者，岁晚望三间。昂昂千里，泛泛不作水中凫。好在书携一束，莫问家徒四壁，往日置锥无。借车载家具，家具少于车。

舞乌有，歌亡是，饮子虚。二三子者爱我，此外故人疏。幽事欲论谁共，白鹤飞来似可，忽去复何如？众鸟欣有托，吾亦爱吾庐。

◎屈原与楚同姓，仕于怀王，为三闾大夫。（汉王逸《楚辞章句》）

◎宁昂昂若千里之驹乎？将泛泛若水中之凫，与波上下，偷以全吾躯乎？（《楚辞·卜居》）

◎借车二句：孟郊《迁居》诗句。

◎楚使子虚使于齐，王悉发车骑与使者出畋，畋罢，子虚过奼乌有先生，亡是公在焉。（汉司马相如《子虚赋》）

◎众鸟二句：陶渊明《读山海经》诗句。

鹊桥仙 赠人

风流标格，惺松言语，真个十分奇绝。三分兰菊十分梅，斗合就一枝风月。

笙簧未语，星河易转，凉夜厌厌留客。只愁酒尽各西东，更把酒推辞一霎。

◎霞苞霓荷碧，天然地别是风流标格。（宋苏轼《荷华媚》）

◎浅淡梳妆疑是画，惺松言语胜闻歌，好处是情多。（宋周邦彦《江南好》）

◎厌厌夜饮，不醉无归。（《诗经·小雅·湛露》）

又 送粉卿行

轿儿排了，担儿装了，杜宇一声催起。从今一步一回头，怎睚得一千馀里。

旧时行处，旧时歌处，空有燕泥香坠。莫嫌白发不思量，也须有思量去里。

西江月

粉面都成醉梦，霜髯能几春秋。来时诵我《伴牢愁》，一见尊前似旧。

诗在阴何侧畔，字居罗赵前头。锦囊来往几时休？已遣蛾眉等候。

◎又《旁惜诵》以下至《怀沙》为一卷，名曰《畔牢愁》。（《汉书·扬雄传》，注引李奇云："畔，离也；牢，聊也。与君相离，愁而无聊也。"）

◎陶冶性灵存底物，新诗改罢自长吟。熟知二谢将能事，颇学阴、何苦用心。（唐杜甫《解闷》，按：阴谓阴铿，何谓何逊。）

◎恒作四体书势曰：罗叔景、赵元嗣者，与张伯英并时，见称于西州，故英自称上比崔、杜不足，下方罗、赵有馀。（《晋书·卫恒传》）

又 题阿卿影像

人道偏宜歌舞，天教只入丹青。喧天画鼓要他听，把着花枝不應。

何处娇魂瘦影，向来软语柔情。有时醉里唤卿卿，却被傍人笑问。

沁园春

将止酒，戒酒杯使勿近。

杯汝来前，老子今朝，点检形骸。甚长年抱渴，咽如焦釜；于今喜睡，气似奔雷。汝说“刘伶，古今达者，醉后何妨死便埋”。浑如此，叹汝于知己，真少恩哉！

更凭歌舞为媒。算合作人间鸩毒猜。况怨无小大，生于所爱；物无美恶，过则为灾。与汝成言：“勿留亟退，吾力犹能肆汝杯。”杯再拜，道“麾之即去，招亦须来”。

◎（刘）伶字伯伦，沛郡人。肆意放荡，以宇宙为狭。常乘鹿车，携一壶酒，使人荷锸随之，云：“死便掘地以埋。”土木形骸，遨游一世。（《世说新语·文学》注引《名士传》）

◎公伯寮愬子路于季孙，子服景伯以告，曰：“夫子固有惑志于公伯寮，吾力犹能肆诸市朝。”（《论语·宪问》）

◎使黯任职居官，亡以愈人；然至其辅少主，守城深坚，招之不来，麾之不去，虽自谓贲育弗能夺也。（《汉书·汲黯传》）

◆稼轩词使其豪迈之气，荡决无前，几于喜笑怒骂，皆可入词。宋人评东坡之词为“以诗为词”，稼轩之词为“以论为词”。集中此类词颇多，录此阕以见词中之一格。（俞陛云《唐五代两宋词选释》）

又

城中诸公载酒入山，余不得以止酒为解，遂破戒一醉，再用韵。

杯汝知乎：酒泉罢侯，鸱夷乞骸。更高阳入谒，都称虀臼；杜康初筮，正得云雷。细数从前，不堪馀恨，岁月都将曲蘖埋。君诗好，似提壶却劝，沽酒何哉。

君言病岂无媒，似壁上雕弓蛇暗猜。记醉眠陶令，终全至乐；独醒屈子，未免沉菑。欲听公言，惭非勇者，司马家儿解覆杯。还堪笑，借今宵一醉，为故人来。用邴原事。

◎郦生食其者，陈留高阳人也。……沛公至高阳传舍，……郦生踵军门上谒，……使者出谢曰："沛公敬谢先生，方以天下为事，未暇见儒人也。"郦生瞋目按剑叱使者曰："走复入言沛公：吾高阳酒徒也，非儒人也。"（《史记·郦生陆贾列传》）

◎上（晋元帝司马睿）身服俭约，以先时务。性素好酒，将渡江，王导深以谏，帝乃令左右进觞，饮而覆之，自是遂不复饮。克己复礼，官修其方，而中兴之业隆焉。（《世说新语·规箴》注引邓粲《晋纪》）

丑奴儿

近来愁似天来大，谁解相怜？谁解相怜，又把愁来做个天。

都将今古无穷事，放在愁边。放在愁边，却自移家向酒泉。

添字浣溪沙 简傅岩叟

总把平生入醉乡，大都三万六千场。今古悠悠多少事，莫思量。

微有寒些春雨好，更无寻处野花香。年去年来还又笑：燕飞忙。

又 用前韵谢傅岩叟馈名花鲜蕈

杨柳温柔是故乡，纷纷蜂蝶去年场。大率一春风雨事，最难量。

满把携来红粉面，堆盘更觉紫芝香。幸自曲生闲去了，又教忙。才止酒。

临江仙

侍者阿钱将行，赋钱字以赠之。

一自酒情诗兴懒，舞裙歌扇阑珊。好天良夜月团团。杜陵真好事，留得一钱看。

岁晚人欺程不识，怎教阿堵留连。杨花榆荚雪漫天。从今花影下，只看绿苔圆。

◎囊空恐羞涩，留得一钱看。（唐杜甫《空囊》）

◎饮酒酣，武安起为寿，坐皆避席伏。已，魏其侯为寿，独故人避席耳，馀半膝席，灌夫不悦。……行酒次至临汝侯，临汝侯方与程不识耳语，又不避席，夫无所发怒，乃骂临汝侯曰："生平毁程不识不值一钱，今日长者为寿，乃效女儿呫嗫耳语！"（《史记·魏其武安侯列传》）

◎王夷甫雅尚玄远，常嫉其妇贪浊，口未尝言钱字。妇欲试之，令婢以钱绕床不得行，夷甫晨起，见钱阂行，呼婢曰："举却阿堵物。"（《世说新语·规箴》）

◎杨花榆荚无才思，惟解漫天作雪飞。（唐韩愈《晚春》，按：榆荚亦称榆钱。）

◎空室无人行则生苔藓，或紫或青，名曰圆藓，又曰绿藓，亦曰绿钱。（《古今注·草木篇》）

又

诸葛元亮席上见和，再用韵。

夜语南堂新瓦响，三更急雨珊珊。交情莫作碎沙团。死生贫富际，试向此中看。

记取他年《耆旧传》，与君名字牵连。清风一枕晚凉天。觉来还自笑，此梦倩谁圆？

◎他时夜雨困移床，坐厌愁声点客肠。一听南堂新瓦响，似闻东坞小荷香。（宋苏轼《南堂》）

◎新友如抟沙，放手还复散。（宋苏轼《再答乔太博段屯田》）

又 再用圆字韵

窄样金杯教换了，房栊试听珊珊。莫教秋扇雪团团。古今悲笑事，长付后人看。

记取桔槔春雨后，短畦菊艾相连。拙于人处巧于天。君看流地水，难得正方圆。

◎殷中军问："自然无心于禀受，何以正善人少，恶人多？"诸人莫有言者。刘尹答曰："譬如写水着地，正自纵横流漫，略无正方圆者。"一时绝叹，以为名通。(《世说新语·文学》)

又

手捻黄花无意绪，等闲行尽回廊。卷帘芳桂散馀香。枯荷难睡鸭，疏雨暗添塘。

忆得旧时携手处，如今水远山长。罗巾浥泪别残妆。旧欢新梦里，闲处却思量。

鹧鸪天

一夜清霜变鬓丝，怕愁刚把酒禁持。玉人今夜相思不？想见频将翠枕移。

真个恨，未多时。也应香雪减些儿。菱花照面须频记：曾道偏宜浅画眉。

谒金门

归去未，风雨送春行李。一枕离愁头彻尾，如何消遣是！

遥想归舟天际，绿鬓珑璁慵理。好梦未成莺唤起，粉香犹有殢。

玉楼春

客有游山者，忘携具，而以词来索酒，用韵以答。余时以病不往。

山行日日妨风雨，风雨晴时君不去。墙头尘满短辕车，门外人行芳草路。

城南东野应联句，好记琅玕题字处。也应竹里着行厨，已向瓮间防吏部。

◎城南二句：韩愈孟郊有《城南联句》。

◎竹里行厨洗玉盘，花边立马簇金鞍。（唐杜甫《严公仲夏枉驾草堂兼携酒馔》）

◎毕卓字茂世，……太兴末为吏部郎，尝饮酒废职。比舍郎酿酒熟，卓因醉，夜至其瓮间取饮之，主者谓是盗，执而缚之。知为吏部也，释之，卓遂引主人燕瓮侧，取醉而去。（《世说新语·任诞》注引《晋中兴书》）

又 再和

人间反复成云雨，凫雁江湖来又去。十千一斗饮中仙，一百八盘天上路。

旧时"枫落吴江"句，今日锦囊无着处。看封关外水云侯，剩按山中诗酒部。

◎翻手作云覆手雨，纷纷轻薄何须数。（唐杜甫《贫交行》）

◎崔信明，青州益都人。……蹇亢以门望自负，尝矜其文，谓过李百药，议者不许。扬州录事参军郑世翼者，亦骜倨，数佻轻忤物，遇信明江中，谓曰："闻公有'枫落吴江冷'，愿见其馀。"信明欣然多出众篇，世翼览未终，曰："所见不逮所闻。"投诸水，引舟去。（《新唐书·崔信明传》）

◎关外水云侯：曹魏置关外侯，位次关内侯及关中侯，不食租，为虚封爵。此言爵位为虚封，所管领者为水与云，实即放浪江湖之意。

又 戏赋云山

何人半夜推山去？四面浮云猜是汝。常时相对两三峰，走遍溪头无觅处。

西风瞥起云横度，忽见东南天一柱。老僧拍手笑相夸，且喜青山依旧住。

◎夫藏舟于壑，藏山于泽，谓之固矣，然而夜半有力者负之而走，昧者不知也。（《庄子·大宗师》）

◆一气呵成，无穷转折。（明卓人月《古今词统》）

又

用韵答傅岩叟、叶仲洽、赵国兴。

青山不解乘云去，怕有愚公惊着汝。人间踏地出租钱，借使移将无着处。

三星昨夜光移度，妙语来题桥上柱。黄花不插满头归，定倩白云遮且住。

◎武宗即位，盐铁转运使崔珙又增江淮茶税。是时茶商所过州县有重税，或掠夺舟车，露积雨中，诸道置邸以抽税，谓之塌地钱。故私贩益起。（《新唐书·食货志》）

◎升仙桥在成都县北十里。司马相如题桥柱曰："不乘驷马高车，不过此桥。"（《太平御览》引《华阳国志》）

又

无心云自来还去，元共青山相尔汝。霎时迎雨障崔嵬，雨过却寻归路处。

侵天翠竹何曾度，遥见屹然星砥柱。今朝不管乱云深，来伴仙翁山下住。

又

瘦筇倦作登高去，却怕黄花相尔汝。岭头拭目望龙安，更在云烟遮断处。

思量落帽人风度，休说当年功纪柱。谢公直是爱东山，毕竟东山留不住。

又

风前欲劝春光住，春在城南芳草路。未随流落水边花，且作飘零泥上絮。

镜中已觉星星误，人不负春春自负。梦回人远许多愁，只在梨花风雨处。

又

三三两两谁家女，听取鸣禽枝上语。提壶沽酒已多时，婆饼焦时须早去。

醉中忘却来时路，借问行人家住处。只寻古庙那边行，更过溪南乌柏树。

◎婆饼焦：禽言也。梅尧臣《禽言》："婆饼焦，儿不食。尔父向何之？尔母山头化为石。"

◆竟是白话。（明卓人月《古今词统》）

临江仙

昨日得家报，牡丹渐开，连日少雨多晴，常年未有。仆留龙安萧寺，诸君亦不果来，岂牡丹留不住为可恨耶？因取来韵，为牡丹下一转语。

只恐牡丹留不住，与春约束分明：未开微雨半开晴。要花开定准，又更与花盟。

魏紫朝来将进酒，玉盘盂样先呈。鞓红似向舞腰横。风流人不见，锦绣夜间行。

念奴娇 和赵国兴知录韵

为沽美酒，过溪来，谁道幽人难致？更觉元龙楼百尺，湖海平生豪气。自叹年来，看花索句，老不如人意。东风归路，一川松竹如醉。

怎得身似庄周，梦中蝴蝶，花底人间世。记取江头三月暮，风雨不为春计。万斛愁来，金貂头上，不抵银瓶贵。无多笑我，此篇聊当《宾戏》。

◎孚迁黄门侍郎散骑常侍，常以金貂换酒，复为所司弹劾，帝宥之。（《晋书·阮孚传》）

◎永平中为郎，典校秘书，专笃志于儒学，以著述为业。或讥以无功，又感东方朔、扬雄自喻以不遭苏、张、范、蔡之时，曾不折之以正道，明君子之所守，故聊复应焉。（汉班固《答宾戏》序）

汉宫春 即　事

行李溪头，有钓车茶具，曲几团蒲。儿童认得，前度过者篮舆。时时照影，甚此身遍满江湖。怅野老行歌不住，定堪与语难呼。

一自东篱摇落，问渊明岁晚，心赏何如？梅花政自不恶，曾有诗无？知翁止酒，待重教莲社人沽。空怅望风流已矣，江山特地愁余。

◎林类年且百岁，底春被裘，拾遗穗于故畦，并歌并进。孔子适卫，望之于野，顾谓弟子曰："彼叟可与言者，试往讯之。"子贡请行，逆之垅端，面之而叹曰："先生曾不悔乎，而行歌拾穗。"林类行不留，歌不辍。（《列子·天瑞》）

◎时远法师与诸贤结莲社，以书招渊明，渊明曰："若许饮则往。"许之，遂造焉。（《莲社高贤传》）

满江红 山居即事

几个轻鸥，来点破一泓澄绿。更何处一双鸂鶒，故来争浴。细读《离骚》还痛饮，饱看修竹何妨肉。有飞泉日日供明珠，五千斛。

春雨满，秧新谷。闲日永，眠黄犊。看云连麦陇，雪堆蚕簇。若要足时今足矣；以为未足何时足？被野老相扶入东园，枇杷熟。

◎王孝伯言：名士不必须奇才，但使常得无事，痛饮酒，熟读《离骚》，便可称名士。（《世说新语·任诞》）

◎可使食无肉，不可使居无竹，无肉令人瘦，无竹令人俗。（宋苏轼《绿筠轩》）

◆无处着一分缘饰，是山居真色。（明卓人月《古今词统》）

◆整暇。知足，有不尽安闲恬适。未足，有不尽焦劳抢攘。何时足。命有时尽，可不为大哀耶。（明沈际飞《草堂诗馀别集》）

又

寿赵茂嘉郎中。前章记兼济仓事。

我对君侯，怪长见两眉阴德。还梦见玉皇金阙，姓名仙籍。旧岁炊烟浑欲断，被公扶起千人活。算胸中除却五车书，都无物。

山左右，溪南北。花远近，云朝夕。看风流杖屦，苍髯如戟。种柳已成陶令宅，散花更满维摩室。劝人间且住五千年，如金石。

◎人生忽如寄，寿无金石固。（《古诗十九首》）

蓦山溪

赵昌父赋一丘一壑，格律高古，因效其体。

饭蔬饮水，客莫嘲吾拙。高处看浮云，一丘壑中间甚乐。功名妙手，壮也不如人；今老矣，尚何堪？堪钓前溪月。

病来止酒，辜负鸬鹚杓。岁晚念平生，待都与邻翁细说。人间万事，先觉者贤乎？深雪里，一枝开，春事梅先觉。

◎子曰：饭疏食饮水，曲肱而枕之，乐亦在其中矣。不义而富且贵，于我如浮云。（《论语·述而》）

◎使烛之武见秦君，……辞曰：“臣之壮也犹不如人，今老矣，无能为也已。”（《左传》僖公三十年）

◎鸬鹚杓：酒具。

◎不逆诈，不亿不信，抑亦先觉者是贤乎？（《论语·宪问》）

◆一部《四书》通入四声谱，惟稼轩能之。（明卓人月《古今词统》）

清平乐

呈赵昌甫。时仆以病止酒。昌甫日作诗数篇，末章及之。

云烟草树，山北山南雨。溪上行人相背去。惟有啼鸦一处。

门前万斛春寒，梅花可噉摧残？使我长忘酒易，要君不作诗难。

鹧鸪天 和章泉赵昌父

万事纷纷一笑中。渊明把菊对秋风。细看爽气今犹在，惟有南山一似翁。

情味好，语言工。三贤高会古来同。谁知止酒停云老，独立斜阳数过鸿。

◎止酒停云老：陶渊明有《止酒》诗、《停云》诗。稼轩则有停云堂。此处乃借渊明以自况。

满庭芳 和章泉赵昌父

西崦斜阳，东江流水，物华不为人留。铮然一叶，天下已知秋。屈指人间得意，问谁是骑鹤扬州？君知我，从来雅兴，未老已沧洲。

无穷身外事，百年能几，一醉都休。恨儿曹抵死，谓我心忧。况有溪山杖屦，阮籍辈须我来游。还堪笑，机心早觉，海上有惊鸥。

木兰花慢 题上饶郡圃翠微楼

旧时楼上客，爱把酒，对南山。笑白发如今，天教放浪，来往其间。登楼更谁念我，却回头西北望层栏。云雨珠帘画栋，笙歌雾鬓风鬟。

近来堪入画图看。父老愿公欢。甚拄笏悠然，朝来爽气，正尔相关。难忘使君后日，便一花一草报平安。与客携壶且醉，雁飞秋影江寒。

又 寄题吴克明广文菊隐

路傍人怪问：此隐者，姓陶不？甚黄菊如云，朝吟暮醉，唤不回头。纵无酒成怅望，只东篱搔首亦风流。与客朝餐一笑，落英饱便归休。

古来尧舜有巢由，江海去悠悠。待说与佳人："种成香草，莫怨灵修。""我无可无不可"，意先生出处有如丘。闻道问津人过，杀鸡为黍相留。

◎巢由：谓巢父、许由，尧、舜时隐者。尧欲以天下致之，均辞而不受。见《高士传》。

◎子曰："不降其志，不辱其身，伯夷、叔齐与。……我则异于是，无可无不可。"（《论语·微子》）

◎长沮、桀溺耦而耕，孔子过之，使子路问津焉。（《论语·微子》）

◎子路从而后，遇丈人，以杖荷蓧。……止子路宿，杀鸡为黍而食之。（《论语·微子》）

又

中秋饮酒将旦，客谓前人诗词有赋待月，无送月者，因用《天问》体赋。

可怜今夕月，向何处，去悠悠？是别有人间，那边才见，光影东头？是天外空汗漫，但长风浩浩送中秋？飞镜无根谁系，姮娥不嫁谁留？

谓经海底问无由，恍惚使人愁。怕万里长鲸，纵横触破，玉殿琼楼。虾蟆故堪浴水，问云何玉兔解沉浮？若道都齐无恙，云何渐渐如钩？

◆稼轩中秋饮酒达旦，用《天问》体作《木兰花慢》以送月，曰："可怜今夕月，向何处、去悠悠？是别有人间，那边才见，光景东头。"词人想象，直悟月轮绕地之理。与科学家密合，可谓神悟。（王国维《人间词话》）

踏莎行 和赵国兴知录韵

吾道悠悠，忧心悄悄，最无聊处秋光到。西风林外有啼鸦，斜阳山下多衰草。

长忆商山，当年四老，尘埃也走咸阳道。为谁书到便幡然，至今此意无人晓。

◎忧心悄悄，愠于群小。（《诗经·邶风·柏舟》）

◎上欲废太子，立戚夫人子赵王如意，……吕后恐，不知所为，……使建成侯吕泽劫留侯曰："君常为上谋臣，今上欲易太子，君安得高枕而卧乎？"……留侯曰："此难以口舌争也。顾上有不能致者，天下有四人，四人者年老矣，皆以为上慢侮人，故逃匿山中，义不为汉臣。……令太子为书，卑辞安车，因使辩士固请，宜来；……则一助也。"于是吕后令吕泽使人奉太子书，卑辞厚礼，迎此四人。……汉十二年，上从击破布军归，疾益甚，愈欲易太子，留侯谏，不听。……及燕置酒，太子侍，四人从太子，年皆八十有馀，须眉皓白，衣冠甚伟。上怪之，问曰："彼何为者？"四人前对，各言姓名，曰："东园公、角里先生、绮里季、夏黄公。"上乃大惊，……曰："烦公幸卒调护太子。"……上起去，罢酒，竟不易太子者，留侯本招此四人之力也。（《史记·留侯世家》）

◆西风斜日，已极荒寒，更兼衰草啼鸦，愈形凄黯，摧颜长望，正翛然有遁世之怀。忽忆及汉时四皓，以箕颍高名，乃弃商山之芝，而索长安之米，世之由终南捷径者，固有其人，宿德如园、绮，而亦幡然应聘，意诚莫晓。稼轩特拈出之，意固何属，亦莫能晓也。（俞陛云《唐五代两宋词选释》）

声声慢 檃括渊明《停云》诗

停云霭霭，八表同昏，尽日时雨濛濛。搔首良朋，门前平陆成江。春醪湛湛独抚，恨弥襟闲饮东窗。空延伫，恨舟车南北，欲往何从。

叹息东园佳树，列初荣枝叶，再竞春风。日月于征，安得促席从容。翩翻何处飞鸟，息庭柯好语和同。当年事，问几人亲友似翁？

◎渊明停云诗：《停云诗》序云：“停云，思亲友也。罇湛新醪，园列初荣，愿言不从，叹息弥襟。”全诗云：“霭霭停云，濛濛时雨，八表同昏，平路伊阻。静寄东轩，春醪独抚。良朋悠邈，搔首延伫。停云霭霭，时雨濛濛。八表同昏，平陆成江。有酒有酒，闲饮东窗。愿言怀人，舟车靡从。东园之树，枝条再荣。竞用新好，以怡余情。人亦有言，日月于征。安得促席，说彼平生。翩翩飞鸟，息我庭柯。敛翮闲止，好声相和。岂无他人，念子实多。愿言不获，抱恨如何。”

永遇乐

检校停云新种杉松，戏作。时欲作亲旧报书，纸笔偶为大风吹去，末章因及之。

投老空山，万松手种，政尔堪叹。何日成阴，吾年有几，似见儿孙晚。古来池馆，云烟草棘，长使后人凄断。想当年良辰已恨：夜阑酒空人散。

停云高处，谁知老子，万事不关心眼。梦觉东窗，聊复尔耳，起欲题书简。霎时风怒，倒翻笔砚，天也只教吾懒。又何事催诗雨急，片云斗暗。

玉楼春 隐湖戏作

客来底事逢迎晚？竹里鸣禽寻未见。日高犹苦圣贤中，门外谁酣蛮触战？

多方为渴泉寻遍，何日成阴松种满。不辞长向水云来，只怕频频鱼鸟倦。

◎有国于蜗之左角者，曰触氏，有国于蜗之右角者，曰蛮氏，时相与争地而战，伏尸数万，逐北旬有五日而后反。（《庄子·则阳》）

浣溪沙 种松竹未成

草木于人也作疏，秋来咫尺异荣枯。空山岁晚孰华予？

孤竹君穷犹抱节，赤松子嫩已生须。主人相爱肯留无？

蓦山溪 停云竹径初成

小桥流水，欲下前溪去。唤取故人来，伴先生风烟杖屦。行穿窈窕，时历小崎岖。斜带水，半遮山，翠竹栽成路。

一尊遐想，剩有渊明趣。山上有停云，看山下濛濛细雨。野花啼鸟，不肯入诗来，还一似，笑翁诗，自没安排处。

◎既窈窕以寻壑，亦崎岖而经丘。（晋陶渊明《归去来辞》）
◎霭霭停云，濛濛时雨。（晋陶渊明《停云》）

又

画堂帘卷，贺燕双双语。花柳一番春，倚东风雕红缕翠。草堂风月，还似旧家时；歌扇底，舞裀边，寿斝年年醉。

兵符传垒，已莅葵丘戍。两手挽天河，要一洗蛮烟瘴雨。貂蝉冠冕，应是出兜鍪；飡五鼎，梦三刀，侯印黄金铸。

◎丈夫生不五鼎食，死即五鼎烹耳。（《史记·平津侯主父列传》）

◎浚夜梦悬三刀于卧屋梁上，须臾又益一刀。浚惊觉，意甚恶之。主簿李毅再拜赞曰："三刀为州字，又益一刀，明府其临益州乎？"……果迁浚为益州刺史。（《晋书·王浚传》）

鹧鸪天 睡起即事

水荇参差动绿波，一池蛇影噤群蛙。因风野鹤饥犹舞，积雨山栀病不花。

名利处，战争多，门前蛮触日干戈。不知更有槐安国，梦觉南柯日未斜。

又

自古高人最可嗟，只因疏懒取名多。居山一

似庚桑楚，种树真成郭橐驼。

云子饭，水精瓜，林间携客更烹茶。君归休矣吾忙甚，要看蜂儿趁晚衙。

◎老聃之役，有庚桑楚者，偏得老聃之道以北，居畏垒之山。……居三年，畏垒大穰。……吾闻至人，尸居环堵之室……（《庄子·庚桑楚》）

◎郭橐驼，不知始何名，病瘘，……故乡人号之驼。……驼业种树，凡长安富人为观游及卖果者，皆争迎取养，视驼所种树，或移徙，无不活。……有问之，对曰："橐驼非能使木寿且孳也，能顺木之天，以致其性焉尔……"（唐柳宗元《种树郭橐驼传》）

◎应为西陂好，金钱罄一餐。饭抄云子白，瓜嚼水精寒。（唐杜甫《与鄠县源大少府宴渼陂》）

又 有感

出处从来自不齐，后车方载太公归。谁知寂寞空山里，却有高人赋《采薇》。

黄菊嫩，晚香枝，一般同是采花时。蜂儿辛苦多官府，蝴蝶花间自在飞。

◎伯夷、叔齐，孤竹君之二子也。……武王已平殷乱，天下宗周，而伯夷、叔齐耻之，义不食周粟，隐于首阳山，采薇而食之。及饿且死，作歌，其辞曰："登彼西山兮，采其薇矣。以暴易暴兮，不知其非矣。神农、虞、夏，忽焉没兮，我安适归矣。于嗟徂兮，命之衰矣。"遂饿死于首阳山。（《史记·伯夷列传》）

又

读渊明诗不能去手，戏作小词以送之。

晚岁躬耕不怨贫，只鸡斗酒聚比邻。都无晋宋之间事，自是羲皇以上人。

千载后，百篇存。更无一字不清真。若教王谢诸郎在，未抵柴桑陌上尘。

又

发底青青无限春，落红飞雪谩纷纷。黄花也伴秋光老，何似尊前见在身。

书万卷，笔如神。眼看同辈上青云。个中不许儿童会，只恐功名更逼人。

◎读书破万卷，下笔如有神。（唐杜甫《奉赠韦左丞丈》）

又 不寐

老病那堪岁月侵，霎时光景值千金。一生不负溪山债，百药难治书史淫。

随巧拙，任浮沉。人无同处面如心。不妨旧事从头记，要写行藏入《笑林》。

◎谧耽玩典籍，忘寝与食，人谓之书淫。（《晋书·皇甫谧传》）

最高楼 闻前冈周氏旌表有期

君听取：尺布尚堪缝，斗粟也堪舂。人间朋友犹能合，古来兄弟不相容。《棣华》诗，悲二叔，吊周公。

长叹息脊令原上急；重叹息豆萁煎正泣；形则异，气应同。周家五世将军后，前冈千载义居风。看明朝，丹凤诏，紫泥封。

◎淮南厉王长者，高祖少子也。……孝文帝初即位，淮南王自以为最亲，骄蹇数不奉法，……出入称警跸，称制，自为法令，拟于天子。……以辇车四十乘，反谷口，令人使闽越匈奴。事觉，治之，使使召淮南王。……乃不食死。……孝文十二年，民有作歌，歌淮南厉王曰："一尺布，尚可缝；一斗粟，尚可舂。兄弟二人，不能相容。"（《史记·淮南衡山列传》）

◎棣华至周公：《诗经·小雅·常棣》："常棣之华，鄂不韡韡。凡今之人，莫如兄弟。"《诗序》云："《常棣》，燕兄弟也。闵管、蔡之失道，故作《常棣》焉。"管、蔡，即管叔鲜、蔡叔度（周文王第三、五子）。周公，文王之第四子。

◎脊令在原，兄弟急难。每有良朋，况也永叹。（《诗经·小雅·常棣》）

◎文帝（曹丕）尝令东阿王（植）七步中作诗，不成者行大法。应声便为诗曰："煮豆持作羹，漉菽以为汁。萁在釜下然，豆在釜中泣。本自同根生，相煎何太急！"帝深有惭色。（《世说新语·文学》）

南乡子 庆前冈周氏旌表

无处着春光，天上飞来诏十行。父老欢呼童

稺舞，前冈，千载周家孝义乡。

草木尽芬芳，更觉溪头水也香。我道乌头门侧畔，诸郎，准备他年昼锦堂。

鹧鸪天 戊午拜复职奉祠之命

老退何曾说着官，今朝放罪上恩宽：便支香火真祠俸，更缀文书旧殿班。

扶病脚，洗衰颜，快从老病借衣冠。此身忘世浑容易，使世相忘却自难。

贺新郎 题赵兼善龙图东山园小鲁亭

下马东山路。恍临风周情孔思，悠然千古。寂寞东家丘何在？缥缈危亭小鲁。试重上岩岩高处。更忆公归西悲日，正濛濛陌上多零雨。嗟费却，几章句。

谢公雅志还成趣。记风流中年怀抱，长携歌舞。政尔良难君臣事，晚听秦筝声苦。快满眼松篁千亩。把似渠垂功名泪，算何如且作溪山主。双白鸟，又飞去。

◎周情孔思：周公东征，三年而归，士大夫美之，为赋“我徂东山”诗。孔子登东山而小鲁。赵氏既建亭于东山，且以“小鲁”为名，故引周、孔事以褒美之。

◎孔子西家有愚夫，不知孔子为圣人，乃曰：“彼东家丘。”

(《孔子家语》)

◎泰山岩岩,鲁邦所瞻。(《诗经·鲁颂·閟宫》)

◎我徂东山,慆慆不归。我来自东,零雨其濛。我东曰归,我心西悲。(《诗经·豳风·东山》)

◎谢公在东山,朝命屡降而不动。后出为桓宣武司马,将发新亭,朝士咸出瞻送。高灵时为中丞,亦往相祖。先时多少饮酒,因倚如醉,戏曰:"卿屡违朝旨,高卧东山,诸人每相与言:'安石不肯出,将如苍生何。'今亦苍生将如卿何?"谢笑而不答。(《世说新语·排调》)

哨遍 秋水观

蜗角斗争,左触右蛮,一战连千里。君试思,方寸此心微。总虚空并包无际。喻此理,何言泰山毫末,从来天地一稊米。嗟小大相形,鸠鹏自乐,之二虫又何知?记跖行仁义孔丘非;更殇乐长年老彭悲。火鼠论寒,冰蚕语热,定谁同异。

噫。贵贱随时,连城才换一羊皮。谁与齐万物?庄周吾梦见之。正商略遗篇,翩然顾笑,空堂梦觉题秋水。有客问洪河,百川灌雨,泾流不辨涯涘。于是焉河伯欣然喜,以天下之美尽在己。渺沧溟望洋东视,逡巡向若惊叹,谓我非逢子,大方达观之家未免,长见悠然笑耳。此堂之水几何其?但清溪一曲而已。

◎计中国之在海内,不似稊米之在太仓乎?……知天地之为稊

米也，知豪末之为丘山也，则差数等矣。（《庄子·秋水》）

◎天下莫大于秋毫之末，而泰山为小。（《庄子·齐物论》）

◎鹏之徙于南冥也，水击三千里，抟扶遥而上者九万里。……蜩与鸴鸠笑之曰："我决起而飞，枪榆枋，时则不至，而控于地而已矣，奚以之九万里而南为！"适莽苍者三飡而反，腹犹果然；适百里者宿舂粮；适千里者三月聚粮。之二虫，又何知。（《庄子·逍遥游》）

◎盗跖大怒曰："丘来前！……盗莫大于子，天下何故不谓子为盗丘，而乃谓我为盗跖？"（《庄子·盗跖》）

◎莫寿于殇子而彭祖为夭。（《庄子·齐物论》）

◎秋水时至，百川灌河，泾流之大，两涘渚涯之间，不辩牛马。于是焉河伯欣然自喜，以天下之美为尽在己。顺流而东行，至于北海，东面而视，不见水端，于是焉河伯始旋其面目，望洋向（海）若而叹曰："……吾非至于子之门，则殆矣。吾长见笑于大方之家。"（《庄子·秋水》）

又 用前韵

一壑自专，五柳笑人，晚乃归田里。问谁知：几者动之微。望飞鸿冥冥天际。论妙理，浊醪正堪长醉，从今自酿躬耕米。嗟美恶难齐，盈虚如代，天耶何必人知。试回头五十九年非，似梦里欢娱觉来悲。夔乃怜蚿，谷亦亡羊，算来何异。

嘻。物讳穷时，丰狐文豹罪因皮。富贵非吾愿，皇皇乎欲何之？正万籁都沉，月明中夜，心弥万里清如水。却自觉神游，归来坐对，依稀淮岸江涘。看一时鱼鸟忘情喜，会我已忘机更忘己。又何曾物我相视。非鱼濠上遗意，要是吾非子。但教河伯休惭海若，小大均为水耳。世间喜愠更何其，笑先生三仕三已。

◎几者动之微，吉之先见者也。（《易·系辞》）

◎浊醪有妙理，庶用慰沉浮。（唐杜甫《晦日寻崔戢李封》）

◎孔子行年六十而六十化，始时所是，卒而非之，未知今之所谓是之非五十九年非也。（《庄子·寓言》）

◎夔怜蚿。……夔谓蚿曰：“吾以一足趻踔而行，予无如矣，今子之使万足独奈何？”蚿曰：“今予动吾天机而不知其所以然。”（《庄子·秋水》）

◎臧与谷二人相与牧羊，而俱亡其羊。问臧奚事，则挟筴读书；问谷奚事，则博塞以游。二人者，事业不同，其于亡羊均也。（《庄子·骈拇》）

◎孔子曰：“我讳穷久矣，而不免，命也；求通久矣，而不得，时也。”（《庄子·秋水》）

◎夫丰狐文豹，栖于山林，伏于岩穴，静也；夜行昼居，戒也；虽饥渴隐约，犹旦胥疏于江湖之上而求食焉，定也；然且不免于罔罗机辟之患，是何罪之有哉，其皮为之灾也。（《庄子·达生》）

◎已矣乎，寓形宇内复几时，曷不委心任去留。胡为乎遑遑欲何之？富贵非吾愿，帝乡不可期。（晋陶渊明《归去来辞》）

◎令尹子文三仕为令尹，无喜色；三已之，无愠色。（《论语·公冶长》）

◆稼轩生平，由绚烂归于平淡，集中多作达语，此词尤为了悟，当在奇狮归后所作。“五十九年”数语，悲欢之境，因醒梦而顿殊，但醒后生悲，仍是梦中之梦，又安用悲耶？“丰狐文豹”句，荣利累人，诚如皮之为累。但老子云：“吾所以有大患者，为吾有身。”无身则皮将焉附？后言清夜澄观，而归来则淮雨江云，依然尘

世，仍是上阕之梦欢而醒悲耳。结处云物我两忘，则真有濠上非鱼之意，又何论三仕三已乎！（俞陛云《唐五代两宋词选释》）

菩萨蛮 昼眠秋水

葛巾自向沧浪濯，朝来漉酒那堪着。高树莫鸣蝉，晚凉秋水眠。

竹床能几尺，上有华胥国。山上咽飞泉，梦中琴断弦。

◎陶潜字渊明。……郡将候潜，值其酒熟，取头上葛巾漉酒，毕，还复着之。（《宋书·陶渊明传》）

兰陵王

己未八月二十日夜，梦有人以石研屏见饷者，其色如玉，光润可爱。中有一牛，磨角作斗状。云："湘潭里中有张其姓者，多力善斗，号张难敌。一日，与人搏，偶败，忿赴河而死，居三日，其家人来视之，浮水上，则牛耳。自后并水之山往往有此石，或得之，里中辄不利。"梦中异之，为作诗数百言，大抵皆取古之怨愤变化异物等事，觉而忘其言，后三日，赋词以识其异。

恨之极，恨极销磨不得。苌弘事人道后来，其血三年化为碧。郑人缓也泣："吾父，攻儒助墨。十年梦沉痛化余，秋柏之间既为实。"

相思重相忆，被怨结中肠，潜动精魄，望夫江上岩岩立。嗟一念中变，后期长绝。君看启母愤所激，又俄顷为石。

难敌。最多力。甚一忿沉渊，精气为物，依然困斗牛磨角。便影入山骨，至今雕琢。寻思人世，只合化，梦中蝶。

◎苌弘死于蜀，藏其血，三年化而为碧。（《庄子·外物》，注："成云：苌弘放归蜀，自恨忠而遭谮，刳肠而死，蜀人感之，以匮盛其血，三年而化为碧玉。"）

◎郑人缓也，呻吟裘氏之地，只三年而缓为儒。河润九里，泽及三族。使其弟墨。儒墨相与辩，其父助翟，十年而缓自杀。其父梦之，曰："使而子为墨者予也，阖胡尝视其良，既为秋柏之实矣。"（《庄子·列御寇》，注："缓见梦其父，言弟之为墨，是我之力，何不试视我冢上，所种秋柏已结实矣。冤魂告语，深致其怨。"）

◎武昌北山上有望夫石。相传昔有贞女，携子饯夫从役，立望而死，形化为石。（《幽明录》）

◎朕用事华山，至于中岳，见夏后启母石。（《汉书·武帝本纪》，注："启生而母化为石。"）

◆词文恢诡冤愤，盖借以摅其积年胸中块垒不平之气。（梁启超《辛稼轩先生年谱》）

六州歌头

属得疾，暴甚，医者莫晓其状。小愈，困卧无聊，戏作以自释。

晨来问疾，有鹤止庭隅。吾语汝："只三事，太愁余：病难扶，手种青松树，碍梅坞，妨花迳，才数尺，如人立，却须锄。其一。秋水堂前，曲沼明于镜，可烛眉须。被山头急雨，耕垄灌泥涂。谁使吾庐，映污渠？其二。

叹青山好，檐外竹，遮欲尽，有还无。删竹去？吾乍可，食无鱼。爱扶疏，又欲为山计，千百虑，累吾躯。其三。凡病此，吾过矣，子奚如？”口不能言臆对：“虽卢扁药石难除。有要言妙道，事见《七发》。往问北山愚，庶有瘳乎。”

◎卢扁：扁鹊为古代名医，以其家于卢，因又称卢扁。

◎客曰：“今太子之病，可无药石、针刺、灸疗而已，可以要言妙道说而去也。”（汉枚乘《七发》）

添字浣溪沙 病起，独坐停云

强欲加餐竟未佳，只宜长伴病僧斋。心似风吹香篆过，也无灰。

山上朝来云出岫，随风一去未曾回。次第前村行雨了，合归来。

沁园春

寿赵茂嘉郎中，时以置兼济仓赈济里中，除直秘阁。

甲子相高，亥首曾疑，绛县老人。看长身玉立，鹤般风度；方颐须磔，虎样精神。文烂卿云，诗凌鲍谢，笔势骎骎更右军。浑馀事，羡仙都梦觉，金阙名存。

门前父老忻忻。焕奎阁新褒诏语温。记他年帷幄，须依日月；只今剑履，快上星辰。人道阴功，天教多寿，看到貂蝉七叶孙。君家里，是几枝丹桂，几树灵椿？

◎晋悼夫人食舆人之城杞者，绛县人或年长矣，无子，往与于食。有与疑年，使之年，曰："臣小人也，不知纪年。臣生之岁，正月甲子朔，四百有四十五甲子矣。其季于今，三之一也。"吏走问诸朝，师旷曰："……七十三年矣。"史赵曰："亥有二首六身，下二如身，是其日数也。"士文伯曰："然则二万二千六百有六旬也。"（《左传》襄公三十年）

◎卿云：谓司马长卿（司马相如）与扬子云（扬雄）。

◎窦仪字可象，蓟州渔阳人。……父禹钧，与兄禹锡皆以词学名。……仪学问优博，风度峻整，弟俨、侃、偁、僖皆相继登科。冯道与禹钧有旧，尝赠诗，有"灵椿一珠老，丹桂五枝芳"之句，缙绅多讽诵之。（《宋史·窦仪传》）

又 和吴子似县尉

我见君来，顿觉吾庐，溪山美哉。怅平生肝胆，都成楚越；只今胶漆，谁是陈雷？搔首踟蹰，爱而不见，要得诗来渴望梅。还知否：快清风入手，日看千回。

直须抖擞尘埃。人怪我柴门今始开。向松间乍可，从他喝道？庭中且莫，踏破苍苔。岂有文章，谩劳车马，待唤青刍白饭来。君非我，任功名意气，莫恁徘徊。

◎自其异者视之，肝胆楚越也；自其同者视之，万物皆一也。（《庄子·德充符》）

◎陈重字景公，豫章宜春人也。少与同郡雷义为友。……太守张云举重孝廉，重以让义，前后十馀通记，云不听。……雷义字仲公，豫章鄱阳人也。……举茂才，让于陈重，刺史不听，义遂阳狂被发走，不应命。乡里为之语曰："胶漆自谓坚，不如雷与陈。"三府同时俱辟二人。（《后汉书·独行传》）

◎静女其姝，俟我于城隅，爱而不见，搔首踟蹰。（《诗经·邶风·静女》）

◎魏武行役，失汲道，军皆渴，乃令曰："前有大梅林，饶子，甘酸可以解渴。"士卒闻之，口皆出水，乘此得及前源。（《世说新语·假谲》）

◎岂有文章惊海内，谩劳车马驻江干。（唐杜甫《有客》）

◎江花未落还成都，肯访浣花老翁无？为君酤酒满眼酤，与奴白饭马青刍。（唐杜甫《入奏行赠西山检察使窦侍御》）

◆撮古句如数家珍。（明卓人月《古今词统》）

鹧鸪天 寻菊花无有，戏作

掩鼻人间臭腐场，古来惟有酒偏香。自从来住云烟畔，直到而今歌舞忙。

呼老伴，共秋光。黄花何处避重阳？要知烂熳开时节，直待西风一夜霜。

又

席上吴子似诸友见和，再用韵答之。

翰墨诸公久擅场，胸中书传许多香。都无丝

竹衔杯乐，却看龙蛇落笔忙。

闲意思，老风光。酒徒今有几高阳？黄花不怯西风冷，只怕诗人两鬓霜。

又 和吴子似山行韵

谁共春光管日华？朱朱粉粉野蒿花。闲愁投老无多子，酒病而今较减些。

山远近，路横斜，正无聊处管弦哗。去年醉处犹能记，细数溪边第几家。

新荷叶

上巳日，吴子似谓古今无此词，索赋。

曲水流觞，赏心乐事良辰。兰蕙光风，转头天气还新。明眸皓齿，看江头有女如云。折花归去，绮罗陌上芳尘。

能几多春？试听啼鸟殷勤。对景兴怀，向来哀乐纷纷。且题醉墨，似《兰亭》列叙时人。后之览者，又将有感斯文。

◎向之所欣，俯仰之间，已为陈迹，犹不能不以之兴怀。（晋王羲之《兰亭序》）

◎故列叙时人，录其所述。虽世殊事异，所以兴怀，其致一也。后之览者，亦将有感于斯文。（晋王羲之《兰亭序》）

又

徐思上巳乃子似生日，因改定。

曲水流觞，赏心乐事良辰。今几千年，风流禊事如新。明眸皓齿，看江头有女如云。折花归去，绮罗陌上芳尘。

丝竹纷纷，杨花飞鸟衔巾。争似群贤，茂林修竹兰亭。一觞一咏，亦足以畅叙幽情。清欢未了，不如留住青春。

◎永和九年，岁在癸丑，暮春之初，会于会稽山阴之兰亭，修禊事也。群贤毕至，少长咸集。此地有崇山峻岭，茂林修竹，……一觞一咏，亦足以畅叙幽情。（晋王羲之《兰亭序》）

水调歌头

题吴子似县尉瑱山经德堂。堂，陆象山所名也。

唤起子陆子，经德问何如。万钟于我何有，不负古人书。闻道千章松桂，剩有四时柯叶，霜雪岁寒馀。此是瑱山境，还似象山无？

耕也馁，学也禄，孔之徒。青衫毕竟升斗，此意政关渠。天地清宁高下，日月东西寒暑，何用着工夫。两字君勿惜，借我榜吾庐。

◎万钟则不辩礼义而受之，万钟于我何加焉。（《孟子·告子上》）

◎子曰："君子谋道不谋食。耕也馁在其中矣，学也禄在其中

矣。君子忧道不忧贫。”(《论语·卫灵公》)

◎天得一以清,地得一以宁,王侯得一以为天下贞。(《老子》)

又

赵昌父七月望日用东坡韵叙太白、东坡事见寄,过相褒借,且有秋水之约;八月十四日余卧病博山寺中,因用韵为谢,兼寄吴子似。

我志在寥阔,畴昔梦登天。摩挲素月,人世俯仰已千年。有客骖鸾并凤,云遇青山、赤壁,相约上高寒。酌酒援北斗,我亦虱其间。

少歌曰:“神甚放,形则眠。鸿鹄一再高举,天地睹方圆。”欲重歌兮梦觉,推枕惘然独念:人事底亏全?有美人可语,秋水隔婵娟。

◎青山:指李白。

◎赤壁:指苏轼。

◎援北斗兮酌桂浆。(《楚辞·九歌·东君》)

◎黄鹄之一举兮,知山川之纡曲,再举兮睹天地之圜方。(汉贾谊《惜誓》)

破阵子 硖石道中有怀吴子似县尉

宿麦畦中雉鷕,柔桑陌上蚕生。骑火须防花月暗,玉唾长携彩笔行。隔墙人笑声。

莫说弓刀事业,依然诗酒功名。千载图中今古事,万石溪头长短亭。小塘风浪平。时修图经,筑亭堠。

◎有鷕雉鸣。(《诗经·邶风·匏有苦叶》)
◎骑火:夜骑时用以照明之物。
◎玉唾:当指砚滴而言。

鹧鸪天

石壁虚云积渐高,溪声绕屋几周遭。自从一雨花零落,却爱微风草动摇。

呼玉友,荐溪毛,殷勤野老苦相邀。杖藜忽避行人去,认是翁来却过桥。

◎以糯米药曲作白醪,号玉友。(《珊瑚钩诗话》)
◎苟有明信,涧溪沼沚之毛,蘋蘩蕰藻之菜,筐筥锜釜之器,潢污行潦之水,可荐于鬼神,可羞于王公。(《左传》隐公三年)

又

寿吴子似县尉,时摄事城中。

上巳风光好放怀,故人犹未看花回。茂林映带谁家竹,曲水流传第几杯?

擒锦绣,写琼瑰,长年富贵属多才。要知此日生男好,曾有周公祓禊来。

◎昔周公成洛邑,因流水以泛酒,故逸诗曰:“羽觞随流波。”(《续齐谐》)

又

过硖石，用韵答吴子似。

叹息频年廪未高，新词空贺此丘遭。遥知醉帽时时落，见说吟鞭步步摇。

干玉唾，秃锥毛，只今明月费招邀。最怜乌鹊南飞句，不解风流见二乔。

◎丰年多黍多稌，亦有高廪，万亿及秭，为酒为醴。（《诗经·周颂·丰年》）

◎月明星稀，乌鹊南飞。（汉曹操《短歌行》）

又 吴子似过秋水

秋水长廊水石间，有谁来共听潺潺。羡君人物东西晋，分我诗名大小山。

穷自乐，懒方闲，人间路窄酒杯宽。看君不了痴儿事，又似风流靖长官。

◎《招隐士》者，淮南小山之所作也。昔淮南王安博雅好古，招怀天下俊伟之士，自八公之徒，咸慕其德而归其仁。各竭才智，著作篇章。分造辞赋，以类相从，故或称小山，或称大山，其义犹诗有《小雅》、《大雅》也。（汉王逸《楚辞章句》）

◎靖不知何许人，唐僖宗时为登封令，既而弃官学道，遂仙去。隐其姓而以名显，故世谓之靖长官。（宋曾慥《集仙传》）

水调歌头 醉 吟

四座且勿语，听我醉中吟。池塘春草未歇，高树变鸣禽。鸿雁初飞江上，蟋蟀还来床下，时序百年心。谁要卿料理，山水有清音。

欢多少，歌长短，酒浅深。而今已不如昔，后定不如今。闲处直须行乐，良夜更教秉烛，高会惜分阴。白发短如许，黄菊倩谁簪。

◎池塘生春草，园柳变鸣禽。（南朝谢灵运《登池上楼》）

◎江涵秋影雁初飞。（唐杜牧《九日齐山登高》）

◎十月蟋蟀，入我床下。（《诗经·豳风·七月流火》）

◎乾坤万里眼，时序百年心。（唐杜甫《春日江村》）

◎非必丝与竹，山水有清音。（晋左思《招隐》）

◎昼短苦夜长，何不秉烛游。（《古诗》）

◎大禹圣者，乃惜寸阴，至于众人，当惜分阴。岂可逸游荒醉，生无益于时，死无闻于后？是自弃也。（《晋书·陶侃传》）

◆此词似整不整，一片神行，非人得到。悲愤，魄力劲甚。（清陈廷焯《云韶集》）

又 赋松菊堂

渊明最爱菊，三径也栽松。何人收拾，千载风味此山中。手把《离骚》读遍，自扫落英餐罢，杖屦晓霜浓。皎皎太独立，更插万芙蓉。

水潺湲，云澒洞，石巃嵸。素琴浊酒唤客，端有古人风。却怪青山能巧，政尔横看成岭，转面已成峰。诗句得活法，日月有新工。

◎横看成岭侧成峰，远近高低各不同。不识庐山真面目，只缘

身在此山中。（宋苏轼《庐山与总老同游西林》）

清平乐

清词索笑，莫厌银杯小。应是天孙新与巧，剪恨裁愁句好。

有人梦断关河，小窗日饮亡何。想见重帘不卷，泪痕滴尽湘娥。

又 书王德由主簿扇

溪回沙浅，红杏都开遍。鸂鶒不知春水暖，犹傍垂杨春岸。

片帆千里轻船，行人想见欹眠。谁似先生高举，一行白鹭青天。

西江月 春　晚

剩欲读书已懒，只因多病长闲。听风听雨小窗眠，过了春光太半。

往事如寻去鸟，清愁难解连环。流莺不肯入西园，去唤画梁飞燕。

又 木　樨

金粟如来出世，蕊宫仙子乘风。清香一袖意无穷，洗尽尘缘千种。

长为西风作主，更居明月光中。十分秋意与玲珑，拚却今宵无梦。

◎金粟如来：木樨色黄似金，花小如粟，故亦称“金粟”。《净名经义钞》：“梵语维摩诘，此云净名，般提之子。……过去成佛，号金粟如来。”

◎蕊宫：为蕊珠宫之简称。《黄庭内景经》：“太上大道玉晨君，闲居蕊珠作七言。”注云：“蕊珠，上清境宫阙名也。”

又 遣兴

醉里且贪欢笑，要愁那得工夫。近来始觉古人书，信着全无是处。

昨夜松边醉倒，问松“我醉何如”。只疑松动要来扶，以手推松曰“去”。

玉楼春

乐令谓卫玠：“人未尝梦捣齑餐铁杵，乘车入鼠穴。”以谓世无是事故也。余谓世无是事而有是理，乐所谓无，犹云有也。戏作数语以明之。

有无一理谁差别，乐令区区犹未达。事言无处未尝无，试把所无凭理说。

伯夷饥采西山蕨，何异捣齑餐杵铁。仲尼去卫又之陈，此是乘车穿鼠穴。

西江月

寿祐之弟，时新居落成。

画栋新垂帘幕，华灯未放笙歌。一杯潋滟泛金波，先向太夫人贺。

富贵吾应自有，功名不用渠多。只将绿鬓抵羲娥，金印须教斗大。

◎羲娥：谓羲和、嫦娥，指日月，意即光阴。

贺新郎 题傅岩叟悠然阁

路入门前柳。到君家悠然细说，渊明重九。岁晚凄其无诸葛，惟有黄花入手。更风雨东篱依旧。陡顿南山高如许，是先生拄杖归来后。山不记，何年有。

是中不减康庐秀。倩西风为君唤起，翁能来否？鸟倦飞还平林去，云自无心出岫。剩准备新诗几首。欲辨忘言当年意，慨遥遥我去羲农久。天下事，可无酒！

◎康庐：庐山亦名匡山，亦称匡庐。宋人避赵匡胤讳，故改称康庐。陶渊明隐居柴桑，其地在庐山下。

◎云无心以出岫，鸟倦飞而知还。（晋陶渊明《归去来辞》）

◎此中有真意，欲辨已忘言。（晋陶渊明《饮酒》）

◎羲农去我久，举世少复真。……若复不快饮，空负头上巾。（晋陶渊明《饮酒》）

◆西山采薇歌意。（明卓人月《古今词统》）

又 用前韵再赋

肘后俄生柳。叹人生不如意事，十常八九。右手淋浪才有用，闲却持螯左手。谩赢得伤今感旧。投阁先生惟寂寞，笑是非不了身前后。持此语，问乌有。

青山幸自重重秀。问新来萧萧木落，颇堪秋否？总被西风都瘦损，依旧千岩万岫。把万事无言搔首。翁比渠侬人谁好，是我常与我周旋久。宁作我，一杯酒。

◎支离叔与滑介叔观于冥伯之丘，昆仑之虚，黄帝之所休，俄而柳生其左肘。（《庄子·至乐》，注云："瘤作柳声，转借字。"）

◎王莽时，刘歆、甄丰皆为上公。莽既以符命自立，即位之后，欲绝其原，以神前事；而丰子寻、歆子棻复献之，莽诛丰父子，投棻四裔，辞所连及，便收不请。时雄校书天禄阁上，治狱使者来，欲收雄；雄恐不能自免，乃从阁上自投下，几死。……京师为之语曰："惟寂寞，自投阁；爰清静，作符命。"（《汉书·扬雄传》）

水调歌头 赋傅岩叟悠然阁

岁岁有黄菊，千载一东篱。悠然政须两字，长笑退之诗。自古此山元有，何事当时才见，此意有谁知。君起更斟酒，我醉不须辞。

回首处，云正出，鸟倦飞。重来楼上，一句端的与君期。都把轩窗写遍，更使儿童诵得，《归去来兮辞》。万卷有时用，植杖且耘耔。

◎祜乐山水，每风景必造岘山置酒言咏，终日不倦。尝慨然叹息，顾谓从事中郎邹湛等曰："自有宇宙便有此山，由来贤达胜士登此远望，如我与卿者多矣，皆湮灭无闻，使人悲伤。"（《晋书·羊祜传》）

◎怀良辰以孤往，或植杖而耘耔。（晋陶渊明《归去来辞》）

念奴娇 赋傅岩叟香月堂两梅

未须草草，赋梅花，多少骚人词客。总被西湖林处士，不肯分留风月。疏影横斜，暗香浮动，把断春消息。试将花品，细参今古人物。

看取香月堂前，岁寒相对，楚两龚之洁。自与诗家成一种，不系南昌仙籍。怕是当年，香山老子，姓白来江国。谪仙人字，太白还又名白。

◎众芳摇落独暄妍，占尽风情向小园。疏影横斜水清浅，暗香浮动月黄昏。（宋林逋《山园小梅》）

◎两龚，皆楚人也。胜字君宾，舍字君倩，二人相友，并著名节，故世谓之楚两龚。（《汉书·两龚传》）

◎梅福字子真，九江寿春人也。……为郡文学，补南昌尉。后去官归寿春。居家常读书养性为事。至元始中，王莽颛政，福一朝弃妻子去九江，至今传以为仙。其后人有见福于会稽者，变名姓为吴市门卒云。（《汉书·梅福传》）

又

余既为傅岩叟两梅赋词，傅君用席上有请云："家有四古梅，今百年矣，未有以品题，乞援香月堂例。"欣然许之，且用前篇体制戏赋。

是谁调护，岁寒枝，都把苍苔封了。茅舍疏篱江上路，清夜月高山小。摸索应知，曹刘沈谢；何况霜天晓。芬芳一世，料君长被花恼。

惆怅立马行人，一枝最爱，竹外横斜好。我向东邻曾醉里，唤起诗家二老。拄杖而今，婆娑雪里，又识商山皓。请君置酒，看渠与我倾倒。

◎许敬宗性轻傲，见人多忘之，或谓其不聪，许曰："卿自难记，若遇何、刘、沈、谢，暗中摸索着亦可识。"（唐刘餗《隋唐嘉话》，按：许敬宗所称"何、刘、沈、谢"当指南朝之何逊、刘孝绰、沈约、谢朓言。此云"曹、刘"当为一时误记为曹植、刘桢也。）

满江红 和傅岩叟香月韵

半山佳句，最好是"吹香隔屋"。又还怪冰霜侧畔，蜂儿成簇。更把香来熏了月，却教影去斜侵竹。似神清骨冷住西湖，何由俗。

根老大，穿坤轴。枝夭袅，蟠龙斛。快酒兵长俊，诗坛高筑。一再人来风味恶，两三杯后花缘熟。记五更联句失弥明，龙衔烛。

◎水际柴门一半开，小桥分路入苍苔。背人照影无穷柳，隔屋吹香并是梅。（宋王安石《金陵即事》，按：王安石号半山老人。）

◎先生可是绝俗人，神清骨冷无由俗。（宋苏轼《题林逋诗后》）

◎道士倚墙睡，鼻息如雷鸣，二子怛然失色，不敢喘。斯须，曙鼓动冬冬，二子亦困，遂坐睡。及觉，日已上，惊顾，觅道士不见。……二子惊惋自责，若有失者。……尝闻有隐君子弥明，岂其人耶。（唐韩愈《石鼎联句》诗序）

◆ 暗香疏影，脱胎换骨。（明卓人月《古今词统》）

水调歌头

即席和金华杜仲高韵，并寿诸友，惟酹乃佳耳。

万事一杯酒，长叹复长歌。杜陵有客，刚赋云外筑婆娑。须信功名儿辈，谁识年来心事，古井不生波。种种看余发，积雪就中多。

二三子，问丹桂，倩素娥。平生萤雪，男儿无奈五车何。看取长安得意，莫恨春风看尽，花柳自蹉跎。今夕且欢笑，明月镜新磨。

◎孟郊及第，有诗曰："昔人龌龊不足嗟，今朝旷荡恩无涯。青春得意马蹄疾，一日看尽长安花。"一日之间，花即看尽，何其速也。果不达。（《唐诗纪事》）

浣溪沙 偕杜叔高吴子似宿山寺戏作

花向今朝粉面匀，柳因何事翠眉颦？东风吹雨细于尘。

自笑好山如好色，只今怀树更怀人。闲愁闲恨一番新。

又

歌串如珠个个匀，被花勾引笑和颦。向来惊动画梁尘。

莫倚笙歌多乐事，相看红紫又抛人。旧巢还有燕泥新。

◎何郎小妓歌喉好，严老呼为一串珠。（唐白居易《寄明州于驸马使君》）

又

父老争言雨水匀，眉头不似去年颦。殷勤谢却甑中尘。

啼鸟有时能劝客，小桃无赖已撩人。梨花也作白头新。

◎范冉字史云，陈留内黄人也。桓帝时以冉为莱芜长。……所止单陋，有时绝粒。穷居自若，言貌无改。闾里歌之曰："甑中生尘范史云，釜中生鱼范莱芜。"（《后汉书·独行传》）

婆罗门引

别杜叔高。叔高长于《楚词》。

落花时节，杜鹃声里送君归。未消文字湘累，只怕蛟龙云雨，后会渺难期。更何人念我，老大伤悲？

已而已而。算此意，只君知。记取岐亭买酒，云洞题诗。争如不见，才相见便有别离时。千里月两地相思。

又 用韵别郭逢道

绿阴啼鸟，《阳关》未彻早催归。歌珠凄断累累。回首海山何处，千里共襟期。叹高山流水，弦断堪悲。

中心怅而。似风雨，落花知。更拟停云君去，细和陶诗。见君何日？待琼林宴罢醉归时。人争看宝马来思。

◎静言孔念，中心怅而。（晋陶渊明《荣木》）

◎子瞻谪岭南，时宰欲杀之。饱吃惠州饭，细和渊明诗。（宋黄庭坚《跋子瞻和陶诗》）

◎琼林宴：即新举进士及第者之恩荣宴也。以在琼林苑中举行，故曰琼林宴。

又

用韵答傅先之，时傅宰龙泉归。

龙泉佳处，种花满县却东归。腰间玉若金累。须信功名富贵，长与少年期。怅高山流水，古调今悲。

卧龙暂而。算天上，有人知。最好五十学《易》，三百篇《诗》。男儿事业，看一日须有致君时。端的了休更寻思。

◎伯牙善鼓琴，钟子期善听。伯牙鼓琴，志在登高山，钟子期曰："善哉，峨峨兮若泰山。"志在流水，钟子期曰："善哉，洋洋兮若江河。"伯牙所念，钟子期必得之。（《列子·汤问》）

◎子曰："假我数年，五十以学《易》，可以无大过矣。"（《论语·述而》）

又 用韵答赵晋臣敷文

不堪鶗鴂，早教百草放春归。江头愁杀吾累。却觉君侯雅句，千载共心期。便留春甚乐，乐了须悲。

琼而素而。被花恼，只莺知。正要千钟角酒，五字裁诗。江东日暮，道绣斧人去未多时，还又要玉殿论思。

◎俟我于著乎而，充耳以素乎而，尚之以琼华乎而。（《诗经·齐风·著》）

◎绣斧：宋代各路提点刑狱及转运、常平通称监司，提刑即汉代绣衣持斧使者。

◎岂敢便为鸡黍约，玉堂金殿要论思。（宋苏轼《次韵蒋颖叔》）

念奴娇 重九席上

龙山何处？记当年高会，重阳佳节。谁与老兵供一笑，落帽参军华发。莫倚忘怀，西风也解，点检尊前客。凄凉今古，眼中三两飞蝶。

须信采菊东篱，高情千载，只有陶彭泽。爱

说琴中如得趣，弦上何劳声切。试把空杯，翁还肯道：何必杯中物。临风一笑，请翁同醉今夕。

◎与桓温善，温辟为安西司马，犹推布衣好。……尝逼温饮，温走入南康主门避之，……奕遂携酒就听事引温一兵帅共饮，曰："失一老兵，得一老兵，亦何所怪。"温不之责。（《晋书·谢奕传》）

又 用韵答傅先之

君诗好处，似邹鲁儒家，还有奇节。下笔如神强押韵，遗恨都无毫发。炙手炎来，掉头冷去，无限长安客。丁宁黄菊，未消勾引蜂蝶。

天上绛阙清都，听君归去；我自癯山泽。人道君才刚百炼，美玉都成泥切。我爱风流，醉中倾倒，丘壑胸中物。一杯相属，莫孤风月今夕。

最高楼 客有败棋者，代赋梅

花知否：花一似何郎，又似沈东阳：瘦棱棱地天然白，冷清清地许多香。笑东君，还又向，北枝忙。

着一阵霎时间底雪，更一个缺些儿底月。山下路，水边墙。风流怕有人知处，影儿守定竹旁厢。且饶他，桃李趁，少年场。

◎何郎：谓何晏。
◎沈东阳：指沈约。
◎大庾岭上梅，南枝落，北枝开。（《白孔六帖》）

又 用韵答赵晋臣敷文

花好处，不趁绿衣郎，缟袂立斜阳。面皮儿上因谁白，骨头儿里几多香？尽饶他，心似铁，也须忙。

甚唤得雪来白倒雪，更唤得月来香杀月。谁立马，更窥墙？将军止渴山南畔，相公调鼎殿东厢。忒高才，经济地，战争场。

归朝欢 题赵晋臣敷文积翠岩

我笑共工缘底怒，触断峨峨天一柱。补天又笑女娲忙，却将此石投闲处。野烟荒草路。先生拄杖来看汝。倚苍苔，摩挲试问：千古几风雨？

长被儿童敲火苦，时有牛羊磨角去。霍然千丈翠岩屏，锵然一滴甘泉乳。结亭三四五。会相暖热携歌舞。细思量：古来寒士，不遇有时遇。

◎牧儿敲火牛砺角，谁复着手为摩挲。（唐韩愈《石鼓歌》）
◆慰人穷愁，坚人壮志。（明卓人月《古今词统》）

鹊桥仙 席上和赵晋臣敷文

少年风月，少年歌舞，老去方知堪羡。叹折腰五斗赋《归来》，问走了羊肠几遍？

高车驷马，金章紫绶，传语渠侬稳便。问东湖带得几多春，且看凌云笔健。

◎为彭泽令，……郡遣督邮至，县吏白应束带见之，潜叹曰："我不能为五斗米折腰向乡里小人！"即日解印绶去职，赋《归去来》。（《宋书·陶潜传》）

◎庾信文章老更成，凌云健笔意纵横。（唐杜甫《戏为六绝》）

上西平 送杜叔高

恨如新，新恨了，又重新。看天上多少浮云？江南好景，落花时节又逢君。夜来风雨，春归似欲留人。

尊如海，人如玉，诗如锦，笔如神。更能几字尽殷勤。江天日暮，何时重与细论文？绿杨阴里，听《阳关》门掩黄昏。

◎正是江南好风景，落花时节又逢君。（唐杜甫《江南逢李龟年》）

◎渭北春天树，江东日暮云。何时一尊酒，重与细论文？（唐杜甫《春日忆李白》）

锦帐春 席上和杜叔高韵

春色难留，酒杯常浅。更旧恨新愁相间。五更风，千里梦，看飞红几片，这般庭院。

几许风流，几般娇懒。问相见何如不见？燕飞忙，莺语乱，恨重帘不卷，翠屏平远。

◆此词以“旧恨新愁”四字总绾全篇。绝好之春光庭院，而眼前只见几片飞红，况昔梦随风，何堪追忆，旧恨与新愁并写。下阕一重帘幕，如隔蓬山，“别时容易见时难”，则由旧恨而动新愁矣。稼轩伤春、怨别之词，大都有感而发。光绪间王鹏运校刊《稼轩词》十二卷，列之《四印斋集》中，题其后云：“层楼风雨黯伤春，烟柳斜阳独怆神。多少江湖忧乐意，漫呼青兕作词人。”稼轩于千载后，得词苑知音矣。（俞陛云《唐五代两宋词选释》）

武陵春 春兴

桃李风前多妩媚，杨柳更温柔。唤取笙歌烂漫游，且莫管闲愁。

好趁晴时连夜赏，雨便一春休。草草杯盘不要收，才晓又扶头。

又

走去走来三百里，五日以为期。六日归时已是疑，应是望多时。

鞭个马儿归去也，心急马行迟。不免相烦喜鹊儿，先报那人知。

◎五日为期，六日不詹。（《诗经·小雅·采绿》）

浣溪沙 别杜叔高

这里裁诗话别离，那边应是望归期。人言心急马行迟。

去雁无凭传锦字，春泥抵死污人衣。海棠过了有荼蘼。

玉蝴蝶 追别杜叔高

古道行人来去，香红满树，风雨残花。望断青山，高处都被云遮。客重来风流觞咏，春已去光景桑麻。苦无多：一条垂柳，两个啼鸦。

人家：疏疏翠竹，阴阴绿树，浅浅寒沙。醉兀篮舆，夜来豪饮太狂些。到如今都齐醒却，只依旧无奈愁何。试听呵：寒食近也，且住为佳。

◎风日有情无处着，初回光景到桑麻。（宋王安石《出郊》）

又 叔高书来戒酒，用韵

贵贱偶然浑似：随风帘幌，篱落飞花。空使儿曹，马上羞面频遮。向空江谁捐玉珮，寄离恨应折疏麻。暮云多。佳人何处？数尽归鸦。

侬家：生涯蜡屐，功名破甑，交友抟沙。往日曾论，渊明似胜卧龙些。算从来人生行乐，休更说日饮亡何。快斟呵；裁诗未稳；得酒良佳。

◎子良问曰："君不信因果，何得富贵贫贱？"缜答曰："人生如树花同发，随风而堕，自有拂帘幌坠于茵席之上，自有关篱墙落于粪溷之中。坠茵席者殿下是也；落粪溷者下官是也。贵贱虽复殊途，因果竟在何处。"（《南史·范缜传》）

◎折疏麻兮瑶华，将以遗兮离居。（《九歌·大司命》）

◎功名一破甑，弃置何用顾。（宋苏轼《游径山》）

玉楼春 效白乐天体

少年才把笙歌盏，夏日非长秋夜短。因他老病不相饶，把好心情都做懒。

故人别后书来劝：乍可停杯强吃饭。云何相见酒边时，却道达人须饮满？

又 用韵答叶仲洽

狂歌击碎村醪盏，欲舞还怜衫袖短。心如溪上钓矶闲，身似道旁官堠懒。

山中有酒提壶劝，好语怜君堪鲊饭。至今有句落人间，渭水秋风黄叶满。谚云：馋如鹞子，懒如堠子。

◎长袖善舞，多钱善贾。（古谚）

◎秋风吹渭水，落叶满长安。（唐贾岛《忆江上吴处士》）

又 用韵答吴子似县尉

君如九酝台黏盏，我似茅柴风味短。几时秋水美人来，长恐扁舟乘兴懒。

高怀自饮无人劝，马有青刍奴白饭。向来珠履玉簪人，颇觉斗量车载满。

◎汉制：宗庙八月饮酎，用九酝、太牢。以正月旦作酒，八月成，名曰酎，一曰九酝。(《西京杂记》)

◎茅柴：《酒史》谓恶酒曰茅柴。

◎赵咨使魏，文帝善之，……曰："吴如大夫者几人？"咨曰："聪明特达者八九十人，如臣之比，车载斗量，不可胜数。"(《三国志·吴志》)

感皇恩

读《庄子》，闻朱晦庵即世。

案上数编书，非《庄》即《老》。会说忘言始知道；万言千句，不自能忘堪笑。今朝梅雨霁，青天好。

一壑一丘，轻衫短帽。白发多时故人少。子云何在？应有《玄经》遗草。江河流日夜，何时了！

◎言者所以在意，得意而忘言；吾安得夫忘言之人而与之言哉。(《庄子·外物》)

◎实好古而乐道，其意欲求文章成名于后世，以为经莫大于《易》，故作《太玄》；传莫大于《论语》，作《法言》。(《汉书·扬雄传》)

贺新郎 题傅君用山园

曾与东山约，为倏鱼从容分得，清泉一勺。堪笑高人读书处，多少松窗竹阁。甚长被游人占却。万卷何言达时用，士方穷早去声与人同乐。新种得，几花药。

山头怪石蹲秋鹗。俯人间尘埃野马，孤撑高攫。拄杖危亭扶未到，已觉云生两脚。更换却朝来毛发。此地千年曾物化，莫呼猿且自多招鹤。吾亦有，一丘壑。

◎儵鱼出游从容，是鱼之乐也。（《庄子·秋水》）

又

用韵题赵晋臣敷文积翠岩，余谓当筑陂于其前。

拄杖重来约。对东风洞庭张乐，满空《箫》《勺》。巨海拔犀头角出，来向此山高阁。尚依旧争前又却。老我伤怀登临际，问何方可以平哀乐？唯是酒，万金药。

劝君且作横空鹗。便休论人间腥腐，纷纷乌攫。九万里风斯在下，翻覆云头雨脚。快直上昆仑濯发。好卧长虹陂十里，是谁言听取双黄鹤。推翠影，浸云壑。

◎行乐交逆，《箫》《勺》群慝。（《汉书·礼乐志》载《安世房中歌》，注："《箫》，舜乐也。《勺》，周乐也。"）

◎翟方进字子威，汝南上蔡人也。……汝南旧有鸿隙大陂，郡以为饶。成帝时关东数水，陂溢为害。方进为相，……以为决去陂水，其地肥美，省堤防费而无水忧，遂奏罢之。……王莽时常枯旱，郡中追怨方进，童谣曰："坏陂谁？翟子威。饭我豆食羹芋魁。反乎覆，陂当复。谁云者？两黄鹄。"（《汉书·翟方进传》，按：鹄即鹤。）

又

韩仲止判院山中见访，席上用前韵。

听我三章约：用《世说》语。有谈功谈名者舞，谈经深酌。作赋相如亲涤器，识字子云投阁。算枉把精神费却。此会不如公荣者，莫呼来政尔妨人乐。医俗士，苦无药。

当年众鸟看孤鹗。意飘然横空直把，曹吞刘攫。老我山中谁来伴？须信穷愁有脚。似剪尽还生僧发。自断此生天休问，倩何人说与乘轩鹤。吾有志，在丘壑。

◎魏长齐雅有体量，而才学非所经。初宦，当出，虞存嘲之曰："与卿约法三章：谈者死，文笔者刑，商略抵罪。"魏怡然而笑，无忤于色。（《世说新语·排调》）

◎相如逸才亲涤器，子云识字终投阁。（唐杜甫《醉时歌》）

◎王戎弱冠诣阮籍，时刘公荣在坐，阮谓王曰："偶有二斗美酒，当与君共饮。彼刘公荣者无预焉。"二人交觞酬酢，公荣遂不得一杯，而言语谈戏，三人无异。或有问之者，阮答曰："胜公荣者不得不与饮，不如公荣者不可不与饮，唯公荣可不与饮酒。"（《世说新语·简傲》）

◎祢衡字正平，平原般人也。……唯善鲁国孔融。融上书荐之曰："……挚鸟累百，不如一鹗。使衡立朝，必有可观。……"（《后汉书·祢衡传》，按："把曹吞刘攫"当指其辱骂曹操及侮慢刘表事。）

◎狄人伐卫，卫懿公好鹤，鹤有乘轩者。将战，国人受甲者皆曰："使鹤。鹤实有禄位，余焉能战。"（《左传》闵公二年）

生查子 简吴子似县尉

高人千丈崖，太古储冰雪。六月火云时，一见森毛发。

俗人如盗泉，照影都昏浊。高处挂吾瓢，不饮吾宁渴。

◎孔子过于盗泉，渴矣而不饮，恶其名也。（《尸子》）

夜游宫 苦俗客

几个相知可喜，才厮见说山说水。颠倒烂熟只这是。怎奈向，一回说，一回美。

有个尖新底，说底话非名即利。说得口干罪过你。且不罪；俺略起，去洗耳。

◎许由字武仲，尧致天下而让焉，由以为污，乃临池洗耳。（《高士传》）

行香子 山居客至

白露园蔬，碧水溪鱼，笑先生钓罢还锄。小窗高卧，风展残书。看《北山移》，《盘谷序》，《辋川图》。

白饭青刍，赤脚长须。客来时酒尽重沽。听风听雨，吾爱吾庐。笑本无心，刚自瘦，此君疏。

◎盘谷序：唐李愿归隐盘谷，韩愈作《送李愿归盘谷序》以赠之。

◎辋川图：辋川为王维所居地，自为图。《唐朝名画录》："王维画《辋川图》，山谷郁盘，云水飞动，意出尘外，怪生笔端。"

品令

族姑庆八十，来索俳语。

更休说，便是个住世观音菩萨；甚今年容貌八十岁，见底道才十八。

莫献寿星香烛，莫祝灵椿龟鹤。只消得把笔轻轻去，十字上添一撇。

感皇恩 庆婶母王恭人七十

七十古来稀，未为稀有。须是荣华更长久。满床靴笏，罗列儿孙新妇。精神浑似个，西王母。

遥想画堂，两行红袖。妙舞清歌拥前后。大男小女，逐个出来为寿。一个一百岁，一杯酒。

雨中花慢

登新楼，有怀赵昌甫、徐斯远、韩仲止、吴子似、杨民瞻。

旧雨常来，今雨不来，佳人偃蹇谁留？幸山中芋栗，今岁全收。贫贱交情落落，古今吾道悠悠。怪新来却见：文《反离骚》，诗《发秦州》。

功名只道，无之不乐；那知有更堪忧！怎奈向儿曹抵死，唤不回头！石卧山前认虎，蚁喧床下闻牛。为谁西望，凭栏一饷，却下层楼。

◎秋，杜子卧病长安旅次，多雨生鱼，青苔及榻，常时车马之客，旧雨来，今雨不来。（唐杜甫《秋述》）

◎锦里先生乌角巾，园收芋栗未全贫。（唐杜甫《南邻》）

◎大哉乾坤内，吾道长悠悠。（唐杜甫《发秦州》）

◎又怪屈原文过相如，至不容，作《离骚》，自投江而死，悲其文，读之未尝不流涕也。以为君子得时则大行，不得时则龙蛇，遇不遇命也，何必湛身哉。乃作书，往往摭《离骚》文而反之，自岷山投诸江流，以吊屈原，名曰《反离骚》。（《汉书·扬雄传》）

◎广出猎，见草中石，以为虎而射之，中石没镞。（《史记·李将军列传》）

◎殷仲堪父病虚悸，闻床下蚁动，谓是牛斗。（《世说新语·纰漏》）

又

吴子似见和，再用韵为别。

马上三年，醉帽吟鞭，锦囊诗卷长留。怅溪山旧管，风月新收。明便关河杳杳，去应日月悠悠。笑千篇索价，未抵蒲桃，五斗凉州。

停云老子，有酒盈尊，琴书端可销忧。浑未解倾身一饱，淅米矛头。心似伤弓塞雁，身如喘月吴牛。晓天凉夜，月明谁伴，吹笛南楼？

◎旧管新收几妆镜，流行坎止一虚舟。（宋黄庭坚《赠李辅圣》，任渊注云：“‘旧管’‘新收’本吏文书中语，山谷取用，所谓以俗为雅也。”）

◎中常侍张让专朝政，孟他以蒲桃酒一斛遗让，即拜凉州刺史。（《三国志·魏书·明帝纪》注引《三辅决录》）

◎三径就荒，松菊犹存。携幼入室，有酒盈罇。……悦亲戚之情话，乐琴书以消忧。（晋陶渊明《归去来辞》）

◎倾身营一饱，少许便有馀。（晋陶渊明《饮酒》）

◎桓玄时与恺之同在仲堪坐，共作了语，……复作危语。玄曰：“矛头淅米剑头炊。”仲堪曰：“百岁老翁攀枯枝。”（《晋书·顾恺之传》）

◎雁从东方来，更羸以虚发而下之。……故疮未息，而惊心未去也。闻弦者，音烈而高飞，故疮陨也。（《战国策·楚策四》）

◎满奋畏风，在晋武帝坐，北窗作琉璃屏，实密似疏，奋有难色，帝笑之，奋答曰：“臣犹吴牛，见月而喘。”（《世说新语·言语》）

浪淘沙 送吴子似县尉

金玉旧情怀，风月追陪，扁舟千里兴佳哉。不似子猷行半路，却棹船回。

来岁菊花开，记我清杯。西风雁过瑱山台。把似倩他书不到，好与同来。

江神子

别吴子似，末章寄潘德久。

看君人物汉西都。过吾庐，笑谈初，便说“公卿，元自要通儒”。一自梅花开了后，长怕说，赋归欤。

而今别恨满江湖，怎消除？算何如：杖屦当时，闻早放教疏？今代故交新贵后，浑不寄，数行书。

◎子在陈曰：“归与，归与，吾党之小子狂简，斐然成章，不知所以裁之。”（《论语·公冶长》）

行香子 博山戏呈赵昌甫、韩仲止

少日尝闻：“富不如贫。贵不如贱者长存。”由来至乐，总属闲人。且饮瓢泉，弄秋水，看停云。

岁晚情亲，老语弥真。记前时劝我殷勤：“都休殢酒，也莫论文。把《相牛经》，种鱼法，教儿孙。”

鹧鸪天

有客慨然谈功名，因追念少年时事，戏作。

壮岁旌旗拥万夫，锦襜突骑渡江初。燕兵夜娖银胡䩮，汉箭朝飞金仆姑。

追往事，叹今吾，春风不染白髭须。却将万字平戎策，换得东家种树书！

◎“娖”同“齪”，意为整理。

◎所不去者，医药卜筮种树之书。（《史记·秦始皇本纪》）

◆稼轩《鹧鸪天》云：“却将万字平戎策，换得东家种树书。”哀而壮，得毋有“烈士暮年”之慨耶。（清陈廷焯《白雨斋词话》）

哨遍

赵昌父之祖季思学士，退居郑圃，有亭名鱼计，宇文叔通为作古赋。今昌父之弟成父，于所居凿池筑亭，榜以旧名，昌父为成父作诗，属余赋词，余为赋《哨遍》。庄周论“于蚁弃知，于鱼得计，于羊弃意”。其义美矣；然上文论虱托于豕而得焚，羊肉为蚁所慕而致残，下文将并结二义，乃独置豕虱不言，而遽论鱼，其义无所从起；又间于羊蚁两句之间，使羊蚁之义离不相属，何耶？其必有深意存焉，顾后人未之晓耳。或言蚁得水而死，羊得水而病，鱼得水而活；此最穿凿，不成义趣。余尝反复寻绎，终未能得；意世必有能读此书而了其义者，他日倘见之而问焉。姑先识余疑于此词云尔。

池上主人，人适忘鱼，鱼适还忘水。洋洋乎，翠藻青萍里。想鱼兮无便于此。尝试思：庄周正谈两事，一明豕虱一羊蚁。说蚁慕于膻，于蚁弃知；又说于羊弃意。甚虱焚于豕独忘之，却骤说于鱼为得计？千古遗文，我不知言，以我非子。

噫。子固非鱼，鱼之为计子焉知。河水深且广，风涛万顷堪依。有网罟如云，鹈鹕成阵，过而留泣计应非。其外海茫茫，下有龙伯，饥时一啖千里。更任公五十犗为饵，使海上人人厌腥味。似鹍鹏变化能几。东游入海此计，直以命为嬉。古来谬算狂图，五鼎烹死，指为平地。嗟鱼欲事远游时，请三思而行可矣。

◎有暖姝者，有濡需者，有卷娄者。……濡需者豕虱是也：择疏鬣，自以为广宫大囿；奎蹄曲隈，乳间股脚，自以为安室利处；不知屠者之一旦鼓臂布草，操烟火，而己与豕俱焦也。……卷娄者舜也。羊肉不慕蚁，蚁慕羊肉，羊肉膻也。舜有膻行，百姓悦之。故三徙成都。……是以神人恶众至，……故无所甚亲，无所甚疏，抱德炀和，以顺天下，此谓真人。于蚁弃知，于鱼得计，于羊弃意。（《庄子·徐无鬼》）

◎惠子曰："我非子，固不知子矣；子固非鱼矣，子之不知鱼之乐全矣。"（《庄子·秋水》）

◎鱼不畏网而畏鹈鹕。（《庄子·外物》）

◎龙伯之国有大人，举足不盈数步，而暨五山之所，一钓而连六鳌，合负而趣归其国。（《列子·汤问》）

◎任公子为大钩巨缁，五十犗以为饵，蹲乎会稽，投竿东海，旦旦而钓，期年不得鱼。已而大鱼食之，牵巨钩錎没而下，骛扬而奋鬐，白波若山，海水震荡。……任公子得若鱼，离而腊之，自制河以东，苍梧以北，莫不厌若鱼者。（《庄子·外物》）

◎北冥有鱼，其名为鲲。鲲之大不知其几千里也，化而为鸟，其名为鹏，鹏之背不知其几千里也。（《庄子·逍遥游》）

◎丈夫生不五鼎食，死则五鼎烹耳。（《汉书·主父偃传》）

◆逸趾方外，纵在矩中。远而望之，隤焉若沮崩崖；就而察之，一字不可移。（明卓人月《古今词统》）

新荷叶 再题傅岩叟悠然阁

种豆南山，零落一顷为萁。岁晚渊明，也吟草盛苗稀。风流划地，向尊前采菊题诗。悠然忽见，此山正绕东篱。

千载襟期，高情想象当时。小阁横空，朝来翠扑人衣。是中真趣，问骋怀游目谁知。无心出岫，白云一片孤飞。

◎种豆南山下，草盛豆苗稀。（晋陶渊明《归田园居》）

◎所以游目骋怀，足以极视听之娱，信可乐也。（晋王羲之《兰亭序》）

◎云无心以出岫，鸟倦飞而知还。（晋陶渊明《归去来辞》）

又

赵茂嘉赵晋臣和韵，见约初秋访悠然，再用韵。

物盛还衰，眼看春叶秋萁。贵贱交情，翟公门外人稀。酒酣耳热，又何须幽愤裁诗。茂林修竹，小园曲迳疏篱。

秋以为期，西风黄菊开时。拄杖敲门，任他颠倒裳衣。去年堪笑，醉题诗醒后方知。而今东望，心随去鸟先飞。

◎物盛而衰，乐极则悲。（《淮南子·道应训》）

◎将子无怒，秋以为期。（《诗经·卫风·氓之蚩蚩》）

◎东方未晞，颠倒裳衣。（《诗经·齐风·东方未明》）

婆罗门引

赵晋臣敷文张灯甚盛，索赋，偶忆旧游，末章因及之。

落星万点，一天宝焰下层霄。人间叠作仙鳌。最爱金莲侧畔，红粉袅花梢。更鸣鼍击鼓，喷玉吹箫。

曲江画桥，记花月，可怜宵。想见闲愁未了，宿酒才消。东风摇荡，似杨柳十五女儿腰。人共柳那个无聊？

◎隔户杨柳弱袅袅，恰似十五女儿腰。（唐杜甫《绝句漫兴九首》）

卜算子 用《庄》语

一以我为牛，一以我为马。人与之名受不辞，善学庄周者。

江海任虚舟，风雨从飘瓦。醉者乘车坠不伤，全得于天也。

◎泰氏，其卧徐徐，其觉于于，一以己为马，一以己为牛，其知情信，其德甚真，而未始入于非人。（《庄子·应帝王》）

◎昔者子呼我牛也而谓之牛，呼我马也而谓之马。苟有其实，人与之名而弗受，再受其殃。（《庄子·天道》）

◎君其涉于江而浮于海，望之而不见其崖，愈往而不知其所穷。……方舟而济于河，有虚船来触舟，虽有惼心之人不怒。……人能虚己以游，世其孰能害之。（《庄子·山木》）

◎夫醉者之坠车，虽疾不死。骨节与人同而犯害与人异，其神全也。……彼得全于酒而犹若是，而况得全于天乎？圣人藏于天，故莫之能伤也。复雠者不折镆干，虽有忮心者不怨飘瓦，是以天下平均，故无攻战之乱。（《庄子·达生》）

又 漫兴三首

夜雨醉瓜庐，春水行秧马。点检田间快活人，未有如翁者。

扫秃兔毫锥，磨透铜台瓦。谁伴扬雄作《解嘲》，乌有先生也。

又

珠玉作泥沙，山谷量牛马。试上累累丘垅看，谁是强梁者？

水浸浅深檐，山压高低瓦。山水朝来笑问人："翁早归来也？"

又

千古李将军，夺得胡儿马。李蔡为人在下中，却是封侯者。

芸草去陈根，笕竹添新瓦。万一朝家举力田，舍我其谁也。

◎李将军广者，陇西成纪人也。……以卫尉为将军，出雁门击匈奴，匈奴兵多，破败广军，生得广。……广时伤病，置广两马间，络而盛卧广，行十馀里，广佯死，睨其旁有一胡儿骑善马，广暂腾而上胡儿马，因推堕儿，取其弓，鞭马南驰数十里，复得其馀军。……初，广之从弟李蔡，与广俱事孝文帝。……元狩二年，代公孙弘为丞相。蔡为人在下中，名声出广下甚远，然广不得爵邑，官不过九卿，而蔡为列侯，位至三公。（《史记·李将军列传》）

◎夫天未欲治平天下也；如欲治平天下，当今之世，舍我其谁也。（《孟子·公孙丑下》）

又

用韵答赵晋臣敷文，赵有真得归、方是闲二堂。

百郡怯登车，千里输流马。乞得胶胶扰扰身，却笑区区者。

野水玉鸣渠，急雨珠跳瓦。一榻清风方是闲，真得归来也。

又

万里籋浮云，一喷空凡马。叹息曹瞒《老骥》诗，伏枥如公者。

山鸟哢窥檐，野鼠饥翻瓦。老我痴顽合住山，此地菟裘也。

◎太乙况，天马下。……籋浮云，晻上驰。（《汉书·礼乐志·郊祀歌》）

◎夫骥之齿至矣，服盐车而上太行。……伯乐遭之，下车攀而哭之，解纻衣以幂之。骥于是俯而喷，仰而鸣，声达于天，若出金石声者。（《战国策·楚策四》）

◎老骥伏枥，志在千里。烈士暮年，壮心不已。（汉曹操《龟虽

寿》)

定风波 赋杜鹃花

百紫千红过了春，杜鹃声苦不堪闻。却解啼教春小住，风雨，空出招得海棠魂。

恰似蜀宫当日女，无数，猩猩血染赭罗巾。毕竟花开谁作主？记取：大都花属惜花人。

又 再用韵和赵晋臣敷文

野草闲花不当春，杜鹃却是旧知闻。谩道不如归去住，梅雨，石榴花又是离魂。

前殿群臣深殿女，□数，赭袍一点万红巾。莫问兴亡今几主，听取，花前毛羽已羞人。

粉蝶儿 和赵晋臣敷文赋落梅

昨日春如、十三女儿学绣。一枝枝不教花瘦。甚无情，便下得，雨僝风僽。向园林铺作地衣红绉。

而今春似、轻薄荡子难久。记前时送春归后：把春波，都酿作，一江醇酎。约清愁杨柳岸边相候。

◆雅淡宜人，绝非红紫队中物。（明卓人月《古今词统》）

生查子 和赵晋臣敷文春雪

漫天春雪来，才抵梅花半。最爱雪边人，《楚些》裁成乱。

雪儿偏解歌，只要金杯满。谁道雪天寒？翠袖阑干暖。

◎唐韩定辞为镇州王镕书记，聘燕，帅刘仁恭舍于宾馆，命试幕客马彧延接。马有诗赠韩，意在征其学问，韩亦于座上酬之曰："……盛德好将银笔述，丽词堪与雪儿歌。"他日彧问以银笔、雪儿之事，韩曰："……雪儿者，李密之爱姬，能歌舞，每见宾僚文章有奇丽入意者，即付雪儿叶音律以歌之。"（五代孙光宪《北梦琐言》）

菩萨蛮

赵晋臣席上。时张菩提叶灯，赵茂嘉扶病携歌者。

看灯元是菩提叶，依然会说菩提法。法似一灯明，须臾千万灯。

灯边花更满，谁把空花散。说与病维摩：而今天女歌。

水调歌头

题赵晋臣敷文真得归、方是闲二堂。

十里深窈窕，万瓦碧参差。青山屋上，流水屋下绿横溪。真得归来笑语，方是闲中风月，剩费酒边诗。点检笙歌了，琴罢更围棋。

王家竹，陶家柳，谢家池。知君勋业未了，不是枕流时。莫向痴儿说梦，且作山人索价，颇怪鹤书迟。一事定嗔我，已办《北山移》。

念奴娇

赵晋臣敷文十月望生日，自赋词，属余和韵。

看公风骨，似长松磊落，多生奇节。世上儿曹都蓄缩，冻芋旁堆秋瓞。结屋溪头，境随人胜，不是江山别。紫云如阵，妙歌争唱新阕。

尊酒一笑相逢，与公臭味，菊茂兰须悦。天上四时调玉烛，万事宜询黄发。看取东归，周家叔父，手把元龟说。祝公长似，十分今夜明月。

◎目（温）峤森森如千丈松，虽礧砢多节，施之大厦，有栋梁之用。（《晋书·庾敳传》）

◎四时和谓之玉烛。（《尔雅·释天》）

◎看取三句：周武王崩，三监及淮夷叛，周公相成王，将东征，作《大诰》，中有云："宁王遗我大宝龟，绍天明即命。""元龟"即"大宝龟"，《尚书》各篇屡见。

喜迁莺

谢赵晋臣敷文赋芙蓉词见寿，用韵为谢。

暑风凉月，爱亭亭无数，绿衣持节。掩冉如羞，参差似妒，拥出芙渠花发。步衬潘娘堪恨，貌比六郎谁洁？添白鹭，晚晴时公子，佳人并列。

休说，搴木末；当日灵均，恨与君王别。心阻媒劳，交疏怨极，恩不甚兮轻绝。千古《离骚》文字，芳至今犹未歇。都休问；但千杯快饮，露荷翻叶。

◎中通外直，不蔓不枝。香远益清，亭亭净植。（宋周敦颐《爱莲说》）

◎掩冉：和柔貌。

◎凿金为莲华，以帖地，令潘妃行其上，曰："此步步生莲华也。"（《南史·齐东昏侯纪》）

◎白鹭忽来，似风标之公子。（唐杜牧《晚晴赋》）

◎采薜荔兮水中，搴芙蓉兮木末。心不同兮媒劳，恩不甚兮轻绝。（《楚辞·九歌·湘君》）

◎芳菲菲而难亏兮，芬至今犹未沫。（《楚辞·离骚》）

◎露荷句：荷叶喻酒杯。露荷翻叶谓一饮倾杯。

洞仙歌

赵晋臣和李能伯韵，属余同和。赵以兄弟皆有职名为宠，词中颇叙其盛，故末章有"裂土分茅"之句。

旧交贫贱，太半成新贵。冠盖门前几行李。看匆匆西笑，争出山来，凭谁问：小草何如远志？

悠悠今古事，得丧乘除，暮四朝三又何异。任掀天事业，冠古文章，有几个笙歌晚岁。况满屋貂蝉未为荣，记裂土分茅，是公家世。

◎关东鄙语曰："人闻长安乐，则出门西向而笑；如闻肉味

美，则对屠门而大嚼。”（辑本汉桓谭《新论·祛蔽》）

◎谢公（安）始有东山之志，严命屡臻，势不获已，始就桓公司马。时人有饷桓公药草，中有远志，公取以问谢：“此药又名小草，何一物而有二称？”谢未即答，时郝隆在坐，应声答曰：“此甚易解：处则为远志，出则为小草。”谢甚有愧色。桓公目谢而笑曰：“郝参军此过乃不恶，亦极有会。”（《世说新语·排调》）

◎劳神明为一，而不知其同也，谓之朝三。何谓朝三？狙公赋芧曰：“朝三而暮四。”众狙皆怒。曰：“然则朝四而暮三。”众狙皆悦。名实未亏而喜怒为用，亦因是也。（《庄子·齐物论》）

江神子 和李能伯韵呈赵晋臣

五云高处望西清，玉阶升，棣华荣。筑屋溪头，楼观画难成。长夜笙歌还起问：谁放月，又西沉？

家传《鸿宝》旧知名。看长生，奉严宸。且把风流，水北画耆英。咫尺西风诗酒社，石鼎句，要弥明。

◎淮南有枕中《鸿宝苑秘书》，书言神仙使鬼物为金之术，及邹衍重道延命方，世人莫见。（《汉书·刘向传》）

◎衡山道士轩辕弥明，自衡山来，旧与刘师服进士衡湘中相识。……有校书郎侯喜新有能诗声，夜与刘说诗，弥明在其侧，……指炉中石鼎谓喜曰：“子云能诗，能与我赋此乎？”刘往见衡湘间人说，云年九十馀矣，……不知其有文也；闻此说大喜，即援笔题其首两句，次传于喜，喜踊跃即缀其下云云。……刘与侯皆已赋十馀韵，弥明应之如响，皆颖脱含讥讽。夜尽三更，二子思竭不能续，因起谢曰：“尊师非世人也，某伏矣，愿为弟子，不敢更论诗。”（唐

韩愈《石鼎联句》诗序）

西江月 和晋臣登悠然阁

一柱中擎远碧，两峰旁耸高寒。横陈削就短长山，莫把一分增减。

我望云烟目断，人言风景天悭。被公诗笔尽追还，更上层楼一览。

破阵子 赵晋臣敷文幼女县主觅词

菩萨丛中惠眼，《硕人》诗里蛾眉。天上人间真福相，画就描成好靥儿。行时娇更迟。

劝酒偏他最劣，笑时犹有些痴。更着十年君看取，两国夫人更是谁。殷勤秋水词。

◎螓首蛾眉，巧笑倩兮，美目盼兮。（《诗经·卫风·硕人》）

西江月 和赵晋臣敷文赋秋水瀑泉

八万四千偈后，更谁妙语披襟？纫兰结佩有同心，唤取诗翁来饮。

镂玉裁冰着句，高山流水知音。胸中不受一尘侵，却怕灵均独醒。

◎东坡游庐山，至东林寺，作二偈，其一云："溪声便是广长舌，山色岂非清净身。夜来八万四千偈，他日如何举似人。"……山谷云："此老人于般若横说竖说，了无剩语，非其笔端有口，亦安能

吐此不传之妙！”（《冷斋夜话》“东坡庐山偈”条）

太常引

寿赵晋臣敷文。彭溪，晋臣所居。

论公耆德旧宗英。吴季子，百馀龄，奉使老于行，更看舞听歌最精。

须同卫武，九十入相，菉竹自青青。富贵出长生，记门外清溪姓彭。

◎王馀祭四年，吴使季札聘于鲁，请观周乐。为歌《周南》、《召南》，曰："美哉，始基之矣，犹未也。然勤而不怨。"……见舞《象箾》、《南籥》者，曰："美哉，犹有憾。"（《史记·吴太伯世家》）

又 赋十四弦

仙机似欲织纤罗，仿佛度金梭。无奈玉纤何。却弹作清商恨多。

朱帘影里，如花半面，绝胜隔帘歌。世路苦风波。且痛饮《公无渡河》。

◎霍里子高晨起刺船而棹，有一白首狂夫披发提壶，乱流而渡，其妻随呼止之，不及，遂堕河水死，于是援箜篌而鼓之，作《公无渡河》之歌，声甚凄怆。曲终，自投河而死。（《古今注》）

满江红 呈赵晋臣敷文

老子平生，元自有金盘华屋。还又要万间寒

士，眼前突兀。一舸归来轻似叶，两翁相对清如鹄。道如今吾亦爱吾庐，多松菊。

人道是，荒年谷；还又似，丰年玉。甚等闲却为，鲈鱼归速？野鹤溪边留杖屦，行人墙外听丝竹。问近来风月几篇诗？三千轴。

◎安得广厦千万间，大庇天下寒士尽欢颜，风雨不动安如山！呜呼，何时眼前突兀见此屋，吾庐独破受冻死亦足。（唐杜甫《茅屋为秋风所破歌》）

◎想见茅檐照水开，两翁相对清如鹄。（宋苏轼《题别子由诗后》）

◎世称庾文康（亮）为丰年玉，稚恭（翼）为荒年谷。庾家论云是文康称恭为荒年谷，庾长仁（统）为丰年玉。（《世说新语·赏誉》）

◎翰林风月三千首，吏部文章二百年。（宋欧阳修《寄王介甫》）

又 游清风峡，和赵晋臣敷文韵

两峡崭岩，问谁占清风旧筑？更满眼云来鸟去，涧红山绿。世上无人供笑傲，门前有客休迎肃。怕凄凉无物伴君时，多栽竹。

风采妙，凝冰玉。诗句好，馀膏馥。叹只今人物，一夔应足。人似秋鸿无定住，事如飞弹须圆熟。笑君侯陪酒又陪歌，《阳春曲》。

◎他人不足，甫乃厌馀，残膏剩馥，沾丐后人。故元稹谓诗人以

来未有如子美者。(《新唐书·杜甫传赞》)

◎鲁哀公问于孔子曰:“吾闻夔一足,信乎?”对曰:“夔人也,何故一足?彼其无他异而独通于声,尧曰:如夔者一而足矣。使为乐正。非一足也。”(《韩非子·外储说》)

鹧鸪天 和赵晋臣敷文韵

绿鬓都无白发侵,醉时拈笔越精神。爱将芜语追前事,更把梅花比那人。

回急雪,遏行云。近时歌舞旧时情。君侯要识谁轻重,看取金杯几许深。

又 祝良显家牡丹一本百朵

占断雕栏只一株,春风费尽几工夫。天香夜染衣犹湿,国色朝酣酒未苏。

娇欲语,巧相扶。不妨老干自扶疏。恰如翠幕高堂上,来看红衫《百子图》。

◎会春暮,内殿赏牡丹花,上(文宗)颇好诗,因问(程)修己曰:“今京邑传唱牡丹花诗,谁为首出?”对曰:“臣尝闻公卿间多吟赏中书舍人李正封诗曰:天香夜染衣,国色朝酣酒。”……上笑谓贤妃曰:“妆镜台前宜饮以一紫金盏酒,则正封之诗见矣。”(唐李浚《松窗杂录》)

又

赋牡丹。主人以谤花,索赋解嘲。

翠盖牙签几百株,杨家姊妹夜游初。五花结

队香如雾，一朵倾城醉未苏。

闲小立，困相扶，夜来风雨有情无？愁红惨绿今宵看，却似吴宫教阵图。

又 再　赋

浓紫深黄一画图，中间更有玉盘盂。先裁翡翠装成盖，更点胭脂染透酥。

香潋滟，锦模糊。主人长得醉工夫。莫携弄玉栏边去，羞得花枝一朵无。

又 再赋牡丹

去岁君家把酒杯，雪中曾见牡丹开。而今纨扇熏风里，又见疏枝月下梅。

欢几许，醉方回。明朝归路有人催。低声待向他家道：“带得歌声满耳来。”

◆上片雪中牡丹，纨扇疏梅，皆指歌女，否则末句“带得歌声满耳来”便无着落。（吴世昌《词林新话》）

菩萨蛮 题云岩

游人占却岩中屋，白云只在檐头宿。啼鸟苦相催，夜深归去来。

松篁通一径，噤嗲山花冷。今古几千年，西乡小有天。

◎大天之内有洞三十六所，第一王屋山之洞，周回万里，名曰小有青虚之天。(《茅君内传》)

又 重到云岩，戏徐斯远

君家玉雪花如屋，未应山下成三宿。啼鸟几曾催？西风犹未来。

山房连石径，云卧衣裳冷。倩得李延年，清歌送上天。

行香子 云岩道中

云岫如簪，野涨挼蓝。向春阑绿醒红酣。青裙缟袂，两两三三。把曲生禅，玉版局，一时参。

拄杖弯环。过眼嵌岩。岸轻乌白发鬖鬖。他年来种，万桂千杉。听小绵蛮，新格磔，旧呢喃。

◎东坡又尝要刘器之同参玉版和尚，至廉泉寺，烧笋而食，器之觉笋味殊胜，问此笋何名，东坡曰："即玉版也。此老师善说法，要能令人得禅悦之味。"于是器之乃悟其戏。(《冷斋夜话》"东坡戏作偈语"条)

◎绵蛮黄鸟，止于丘隅。(《诗经·小雅·绵蛮》)

洞仙歌

浮石山庄，余友月湖道人何同叔之别墅也。山类罗浮，故以名。同叔尝作《游山次序榜》示余，且索词，为赋《洞仙歌》以遗之。同叔顷游罗浮，遇一老人，庞眉幅巾，语同叔云："当有晚年之契。"盖仙云。

松关桂岭，望青葱无路。费尽银钩榜佳处。怅空山岁晚，窈窕谁来，须着我，醉卧石楼风雨。

仙人琼海上，握手当年，笑许君携半山去。劖叠嶂卷飞泉，洞府凄凉，又却怪先生多取。怕夜半罗浮有时还，好长把云烟，再三遮住。

千年调

开山径得石壁，因名曰苍壁。事出望外，意天之所赐邪，喜而赋。

左手把青霓，右手挟明月。吾使丰隆前导，叫开阊阖。周游上下，径入寥天一。览玄圃，万斛泉，千丈石。

钧天广乐，燕我瑶之席。帝饮予觞甚乐，赐汝苍壁。嶙峋突兀，正在一丘壑。余马怀，仆夫悲，下恍惚。

◎吾令丰隆乘云兮。(《楚辞·离骚》，注："丰隆云师，一曰雷师。")

◎吾令帝阍开关兮，倚阊阖而望予。(《楚辞·离骚》，注："阊阖，天门也。")

◎及余饰之方壮兮，周流观乎上下。(《楚辞·离骚》)

◎安排而去化，乃入于寥天一。(《庄子·大宗师》)，按：寥天一谓天之空虚至一者。)

◎朝发轫于苍梧兮，夕余至乎县圃。(《楚辞·离骚》，注云："县圃神山，在昆仑之上。")

◎赵简子疾，五日不知人。……居二日半，简子寤，语大夫曰：

“我之帝所甚乐，与百神游于钧天，广乐九奏万舞，不类三代之乐。……帝甚喜，赐我二笥，皆有副。”（《史记·赵世家》）

◎瑶席兮玉瑱，盍将把兮琼芳。（《楚辞·九歌·东皇太一》）

◎仆夫悲余马怀兮，蜷局顾而不行。（《楚辞·离骚》）

◆ 古色苍苍然。（明卓人月《古今词统》）

临江仙

苍壁初开，传闻过实，客有来观者，意其如积翠、清风、岩石、玲珑之胜，既见之，乃独为是突兀而止也，大笑而去。主人戏下一转语，为苍壁解嘲。

莫笑吾家苍壁小，棱层势欲摩空。相知惟有主人翁。有心雄泰华，无意巧玲珑。

天作高山谁得料，解嘲试倩扬雄。君看当日仲尼穷，从人贤子贡，自欲学周公。

贺新郎

邑中园亭，仆皆为赋此词。一日，独坐停云，水声山色，竞来相娱，意溪山欲援例者，遂作数语，庶几仿佛渊明思亲友之意云。

甚矣吾衰矣。怅平生交游零落，只今馀几！白发空垂三千丈，一笑人间万事。问何物能令公喜？我见青山多妩媚，料青山见我应如是。情与貌，略相似。

一尊搔首东窗里。想渊明《停云》诗就，此时风味。江左沉酣求名者，岂识浊醪妙理。回首叫云飞风起。不恨古人吾不见，恨古人不见吾狂耳。知我者，二三子。

◎白发三千丈，缘愁似个长。（唐李白《秋浦歌》）

◎张融善草书，常自美其能。帝曰："卿书殊有骨力，但恨无二王法。"答曰："非恨臣无二王法，亦恨二王无臣法。"……常叹曰："不恨我不见古人，所恨古人又不见我。"（《南史·张融传》）

◆ 此词稼轩自拟彭泽诗意，然彭泽一爵酣如，二爵訚訚，如此则"坎坎鼓我，蹲蹲舞我"矣。（明卓人月《古今词统》）

又 再用前韵

鸟倦飞还矣。笑渊明缾中储粟，有无能几。莲社高人留翁语，我醉宁论许事。试沽酒重斟翁喜。一见萧然音韵古，想东篱醉卧参差是。千载下，竟谁似。

元龙百尺高楼里，把新诗殷勤问我，停云情味。北夏门高从拉擺，何事须人料理。翁曾道"繁华朝起"。尘土人言宁可用，顾青山与我何如耳。歌且和，楚狂子。

◎余家贫，耕植不足以自给，幼稚盈室，缾无储粟。（晋陶渊明《归去来辞》序）

◎任恺既失权势，不复自检括，或谓和峤曰："卿何以坐视元裒败而不救？"和曰："元裒如北夏门，拉擺自欲坏，非一木所能支。"（《世说新语·任诞》）

◎采采荣木，于兹托根。繁华朝起，慨暮不存。（晋陶渊明《荣

木》)

◎楚狂接舆歌而过孔子曰:"凤兮凤兮,何德之衰。往者不可谏,来者犹可追。已而,已而,今之从政者殆而。"(《论语·微子》)

柳梢青

辛酉生日前两日,梦一道士话长年之术,梦中痛以理折之,觉而赋八难之辞。

莫炼丹难。黄河可塞,金可成难。休辟谷难。吸风饮露,长忍饥难。

劝君莫远游难。何处有西王母难。休采药难。人沉下土,我上天难。

◎辟谷:道家谓神仙以辟谷为下,然却粒则无滓浊,无滓浊则不漏,由此亦可入道。

◎藐姑射之山,有神人居焉,肌肤若冰雪,绰约若处子,不食五谷,吸风饮露。(《庄子·逍遥游》)

江神子 侍者请先生赋词自寿

两轮屋角走如梭,太忙些,怎禁他。拟倩何人,天上劝羲娥:何似从容来少住,倾美酒,听高歌。

人生今古不消磨,积教多,似尘沙。未必坚牢,刬地事堪嗟。莫道长生学不得,学得后,待如何!

◎羲娥：日神羲和，月神嫦娥。

临江仙 壬戌岁生日书怀

六十三年无限事，从头悔恨难追。已知六十二年非。只应今日是，后日又寻思。

少是多非惟有酒，何须过后方知。从今休似去年时：病中留客饮，醉里和人诗。

又

醉帽吟鞭花不住，却招花共商量。人生何必醉为乡。从教斟酒浅，休更和诗忙。

一斗百篇风月地，饶他老子当行。从今三万六千场。青青头上发，还作柳丝长。

又 簪花屡堕，戏作

鼓子花开春烂熳，荒园无限思量。今朝拄杖过西乡。急呼桃叶渡，为看牡丹忙。

不管昨宵风雨横，依然红紫成行。白头陪奉少年场。一枝簪不住，推道帽檐长。

水龙吟 别傅倅先之。时傅有召命

只愁风雨重阳，思君不见令人老。行期定否？征车几辆，去程多少？有客书来，长安却早，传闻追诏。问归来何日？君家旧事，直须待，为霖了。

从此兰生蕙长，吾谁与玩兹芳草？自怜拙者，功名相避，去如飞鸟。只有良朋，东阡西陌，安排似巧。到如今巧处，依前又拙，把平生笑。

◎思君令人老，岁月忽已晚。（《古诗十九首》）

◎惜吾不及古之人兮，吾谁与玩此芳草？（《楚辞·九章·思美人》）

又

老来曾识渊明，梦中一见参差是。觉来幽恨，停觞不御，欲歌还止。白发西风，折腰五斗，不应堪此。问北窗高卧，东篱自醉，应别有，归来意。

须信此翁未死，到如今凛然生气。吾侪心事，古今长在，高山流水。富贵他年，直饶未免，也应无味。甚东山何事，当时也道，为苍生起。

◎庾道季云："廉颇、蔺相如，虽千载上死人，懔懔恒如有生气。"（《世说新语·品藻》）

◎谢安在东山居布衣时，兄弟已有富贵者，翕集家门，倾动人物。刘夫人戏谓安曰："大丈夫不当如此乎？"谢乃捉鼻曰："但恐不免耳。"（《世说新语·排调》）

鹧鸪天 和傅先之提举赋雪

泉上长吟我独清，喜君来共雪争明。已惊并水鸥无色，更怪行沙蟹有声。

添爽气，动雄情。奇因六出忆陈平。却嫌鸟雀投林去，触破当楼云母屏。

◎桓宣武平蜀，集参僚，置酒于李势殿，巴蜀缙绅莫不来萃。桓既素有雄情爽气，加尔日音调英发，叙古今成败由人，存亡系才，其状磊落，一坐叹赏。(《世说新语·豪爽》)

◎陈丞相平者，阳武户牖乡人也。……高帝南过曲逆，……乃诏御史更以陈平为曲逆侯，尽食之，除前所食户牖。其后常以护军中尉从攻陈豨及黥布，凡六出奇计，辄益邑，凡六益封。奇计或颇秘，世莫能闻也。(《史记·陈丞相世家》，按：此因雪花六出而联想及六出奇计之陈平也。)

贺新郎

严和之好古博雅，以严本庄姓，取蒙庄、子陵四事：曰濮上、曰濠梁、曰齐泽、曰严濑，为四图，属余赋词。余谓蜀君平之高，扬子云所谓"虽隋和何以加诸"者，班孟坚独取子云所称述为王贡诸传《序引》，不敢以其姓名列诸传，尊之也。故余以谓和之当并图君平像，置之四图之间，庶几严氏之高节备焉。作《乳燕飞》词使歌之。

濮上看垂钓。更风流羊裘泽畔，精神孤矫。楚汉黄金公卿印，比着鱼竿谁小？但过眼才堪一笑。惠子焉知濠梁乐，望桐江千丈高台好。烟雨外，几鱼鸟。

古来如许高人少。细平章两翁似与，巢由同

调。已被尧知方洗耳，毕竟尘污人了。要名字人间如扫。我爱蜀庄沉冥者，解门前不使征车到。君为我，画三老。

◎庄子钓于濮水，楚王使大夫二人往先焉，曰："愿以境内累矣。"庄子持竿不顾。(《庄子·秋水》)

◎严光字子陵，一名遵，会稽馀姚人也。少有高名，与光武同游学。及光武即位，乃变名姓，隐身不见。帝思其贤，乃令以物色访之。后齐国上言有一男子披羊裘钓泽中。帝疑其光，乃备安车玄纁，遣使聘之，三反而后至。……除为谏议大夫，不屈，乃耕于富春山。后人名其钓处为严陵濑焉。建武十七年，复特征之不到。(《后汉书·逸民传》)

◎蜀庄沉冥，蜀庄之才之珍也。不作苟见，不治苟得，久幽而不改其操，虽隋和何以加诸。(《扬子法言·问明》)

南乡子

送赵国宜赴高安户曹。赵乃茂嘉郎中之子。茂嘉尝为高安幕官，题诗甚多。

日日老莱衣，更解风流蜡凤嬉。膝上放教文度去，须知：要使人看玉树枝。

剩记乃翁诗，绿水红莲觅旧题。归骑春衫花满路，相期：来岁流觞曲水时。

◎老莱子至孝，年七十，着五色斑斓衣，弄雏乌于亲侧。(《孝子传》)

◎僧虔，僧绰弟也。父昙首与兄弟集会子孙，任其戏。……僧绰采蜡烛珠为凤皇，僧达夺取打坏，亦复不惜。……或云僧虔采烛珠

为凤皇，弘称其长者云。（《南史·王僧虔传》）

◎王文度为桓公长史，时桓为儿求王女，王许咨蓝田。既还，蓝田爱念文度，虽长大犹抱着膝上。（《世说新语·方正》，按：晋王坦之字文度，蓝田谓其父王述。）

◎谢太傅问诸子侄："子弟亦何预人事，而正欲使其佳？"诸人莫有言者，车骑（谢玄）答曰："譬如芝兰玉树，欲使其生于阶庭耳。"（《世说新语·言语》）

永遇乐 赋梅雪

怪底寒梅，一枝雪里，直恁愁绝。问讯无言，依稀似妒，天上飞英白。江山一夜，琼瑶万顷，此段如何妒得。细看来风流添得，自家越样标格。

晚来楼上，对花临镜，学作半妆宫额。着意争妍，那知却有，人妒花颜色。无情休问，许多般事，且自访梅踏雪。待行过溪桥夜半，更邀素月。

◎元帝徐妃讳昭佩，无容质，不见礼。帝三二年一入房。妃以帝眇一目，每知帝至，必为半面妆以俟，帝见则大怒而去。（《南史·梁元帝徐妃传》）

贺新郎

别茂嘉十二弟。鹈鴂杜鹃实两种，见《离骚补注》。

绿树听鹈鴂。更那堪鹧鸪声住，杜鹃声切。啼到春归无寻处，苦恨芳菲都歇。算未抵人间离别。马上琵琶关塞黑，更长门翠辇辞金阙。看燕燕，送归妾。

将军百战身名裂。向河梁回头万里，故人长绝。易水萧萧西风冷，满座衣冠似雪。正壮士悲歌未彻。啼鸟还知如许恨，料不啼清泪长啼血。谁共我，醉明月？

◎定姜者，卫定公之夫人，公子之母也。公子既娶而死，其妇无子，定姜归其妇，自送之，至于野。乃赋诗曰："燕燕于飞，差池其羽，之子于归，远送于野。瞻望不及，涕泣如雨。"（《列女传》）

◎秦王之遇燕太子丹不善，故丹怨而亡归，归而求为报秦王者。……于是尊荆卿为上卿，舍上舍，……恣荆轲所欲，以顺适其意。久之，……遂发。太子及宾客知其事者，皆白衣冠以送之。至易水之上，既祖，取道，高渐离击筑，荆轲和而歌，为变征之声，士皆垂泪涕泣。又前而歌曰："风萧萧兮易水寒，壮士一去兮不复还。"复为羽声慷慨。士皆瞋目，发尽上指冠。于是荆轲就车而去，终已不顾。（《史记·荆轲传》）

◆尽集许多怨事，太白《拟恨赋》手段。慧于骨髓。（明沈际飞《草堂诗馀别集》）

◆（上片）北都旧恨。（下片）南渡新恨。（清周济《宋四家词选》）

◆稼轩词，自以《贺新郎·别茂嘉十二弟》一篇为冠。沉郁苍凉，跳跃动荡，古今无此笔力。（清陈廷焯《白雨斋词话》）

◆稼轩《贺新郎》词"送茂嘉十二弟"，章法绝妙，且语语有境界，此能品而几于神者，然非有意为之，故后人不能学也。（清王国维《人间词话》）

永遇乐 戏赋辛字，送茂嘉十二弟赴调

烈日秋霜，忠肝义胆，千载家谱。得姓何年，

细参辛字，一笑君听取：艰辛做就，悲辛滋味，总是辛酸辛苦。更十分向人辛辣，椒桂捣残堪吐。

世间应有，芳甘浓美，不到吾家门户。比着儿曹，累累却有，金印光垂组。付君此事，从今直上，休忆对床风雨。但赢得靴纹绉面，记余戏语。

◎英烈言言，如严霜烈日，可畏而仰哉！（《新唐书·段秀实颜真卿传》）

西江月 示儿曹，以家事付之

万事云烟忽过，百年蒲柳先衰。而今何事最相宜？宜醉宜游宜睡。

早趁催科了纳，更量出入收支。乃翁依旧管些儿：管竹管山管水。

◎顾悦与简文同年而发早白，简文曰："卿何以先白？"对曰："蒲柳之姿，望秋而落；松柏之质，经霜弥茂。"（《世说新语·言语》）

感皇恩 寿铅山陈丞及之

富贵不须论，公应自有；且把新词祝公寿。当年仙桂，父子同攀希有。人言金殿上，他年又。

冠冕在前，周公拜手，同日催班鲁公后。此时人羡，绿鬓朱颜依旧。亲朋来贺喜，休辞酒。

丑奴儿 和铅山陈簿韵二首

鹅湖山下长亭路，明月临关。明月临关，几阵西风落叶干。

新词谁解裁冰雪，笔墨生寒。笔墨生寒，会说离愁千万般。

又

年年索尽梅花笑，疏影黄昏。疏影黄昏，香满东风月一痕。

清诗冷落无人寄，雪艳冰魂。雪艳冰魂，浮玉溪头烟树村。

临江仙 戏为期思詹老寿

手种门前乌柏树，而今千尺苍苍。田园只是旧耕桑。杯盘风月夜，箫鼓子孙忙。

七十五年无事客，不妨两鬓如霜。绿窗划地调红妆。更从今日醉，三万六千场。

◆未尝不以百岁为祝，然不堕谄谀者，笔力高也。（明卓人月《古今词统》）

玉楼春

有自九江以石中作观音像持送者，因以词赋之。

琵琶亭畔多芳草，时对香炉峰一笑。偶然重

傍玉溪东，不是白头谁觉老。

补陀大士神通妙，影入石头光了了。肯来持献可无言，长似慈悲颜色好。

鹊桥仙 赠鹭鹚

溪边白鹭，来吾告汝："溪里鱼儿堪数。主人怜汝汝怜鱼，要物我欣然一处。

白沙远浦，青泥别渚，剩有鰕跳鳅舞。听君飞去饱时来，看头上风吹一缕。"

河渎神 女城祠，效《花间》体

芳草绿萋萋，断肠绝浦相思。山头人望翠云旗，蕙肴桂酒君归。

惆怅画檐双燕舞，东风吹散灵雨。香火冷残箫鼓，斜阳门外今古。

鹧鸪天 石门道中

山上飞泉万斛珠，悬崖千丈落鼪鼯。已通樵迳行还碍，似有人声听却无。

闲略彴，远浮屠。溪南修竹有茅庐。莫嫌杖屦频来往，此地偏宜着老夫。

辛弃疾词集卷五

浣溪沙 常山道中即事

北陇田高踏水频，西溪禾早已尝新，隔墙沽酒煮纤鳞。

忽有微凉何处雨，更无留影霎时云。卖瓜人过竹边村。

◆咏乡村风物，潇逸出尘。稼轩于荣利之场，能奉身勇退，其高洁本于天性，故其写野趣弥真也。（俞陛云《唐五代两宋词选释》）

汉宫春 会稽蓬莱阁观雨

秦望山头，看乱云急雨，倒立江湖。不知云者为雨，雨者云乎。长空万里，被西风变灭须臾。回首听月明天籁，人间万窍号呼。

谁向若耶溪上，倩美人西去，麋鹿姑苏？至今故国人望，一舸归欤。岁云暮矣，问何不鼓瑟吹竽？君不见王亭谢馆，冷烟寒树啼乌。

◎云者为雨乎？雨者为云乎？（《庄子·天运》）

◎汝闻人籁而未闻地籁，汝闻地籁而未闻天籁夫。……夫大块噫气，其名为风，是唯无作，作则万窍怒号。而独不闻之翏翏乎。（《庄子·齐物论》）

◎西子下姑苏，一舸逐鸱夷。（唐杜牧《杜秋娘》）

◆当其落笔风雨疾。（明卓人月《古今词统》）

◆前半写景，后半书感，皆极飞动之致。写风雨数语，有云垂海立气概。下阕慨叹西子，徒沼吴宫而美人不返，悲吴宫兼惜美人，此意颇新警。后更言“王亭谢馆”同付消沉，宁独五湖人远！感叹尤深。（俞陛云《唐五代两宋词选释》）

又 会稽秋风亭怀古

亭上秋风，记去年袅袅，曾到吾庐。山河举目虽异，风景非殊。功成者去，觉团扇便与人疏。吹不断斜阳依旧，茫茫禹迹都无。

千古茂陵词在，甚风流章句，解拟相如。只今木落江冷，眇眇愁余。故人书报：“莫因循忘却莼鲈。”谁念我新凉灯火，一编《太史公书》。

◎茂陵词：茂陵，汉武帝陵名。汉武帝《秋风辞》云：“秋风起兮白云飞，草木黄落兮雁南归。兰有秀兮菊有芳，怀佳人兮不能忘。泛楼船兮济汾河，横中流兮扬素波。箫鼓鸣兮发棹歌，欢乐极兮哀情多。少壮几时兮奈老何。”

◎时秋积雨霁，新凉入郊墟。灯火稍可亲，简编可卷舒。（唐韩愈《符读书城南》）

◆读此结句，知幼安之门高于汉史之龙门；读后结句，知幼安之户冷于晋贤之凤户。（明卓人月《古今词统》）

◆高绝。超绝。既沉着，又风流；既婉转，又直捷。句意深长，尤为千古杰作。迹似渊明，志如子美。（清陈廷焯《云韶集》）

又 答李兼善提举和章

心似孤僧，更茂林修竹，山上精庐。维摩定自非病，谁遣文殊。白头自昔，叹相逢语密情疏。倾盖处论心一语，只今还有公无。

最喜《阳春》妙句，被西风吹堕，金玉铿如。夜来归梦江上，父老欢予。荻花深处，唤儿童吹火烹鲈。归去也绝交何必，更修山巨源书。

◎谚曰：白头如新，倾盖如故。何则，知与不知也。（《史记·邹阳列传》）

◎一尺鲈鱼新钓得，儿孙吹火荻花中。（唐郑谷《渔者》）

◎绝交、山巨源书：晋山涛字巨源，与嵇康友善，为吏部郎，欲举康自代，康怨其不知己，因自说其不堪流俗而致《绝交书》。

又 答吴子似总干和章

达则青云，便玉堂金马；穷则茅庐。逍遥小大自适，鹏鷃何殊。君如星斗，灿中天密密疏疏。荒草外自怜萤火，清光暂有还无。

千古季鹰犹在，向松江道我，问讯何如。白头爱山下去，翁定嗔予：“人生谩尔，岂食鱼必鲙之鲈。”还自笑君诗顿觉，胸中万卷藏书。

上西平 会稽秋风亭观雪

九衢中，杯逐马，带随车。问谁解爱惜琼华。何如竹外，静听窣窣蟹行沙。自怜是，海山头种玉人家。

纷如斗，娇如舞，才整整，又斜斜。要图画还我渔蓑。冻吟应笑，羔儿无分谩煎茶。起来极目，向弥茫数尽归鸦。

◎杨公伯雍，……性笃孝，父母亡葬无终山，遂家焉。山高八十里，上无水，公汲水作义浆于阪头，行者皆饮之。三年，有一人就饮，以一斗石子与之，使至高平好地有石处种之，云：“玉当生其中。”杨公未娶，又语云：“汝后当得好妇。”语毕不见，乃种其石。……有徐氏者，右北平著姓女，甚有行，时人求多不许，公乃试求徐氏，徐氏笑以为狂，因戏云：“得白璧一双来，当听为婚。”公至所种玉田中，得白璧五双以聘，徐氏大惊，遂以女妻公。（《搜神记》）

满江红

紫陌飞尘，望十里雕鞍绣毂。春未老已惊台榭，瘦红肥绿。睡雨海棠犹倚醉，舞风杨柳难成曲。问流莺能说故园无？曾相熟。

岩泉上，飞凫浴。巢林下，栖禽宿。恨荼蘼开晚，谩翻红玉。莲社岂堪谈昨梦，兰亭何处寻遗墨？但羁怀空自倚秋千，无心蹴。

◎应是绿肥红瘦。（宋李清照《如梦令》）

生查子

梅子褪花时，直与黄梅接。烟雨几曾开，一春江里活。

富贵使人忙，也有闲时节。莫作路旁花，长教人看杀。

◎卫玠从豫章至下都，人久闻其名，观者如堵墙。玠先有羸疾，体不堪劳，遂成病而死。时人谓看杀卫玠。（《世说新语·容止》）

又 题京口郡治尘表亭

悠悠万世功，矻矻当年苦。鱼自入深渊，人自居平土。

红日又西沉，白浪长东去。不是望金山，我自思量禹。

南乡子 登京口北固亭有怀

何处望神州？满眼风光北固楼。千古兴亡多

少事，悠悠，不尽长江滚滚流。

年少万兜鍪，坐断东南战未休。天下英雄谁敌手？曹刘。生子当如孙仲谋。

◎无边落木萧萧下，不尽长江滚滚来。（唐杜甫《登高》）

◎是时曹公从容谓先主曰："今天下英雄惟使君与操耳，本初之徒不足数也。"（《三国志·蜀先主传》）

◎曹公出濡须，……坚守不出，权乃自来，乘轻船从濡须口入公军，诸将皆以为是挑战者，欲击之。公曰："此必孙权，欲身见吾军部伍也。"敕军中皆精严，弓弩不得忘发。权行五六里，回还作鼓吹，公见舟船、器仗、军伍整肃，喟然叹曰："生子当如孙仲谋，刘景升儿子若豚犬耳。"（《三国志》注引《吴历》）

◆魄力之大，虎视千古。（清陈廷焯《云韶集》）

瑞鹧鸪 京口有怀山中故人

暮年不赋短长词，和得渊明数首诗。君自不归归甚易，今犹未足足何时。

偷闲定向山中老，此意须教鹤辈知。闻道只今秋水上，故人曾榜《北山移》。

又 京口病中起登连沧观偶成

声名少日畏人知，老去行藏与愿违。山草旧曾呼远志，故人今又寄当归。

何人可觅安心法？有客来观杜德机。却笑使君那得似：清江万顷白鸥飞！

◎郑有神巫曰季咸，知人之生死存亡，祸福寿夭。列子与之见壶子，出而谓列子曰："嘻，子之先生死矣，弗活矣。……"列子入，泣涕沾襟，以告壶子，壶子曰："乡吾示之以地文，萌乎不震不正，是殆见吾杜德机也。"（《庄子·应帝王》，按：杜谓杜塞，德机不发，故曰杜德机。）

又

胶胶扰扰几时休？一出山来不自由。秋水观中山月夜，停云堂下菊花秋。

随缘道理应须会，过分功名莫强求。先自一身愁不了，那堪愁上更添愁。

永遇乐 京口北固亭怀古

千古江山，英雄无觅，孙仲谋处。舞榭歌台，风流总被，雨打风吹去。斜阳草树，寻常巷陌，人道寄奴曾住。想当年金戈铁马，气吞万里如虎。

元嘉草草，封狼居胥，赢得仓皇北顾。四十三年，望中犹记，烽火扬州路。可堪回首，佛狸祠下，一片神鸦社鼓。凭谁问：廉颇老矣，尚能饭否？

◎寄奴：南朝宋武帝刘裕字德舆，小字寄奴。自其高祖随晋渡江，即居于晋陵郡丹徒县之京口里。

◎元嘉：南朝宋文帝年号。

◎元狩四年春，上令大将军青，骠骑将军去病，将各五万骑，……骠骑始为出定襄，当单于。……约轻赍，绝大幕，涉获章渠，以诛比车耆。……封狼居胥山，禅于姑衍，登临翰海。（《史记·骠骑列传》）

◎（元嘉八年）上以滑台战守弥时，遂至陷没，乃作诗曰：“逆虏乱疆埸，边将婴寇仇。……惆怅惧迁逝，北顾涕交流。”（《宋书·索虏传》）

◎烽火扬州路：指隆兴二年金兵渡淮攻陷濠州、滁州而至扬州事。

◎佛狸祠：后魏太武帝小字佛狸，见《宋书·索虏传》。

◎廉颇居梁，久之，魏不能信用。赵以数困于秦兵，赵王思复得廉颇，廉颇亦思复用于赵。赵王使使者视廉颇尚可用否，廉颇之仇郭开多与使者金，令毁之。赵使者既见廉颇。廉颇为之一饭斗米，肉十斤，被甲上马，以示尚可用。赵使还报王曰：“廉将军虽老，尚善饭，然与臣坐顷之，三遗矢矣。”赵王以为老，遂不召。（《史记·廉颇蔺相如列传》）

◆升庵云：稼轩词中第一。发端便欲涕落，后段一气奔注，笔不得遏。廉颇自拟，慷慨壮怀，如闻其声。谓此词用人名多者，当是不解词味。（清先著、程洪《词洁辑评》）

◆此词登京口北固山亭而作。人在江山雄伟处，形胜依然，而英雄长往，每发思古之幽情。况磊落英多者，当其凭高四顾，烟树人家，夕阳巷陌，皆孙、刘角逐之场，放眼古今，别有一种苍凉之思。况自胡马窥江去后，烽火扬州，犹有馀恸。下阕慨叹佛狸，乃回应上文“寄奴”等句。当日鱼龙战伐，只赢得“神鸦社鼓”，一片荒寒。往者长已矣，而当世岂无健者？老去廉颇，犹思用赵，但知我其谁耶？英词壮采，当以铁绰板歌之。（俞陛云《唐五代两宋词简析》）

玉楼春

乙丑京口奉祠西归，将至仙人矶。

江头一带斜阳树，总是六朝人住处。悠悠兴废不关心，惟有沙洲双白鹭。

仙人矶下多风雨，好卸征帆留不住。直须抖擞尽尘埃，却趁新凉秋水去。

瑞鹧鸪

乙丑奉祠归，舟次馀干赋。

江头日日打头风，憔悴归来邴曼容。郑贾正应求死鼠，叶公岂是好真龙。

孰居无事陪犀首，未办求封遇万松。却笑千年曹孟德，梦中相对也龙钟。

◎琅邪邴汉亦以清行征用，至京兆尹，后为太史大夫。……汉兄子曼容，亦养志自修，为官不肯过六百石，辄自免去。（《汉书·两龚传》）

◎郑人谓玉未理者璞，周人谓鼠未腊者朴。周人怀朴过郑贾，曰："欲买朴乎？"曰："欲之。"出其朴，视之，乃鼠也，因谢不取。今平原君自以贤显名天下，然降其主父沙丘而臣之，天下之王尚犹尊之，是天下之王不如郑贾之智也，眩于名不知其实也。（《战国策·秦策三》）

◎叶公子高之好龙，雕文画之，于是天龙闻而示之，窥头于牖，施尾于堂，叶公见之，五色无主。是叶公非好龙也，好其似龙非龙也。（《新序·杂事》）

◎陈轸使于秦，过梁欲见犀首，……犀首见之，陈轸曰："公何

好饮也？”犀首曰：“无事也。”（《史记·陈轸传》）

临江仙

老去浑身无着处，天教只住山林。百年光景百年心。更欢须叹息，无病也呻吟。

试向浮瓜沉李处，清风散发披襟。莫嫌浅后更频斟。要他诗句好，须是酒杯深。

又 停云偶作

偶向停云堂上坐，晓猿夜鹤惊猜。主人何事太尘埃？低头还说向：“被召又还来。”

多谢北山山下老，殷勤一语佳哉：“借君竹杖与芒鞋，径须从此去，深入白云堆。”

瑞鹧鸪

期思溪上日千回，樟木桥边酒数杯。人影不随流水去，醉颜重带少年来。

疏蝉响涩林逾静，冷蝶飞轻菊半开。不是长卿终慢世，只缘多病又非才。

◎长卿慢世，越礼自放。犊鼻居市，不耻其状。托疾避官，蔑此卿相。乃赋《大人》，超然莫尚。（《世说新语·品藻》注引《高士传·司马相如赞》）

◎明皇以张说之荐，召孟浩然，令诵所作，乃诵“北阙休上书，南山归敝庐。不才明主弃，多病故人疏。……”帝曰：“卿不求

朕，岂朕弃卿？”（《唐诗纪事》）

归朝欢 丁卯岁寄题眉山李参政石林

见说岷峨千古雪，都作岷峨山上石。君家右史老泉公，千金费尽勤收拾。一堂真石室。空庭更与添突兀。记当时，《长编》笔砚，日日云烟湿。

野老时逢山鬼泣，谁夜持山去难觅。有人依样入明光，玉阶之下岩岩立。琅玕无数碧。风流不数平泉物。欲重吟，青葱玉树，须倩子云笔。

◎老泉公：苏洵家有老人泉，因自号老泉。

洞仙歌 丁卯八月病中作

贤愚相去，算其间能几？差以毫厘缪千里。细思量义利，舜跖之分，孳孳者，等是鸡鸣而起。

味甘终易坏，岁晚还知，君子之交淡如水。一饷聚飞蚊，其响如雷；深自觉昨非今是。羡安乐窝中泰和汤，更剧饮无过，半醺而已。

◎鸡鸣而起，孳孳为善者，舜之徒也。鸡鸣而起，孳孳为利者，跖之徒也。欲知舜与跖之分，无他，利与善之间也。（《孟子·尽心上》）

◎故君子之接如水，小人之接如醴。君子淡以成，小人甘以坏。（《礼记·表记》）

◎夫众煦漂山，聚蚊成雷；朋党执虎，十夫桡椎。（《汉书·中

山靖王传》)

◎邵雍字尧夫。……初至洛,蓬荜环堵,不芘风雨,……岁时耕稼,仅给衣食。名其居曰安乐窝,因自号安乐先生。旦则焚香燕坐,晡时酌酒三四瓯,微醺即止,常不及醉也。(《宋史·邵雍传》)

◎性喜饮酒,尝命之曰泰和汤。所饮不多,微醺而罢,不喜过量。(宋邵雍《无名公传》)

六州歌头

西湖万顷,楼观矗千门。春风路,红堆锦,翠连云,俯层轩。风月都无际,荡空蔼,开绝境,云梦泽,饶八九,不须吞。翡翠明珰,争上金堤去,勃窣媻姗。看贤王高会,飞盖入云烟。白鹭振振,鼓咽咽。

记风流远,更休作,嬉游地,等闲看。君不见:韩献子,晋将军,赵孤存;千载传忠献,两定策,纪元勋。孙又子,方谈笑,整乾坤。直使长江如带,依前是〔存〕赵须韩。伴皇家快乐,长在玉津边,只在南园。

◎夙夜在公,在公明明。振振鹭,鹭于下。鼓咽咽,醉言舞。于胥乐兮。(《诗经·鲁颂·有駜》)

◎晋景公之三年,晋司寇屠岸贾将作乱,诛灵公之贼赵盾,赵盾已死矣,欲诛其子赵朔。韩厥止贾,贾不听,厥告赵朔令亡,朔曰:“子必能不绝赵祀,死不恨矣。”韩厥许之。及贾诛赵氏,厥称疾不出。程婴、公孙杵臼之藏赵孤赵武也,厥知之。……于是晋作六卿,而韩厥在一卿之位,号为献子。晋景公十七年,病,卜大业之不遂者为祟，韩厥称赵成季之功，今后无祀，以感景公。景公问曰："尚有世乎？"厥于是言赵武，而复与故赵氏田邑，续赵氏祀。（《史记·韩世家》）

◎韩琦字稚圭，相州安阳人。……嘉祐六年，……帝既连失三王，自至和中，得疾不能御殿，中外惴恐，争以立嗣固根本为言。……帝曰："宫中尝养二子，小者甚纯，近不慧；大者可也。"琦请其名，帝以宗实告。宗实，英宗旧名也。琦等遂力赞之，议乃定。……乃下诏立为皇子，明年，英宗嗣位。琦既辅立英宗，门人亲客或从容语及定策事，琦必正色曰："此仁宗圣德神断，为天下计，皇太后内助之力，臣子何与焉。"……帝寝疾，琦入问起居，言曰："陛下久不视朝，愿早建储以安社稷。"帝颔之，即召学士草制立颍王。神宗立，拜司空兼侍中。……熙宁八年换节永兴军，再任，未拜而薨。年六十八。……帝发哀苑中，哭之恸。……发两河卒为治冢，瑑其碑曰"两朝顾命定策元勋"。赠尚书令，谥曰忠献。（《宋史·韩琦传》）

◎孙又子：谓韩侂胄。《宋史·奸臣四·韩侂胄传》："韩侂胄字节夫，魏忠献王琦曾孙也。"

◎玉津园，嘉会门外。绍兴间北使燕射于此。淳熙中孝宗两幸，绍熙中光宗临幸。（宋周密《武林旧事》卷四《御园》）

◎南园：韩侂胄园名。

西江月

堂上谋臣帷幄，边头猛将干戈。天时地利与人和，燕可伐与曰可。

此日楼台鼎鼐，他时剑履山河。都人齐和《大风歌》，管领群臣来贺。

◎天时不如地利，地利不如人和。（《孟子·公孙丑下》）

◎沈同以其私问曰："燕可伐与？"孟子曰："可。"（《孟子·公孙丑下》）

◎高祖还归过沛，留，置酒沛宫，悉召故人父老子弟纵酒，发沛中儿得百二十人，教之歌。酒酣，高祖击筑，自为歌诗曰："大风起兮云飞扬，威加海内兮归故乡，安得猛士兮守四方。"（《史记·高祖本纪》）

◆按：此词又见刘过《龙洲词》。

清平乐

新来塞北，传到真消息：赤地居民无一粒，更五单于争立。

维师尚父鹰扬，熊罴百万堂堂。看取黄金假钺，归来异姓真王。

◎维师尚父，时维鹰扬。凉彼武王，肆伐大商。会朝清明。（《诗经·大雅·大明》）

辛弃疾词集补遗

生查子 和夏中玉

一天霜月明，几处砧声起。客梦已难成，秋色无边际。

旦夕是重阳，菊有黄花蕊。只怕又登高，未饮心先醉。

菩萨蛮 和夏中玉

与君欲赴西楼约，西楼风急征衫薄。且莫上兰舟，怕人清泪流。

临风横玉管，声散江天满。一夜旅中愁，蛩吟不忍休。

念奴娇 赠夏成玉

妙龄秀发，湛灵台一点，天然奇绝。万壑千岩归健笔，扫尽平山风月。雪里疏梅，霜头寒菊，迥与馀花别。识人青眼，慨然怜我疏拙。

遐想后日蛾眉，两山横黛，谈笑风生颊。握手论文情极处，冰玉一时清洁。扫断尘劳，招呼萧散，满酌金蕉叶。醉乡深处，不知天地空阔。

又 谢王广文双姬词

西真姊妹，料凡心忽起，共辞瑶阙。燕燕莺莺相并比，的当两团儿雪。合韵歌喉，同茵舞袖，举措脱体别。江梅影里，迥然双蕊奇绝。

还听别院笙歌，仓皇走报，笑语浑重叠。拾翠洲边携手处，疑是桃根桃叶。并蒂芳莲，双头红药，不意俱攀折。今宵鸳帐，有同对影明月。

◎晋王献之爱妾名桃叶，其妹曰桃根，献之尝临渡歌以送之。（《古今乐录》）

又 三友同饮，借赤壁韵

论心论相，便择术，满眼纷纷何物。踏碎铁鞋三百緉，不在危峰绝壁。龙友相逢，洼尊缓举，议论敲冰雪。何妨人道，圣时同见三杰。

自是不日同舟，平戎破虏，岂由言轻发。任

使穷通相鼓弄，恐是真□难灭。寄食王孙，丧家公子，谁握周公发？冰□皎皎，照人不下霜月。

◎故相形不如论心，论心不如择术。（《荀子·非相》）

◎歆与北海邴原、管宁俱游宁，三人相善，时人号三人为一龙，歆为龙头，原为龙腹，宁为龙尾。（《三国志·华歆传》注引《魏略》）

◎李公登饮处，因石为洼樽。（唐颜真卿《岘山石樽联句》）

◎三杰：汉高祖谓张良、韩信、萧何三人皆人杰，世因称为三杰。

◎淮阴侯韩信者，……常数从其下乡南昌亭长寄食。数月，亭长妻患之，乃晨炊蓐食。食时信往，不为具食，信亦知其意，怒，竟绝去。信钓于城下，诸母漂，有一母见信饥，饭信，竟漂数十日，信喜，谓漂母曰："吾必有以重报母。"母怒曰："大丈夫不能自食，吾哀王孙而进食，岂望报乎！"（《史记·淮阴侯列传》）

◎周公戒伯禽曰："我一沐三握发，一饭三吐哺，起以待士，犹恐失天下之贤人。"（《史记·鲁周公世家》）

一剪梅

尘洒衣裾客路长。霜林已晚，秋蕊犹香。别离触处是悲凉。梦里青楼，不忍思量。

天宇沉沉落日黄。云遮望眼，山割愁肠。满怀珠玉泪浪浪。欲倩西风，吹到兰房。

◎海畔尖山似剑铓，秋来处处割愁肠。（唐柳宗元《与浩初上人同看山寄京华亲故》）

又

歌罢尊空月坠西。百花门外，烟翠霏微。绛纱笼烛照于飞。归去来兮，归去来兮。

酒入香腮分外宜。行行问道："还肯相随？"娇羞无力应人迟："何幸如之，何幸如之！"

眼儿媚 妓

烟花丛里不宜他。绝似好人家。淡妆娇面，轻注朱唇，一朵梅花。

相逢比着年时节，顾意又争些。来朝去也，莫因别个，忘了人咱。

乌夜啼 戏赠籍中人

江头三月清明，柳风轻。巴峡谁知还是洛阳城。

春寂寂，娇滴滴，笑盈盈。一段乌丝阑上记多情。

如梦令 赠歌者

韵胜仙风缥缈，的皪娇波宜笑。串玉一声歌，占断多情风调。清妙，清妙，留住飞云多少。

绿头鸭 七 夕

叹飘零，离多会少堪惊。又争如天人有信，不同浮世难凭。占秋初桂花散彩，向夜久银汉无声。凤驾催云，红帷卷月，泠泠一水会双星。素杼冷临风休织，深诉来年诚。飞光浅青童语款，丹鹊桥平。

看人间争求新巧，纷纷女伴欢迎。避灯时采丝未整，拜月处蛛网先成。谁念监州，萧条官舍，烛摇秋扇坐中庭。笑此夕金钗无据，遗恨满蓬瀛。敧高枕梧桐听雨，如是天明。

品　令

迢迢征路，又小舸金陵去。西风黄叶，淡烟衰草，平沙将暮。回首高城，一步远如一步。

江边朱户。忍追忆分携处。今宵山馆，怎生禁得，许多愁绪。辛苦罗巾，揾取几行泪雨。

鹧鸪天 和陈提斡

剪烛西窗夜未阑，酒豪诗兴两联绵。香喷瑞兽金三尺，人插云梳玉一湾。

倾笑语，捷飞泉。觥筹到手莫留连。明朝再作东阳约，肯把鸾胶续断弦。

谒金门 和陈提斡

山共水，美满一千馀里。不避晓行并早起，此情都为你。

不怕与人尤殢，只怕被人调戏。因甚无个阿鹊地？没工夫说里。

贺新郎 和吴明可给事安抚

世路风波恶。喜清时边夫袖手，□将帷幄。正值春光二三月，两两燕穿帘幕。又怕个江南花落。与客携壶连夜饮，任蟾光飞上阑干角。何时唱，从军乐？

归欤已赋居岩壑。悟人世正类春蚕，自相缠缚。眼畔昏鸦千万点，□欠归来野鹤。都不恋黑头黄阁。一咏一觞成底事，庆康宁天赋何须药。金盏大，为君酌。

◎诸葛道明初过江左，自名道明，名亚王、庾之下。先为临沂令，丞相谓曰："明府当为黑头公。"（《世说新语·识鉴》，按：谓三公。）

渔家傲 湖州幕官作舫室

风月小斋模画舫，绿窗朱户江湖样。酒是短桡歌是桨。和情放，醉乡稳到无风浪。

自有拍浮千斛酿，从教日日蒲桃涨。门外独醒人也访。同俯仰，赏心却在鸱夷上。

◎醉乡路稳宜频到，此外不堪行。（南唐李煜《乌夜啼》）

◎毕茂世（卓）云："……拍浮酒池中便足了一生"。（《世说新语·任诞》）

出　塞 春寒有感

莺未老。花谢东风扫。秋千人倦彩绳闲，又被清明过了。

日长减破夜长眠，别听笙箫吹晓。锦笺封与怨春诗，寄与归云缥缈。

踏莎行 春日有感

萱草齐阶，芭蕉弄叶，乱红点点团香蝶。过墙一阵海棠风，隔帘几处梨花雪。

愁满芳心，酒潮红颊，年年此际伤离别。不妨横管小楼中，夜阑吹断千山月。

好事近 春日郊游

春动酒旗风，野店芳醪留客。系马水边幽寺，有梨花如雪。

山僧欲看醉魂醒，茗盌泛香白。微记碧苔归路，袅一鞭春色。

又

花月赏心天，抬举多情诗客。取次锦袍须

贳，爱春醅浮雪。

黄鹂何处故飞来，点破野云白。一点暗红犹在，正不禁风色。

江城子 戏同官

留仙初试砑罗裙，小腰身，可怜人。江国幽香，曾向雪中闻。过尽东园桃与李，还见此，一枝春。

庾郎襟度最清真，挹芳尘，便情亲。南馆花深，清夜驻行云。拚却日高呼不起，灯半灭，酒微醺。

◎帝于太液池作千人舟，号合宫之舟。后歌舞《归风送远之曲》。侍郎冯无方吹笙以倚后歌。中流歌酣，风大起，后扬袖曰："仙乎仙乎，去故而就新，宁忘怀乎？"帝令无方持后裙，风止，裙为之绉。他日，宫姝或襞裙为绉，号留仙裙。（伶玄《飞燕外传》）

◎庾杲之字景行，新野人。少而贞立，学涉文义，起家奉朝请，巴陵王征西参军。清贫自业，食惟有韭菹、瀹韭、生韭杂菜，或戏之曰："谁谓庾郎贫？食鲑常有二十七种。"言三九也。"（《南齐书·庾杲之传》）

惜奴娇 戏同官

风骨萧然，称独立，群仙首。春江雪一枝梅秀。小样香檀，映朗玉纤纤手。未久，转新声泠泠山溜。

曲里传情，更浓似，尊中酒。信倾盖相逢如旧。别后相思，记敏政堂前柳。知否：又拚了一场消瘦。

◎小样香檀：指扇。
◎白头如新，倾盖如故。(《史记·邹阳传》)

水调歌头 巩采若寿

泰岳倚空碧，汶水卷云寒。萃兹山水奇秀，列宿下人寰。八世家传素业，一举手攀丹桂，依约笑谈间。宾幕佐储副，和气满长安。

分虎符，来近甸，自金銮。政平讼简无事，酒社与诗坛。会看沙堤归去，应使神京再复，款曲问家山。玉佩揖空阔，碧雾翳苍鸾。

又 和马叔度游月波楼

客子久不到，好景为君留。西楼着意吟赏，何必问更筹。唤起一天明月，照我满怀冰雪，浩荡百川流。鲸饮未吞海，剑气已横秋。

野光浮，天宇迥，物华幽。中州遗恨，不知今夜几人愁。谁念英雄老矣，不道功名蕞尔，决策尚悠悠。此事费分说，来日且扶头。

霜天晓角 赤壁

雪堂迁客，不得文章力。赋写曹刘兴废，千古事，泯陈迹。

望中矶岸赤，直下江涛白。半夜一声长啸，悲天地，为予窄。

好事近

春意满西湖，湖上柳黄时节。濒水雾窗云户，贮楚宫人物。

一年管领好花枝，东风共披拂。已约醉骑双凤，玩三山风月。

满江红

老子当年，饱经惯花期酒约。行乐处轻裘缓带，绣鞍金络。明月楼台箫鼓夜，梨花院落秋千索。共何人对饮五三钟？颜如玉。

嗟往事，空萧索。怀新恨，又飘泊。但年来何待，许多幽独。海水连天凝远望，山风吹雨征衫薄。向此际羸马独骎骎，情怀恶。

苏武慢 雪

帐暖金丝，杯干云液，战退夜□飂飉。障泥系马，扫路迎宾，先借落花春色。歌竹传觞，探梅得句，人在玉楼琼室。唤吴姬学舞，风流轻转，弄娇无力。

尘世换，老尽青山，铺成明月，瑞物已深三尺。丰登意绪，婉娩光阴，都作暮寒堆积。回首驱羊旧节，入蔡奇兵，等闲陈迹。总无如现在，尊前一笑，坐中赢得。

◎单于愈益欲降之，乃幽武置大窖中，绝不饮食。天雨雪，武卧啮雪与旃毛并咽之，数日不死。匈奴以为神，乃徙武北海上无人处，使牧羝，羝乳乃得归。武既至海上，廪食不至，掘野鼠、去草实而食之。杖汉节牧羊，卧起操持，节旄尽落。（《汉书·苏武传》）

◎愬字符直，有筹略，善骑射。……宪宗讨吴元济，……愬求自试，宰相李逢吉亦以愬可用，遂检校左散骑常侍为隋唐邓节度使。……元和十一年十月……会大雨雪，天晦，凛风偃旗裂肤，马皆缩栗，士抱戈冻死于道十一二。始发，吏请所向，愬曰："入蔡州取吴元济！"……行七十里，夜半至悬瓠城，雪甚，城旁皆鹅鹜池，愬令击之以乱军声。……黎明雪止，愬入驻元济外宅，蔡吏惊曰："城陷矣！"（《唐书·李愬传》）

总　评

周煇《清波别志》　《稼轩乐府》，辛幼安酒边游戏之作也。词与音叶，好事者争传之。

汪莘《方壶诗馀自叙》　唐宋以来，词人多矣。其词主于淫，谓不淫非词也。余谓词何必淫，亦顾寓意如何尔。余于词，所喜爱三人焉。盖至于东坡而一变，其豪妙之气，隐隐然流出言外，天然绝世，不假振作。二变而为朱希真，多尘外之想，虽杂以微尘，而清气自不可没。三变而为辛稼轩，乃写其胸中事，尤好称渊明。此词之三变也。

岳珂《桯史》　稼轩以词名，有所作辄数十易稿，累月未竟，其刻意如此。

刘克庄《题刘叔安感秋八首》　长短句昉于唐，盛于本朝。余尝评之：耆卿有教坊丁大使意态。美成颇偷古句，温、李诸人困于捋撦。近岁放翁、稼轩一扫纤艳，不事斧凿，高则高矣，但时时掉书袋，要是一癖。

陈模《怀古录》卷中《论稼轩词》 蔡光工于词，靖康间陷于虏中。辛幼安尝以诗词参请之，蔡曰："子之诗则未也，他日当以词名家。"故稼轩归本朝，晚年词笔尤好。尝作《贺新郎》云："绿树听啼鴂。更那堪杜鹃声住，鹧鸪声切。啼到春归无寻处，苦恨芳菲都歇。算未抵人间离别。马上琵琶关塞黑，更长门翠辇辞金阙。看燕燕，送归妾。　将军百战身名裂。向河梁回头万里，故人长绝。易水萧萧西风冷，满座衣冠似雪。正壮士悲歌未彻。啼鸟还知如此恨，料不啼清泪空啼血。谁伴我，醉明月？"此词尽集许多怨事，全与太白《拟恨赋》手段相似。又，止酒赋《沁园春》云："杯汝来前，老子今朝，点检形骸。甚长年抱渴，咽如焦釜；于今喜睡，气似奔雷。漫说刘伶，古今达者，醉后何妨死便埋。浑如此，叹汝于知己，真少恩哉。　更凭歌舞为媒。算合作平生鸩毒猜。况怨无小大，生于所爱；物无美恶，过则为灾。与汝成言，勿留亟去，吾力犹能肆汝杯。杯再拜，道麾之则去，招则须来。"此又如《宾戏》、《解嘲》等作，乃是把古文手段寓之于词。赋筑偃湖云："叠嶂西驰，万马回旋，众山欲东。正惊湍直下，跳珠倒溅；小桥横截，缺月初弓。老合投闲；天教多事，检校长身十万松。吾庐小，在龙蛇影外，风雨声中。　争先见面重重。看爽气朝来三四峰。似谢家子弟，衣冠磊落；相如庭户，车骑雍容。我觉其间，雄深雅健，如对文章太史公。新堤路，问偃湖何日，烟水濛濛？"说松而及谢家子弟，相如车骑，太史公文章，自非脱落故常者未易闯其堂奥。刘改之所作《沁园春》，虽颇似其豪，而未免于粗。近时作词者只说周美成、姜尧章等，而以稼轩词为豪迈，非词家本色。潘紫岩牥云：“东坡为词诗；稼轩为词论。”此说固当，盖曲者曲也，固当以委曲为体；然徒狃于风情婉娈，则亦不足以启人意。回视稼轩所作，岂非万古一清风也哉。或曰：“美成、尧章，以其晓音律，自能撰词调，故人尤服之。”

王恽《秋涧乐府》 《感皇恩》“与客读辛殿撰乐府全集”：幽思耿秋堂，芸香风度。客至忘言孰宾主。一篇雅唱，似与朱经细语。恍疑南涧坐，挥谈麈。 霁月光风，竹君梅侣。中有新亭旧如雨。力扶王略，志在中原一举。丈夫心事了，惊千古。

元好问《新轩乐府引》 坡以来，山谷、晁无咎、陈去非、辛幼安诸公，俱以歌词取称，吟咏性情，留连光景，清壮顿挫，能起人妙思。亦有语意拙直，不自缘饰、因病成妍者，皆自坡发之。

赵文《吴山房乐府序》 观欧、晏词，知是庆历、嘉祐间人语，观周美成词，其为宣和、靖康也无疑矣。声音之为世道邪？世道之为声音邪？有不自知其然而然者矣。悲夫！美成号知音律者，宣和之为靖康也，美成其知之乎。“绿芜凋尽台城路，渭水西风，长安乱叶。”非佳语也。凭高眺远之馀，蟹螯玉液，以自陶写，而终之曰：“醉翁山翁，但愁斜照。”敛观此词，国欲缓亡得乎。渡江后，康伯可未离宣和间一种风气，君子以是知宋之不能复中原也。近世辛幼安跌荡磊落，犹有中原豪杰之气，而江南言词者宗美成，中州言词者宗元遗山，词之优劣未暇论，而风气之异，遂为南北强弱之占，可感已。《玉树后庭花》盛，陈亡；《花间》丽情盛，唐亡；清真盛，宋亡，可畏哉。

张炎《词源》卷下《杂论》 辛稼轩、刘改之作豪气词，非雅词也。于文章馀暇，戏弄笔墨，为长短句之诗耳。

沈义父《乐府指迷》 近世作词者，不晓音律，乃故为豪放不羁之语，遂借东坡、稼轩诸贤自诿。诸贤之词，固豪放矣，不豪放处，未尝不叶律也。如东坡之《哨遍》、杨花《水龙吟》、稼轩之《摸鱼儿》之类，则知诸贤非不能也。

李长翁《古山乐府序》 诗盛于唐，乐府盛于宋，诸贤名家不少，独东坡、稼轩杰作磊落倜傥之气，溢出豪端，殊非雕脂镂冰者所可仿佛。

王博文《天籁集序》 乐府始于汉，著于唐，盛于宋。大概以情致为主，秦、晁、贺、晏虽得其体，然哇淫靡曼之声胜。东坡、稼轩矫之以雄词英气，天下之趋向始明。

俞彦《爰园词话》 唐诗三变愈下，宋词殊不然。欧、苏、秦、黄，足当高、岑、王、李。南渡以后，矫矫陡健，即不得称中宋、晚宋也。惟辛稼轩自度粱肉不胜前哲，特出奇险为珍错供，与刘后村辈俱曹洞旁出。学者正可钦佩，不必反唇并捧心也。

杨慎《词品序》 宋人如秦少游、辛稼轩，词极工矣，而诗殊不强人意。疑若独艺然者，岂非异曲分派之说乎。

杨慎《词品》 近日作词者，惟说周美成、姜尧章，而以东坡为词诗，稼轩为词论；此说固当。盖曲者曲也，固当以委曲为体；然徒狃于风情婉娈，则亦易厌。回视稼轩所作，岂非万古一清风哉！

王世贞《艺苑卮言》 言其业，李氏、晏氏父子……词之正宗也。……幼安辨而奇，又其次也，词之变体也。

又 词至辛稼轩而变，其源实自苏长公，至刘改之诸公极矣。南宋如曾觌、张抡辈应制之作，志在铺张，故多雄丽。稼轩辈抚时之作，意存感慨，故饶明爽，然而秾情致语，几于尽矣。

《古今词统》引徐君野评语 苏以诗为词，辛以论为词，正见词中世界不小，昔人奈何讥之。正宗易安第一，旁宗幼安第一。二安之外无首席矣。

《草堂诗馀》正集引秦士奇语 温、韦艳而促，黄九精而刻，长公骚而壮，幼安辨而奇。

孟称舜《词统序》 伤时吊古，苏、辛之词工矣，然而失则莽而俚也，古者征夫放士之所托也。

姚椿《满江红·题稼轩词后》 莫道词人，犹解识、晦庵老子。叹当日、东南半壁，残山剩水。禾黍中原悲板荡，瓢泉一曲歌清泚。算词场，跋扈几人雄，推青兕。 东坡老，前身是，刘过辈，何堪齿。数千秋唯有，遗山知己。万事古来风月好，一生消得江山美。料孔门、点也野人狂，都如此。

冯班《叙词源》 词体琐碎，入宋而文格始昌。名人大手，集中皆有宫商之语，辛稼轩当宋之南，抱英雄之志，有席卷中原之略，厄于时运，势不得展，长短句涛涌雷发，坡公以后，一人而已。

刘体仁《七颂堂词绎》 辛稼轩非不自立门户，但是散仙入圣，非正法眼藏。改之处处吹影，乃博刀圭之讥，宜矣。

又 稼轩“杯汝前来”，《毛颖传》也。“谁共我，醉明月”，《恨赋》也。皆非词家本色。

曹溶《古今词话序》 上不牵累唐诗，下不滥侵元曲者，词之正位也。豪旷不冒苏、辛，秽亵不落周、柳者，词之大家也。

尤侗《词苑丛谈序》 唐诗有初、盛、中、晚，宋词亦有之。唐之诗由六朝乐府而变，宋之词由五代长短句而变。约而次之，小山、安陆其词之初乎；淮海、清真其词之盛乎；石帚、梦窗似得其中；碧山、玉田风斯晚矣。唐诗以李、杜为宗，而宋词苏、陆、辛、刘有太白之风，秦、黄、周、柳得少陵之体；此又画疆而理，联骑而驰者也。

宋徵璧《两宋词评》 辛稼轩之豪爽，而或伤于霸。

沈谦《填词杂说》 学周、柳，不得见其用情处，学苏、辛，不得见其用气处，当以离处为合。

陈维崧《词选序》 东坡、稼轩诸长调，又骎骎乎如杜甫之歌行与西京之乐府也。

《湖海楼词序》引顾三成语 宋名家词最盛，体非一格，辛、苏之雄放豪宕，秦、柳之妩媚风流，判然分途，各极其妙，而姜白石、张叔夏辈以冲淡秀洁，得词之中正。

邹祗谟《远志斋词衷》 词至稼轩，经子百家，行间笔下，驱斥如意。

又 稼轩雄深雅健，自是本色，俱从《南华》、《冲虚》得来。然作词之多，亦无如稼轩者。中调短令亦间作妩媚语，观其得意处，真有压倒古人之意。

彭孙遹《金粟词话》 稼轩之词，胸有万卷，笔无点尘，激昂措宕，不可一世。今人未有稼轩一字，辄纷纷有异同之论，宋玉罪人，可胜三叹。

王士禛《倚声集序》 诗馀者，古诗之苗裔也。语其正，则南唐二主为之祖，至漱玉、淮海而极盛，高、史其嗣响也。语其变，则湄山导其源，至稼轩、放翁而尽变，陈、刘其馀波也。有诗人之词，唐、蜀、五代诸人是也。有文人之词，晏、欧、秦、李诸君子是也。有词人之词，柳永、周美成、康与之之属是也。有英雄之词，苏、陆、辛、刘是也。至是，声音之道乃臻极致，而诗之为功，虽百变而不穷。

王士禛《花草蒙拾》 石勒云："大丈夫磊磊落落，终不学曹孟德、司马仲达狐媚。"读稼轩词，当作如是观。

又 张南湖论词派有二：一曰婉约，一曰豪放。仆谓婉约以易安为宗，豪放惟幼安称首，皆吾济南人，难乎为继矣。

王士禛《分甘馀话》 凡为诗文，贵有节制，即词曲亦然。正调至秦少游、李易安为极致，若柳耆卿则靡矣。变调至东坡为极致，辛稼轩豪于东坡而不免稍过，若刘过之则恶道矣。学者不可不辨。

沈雄《古今词话·词品》 《柳塘词话》曰：徐士俊谓集句有六难，属对一也，协韵二也，不失粘三也，切题意四也，情思联续五也，句句精美六也。贺裳曰：集之佳者亦仅一斑斓衣也，否则百补破衲矣。介甫虽工，亦未生动。沈雄曰：余更增其一难，曰打成一片，稼轩俱集经语，尤为不易。

徐釚《词苑丛谈》卷四引《借荆堂词话》 梨庄（周在浚）曰：辛稼轩当弱宋末造，负管乐之才，不能尽展其用，一腔忠愤，无处发泄。观其与陈同甫抵掌谈论，是何等人物。故其悲歌慷慨、抑郁无聊之气，一寄之于词。今乃欲与搔头傅粉者比，是岂知稼轩者。王阮亭谓石勒云："大丈夫磊磊落落，终不学曹孟德、司马仲达狐媚"，稼轩词当作如是观。予谓有稼轩之心胸，始可为稼轩之词。今粗浅之辈，一切乡语猥谈，信笔涂抹，自负吾稼轩也，岂不令人齿冷。

徐釚《词苑丛谈》 宋人词调，确自乐府中来。时代既异，声调遂殊，然源流未始不同，亦各就其情之所近取法之耳。周、柳之纤丽，《子夜》、《懊侬》之遗也。欧、苏纯正，非《君马黄》、《出东门》之类欤。放而为稼轩、后村，悲歌慷慨，旁若无人，则汉帝《大风》之歌，魏武"对酒"之什也。究其所以，何常不言情，亦各自道其情耳。

汪懋麟《棠村词序》 予尝论宋词有三派：欧、晏正其始，秦、黄、周、柳、姜、史、李清照之徒备其盛，东坡、稼轩放乎其言矣。其馀子，非无单词只句，可喜可诵，苟求其继，难矣哉。

魏礼《邹幼圃诗馀序》 诗馀萌芽于隋唐，至有宋特盛。陆游云：诗至晚唐五季，气格卑陋，而长短句独精巧高丽，后世莫及者，盖伤之也。乃其盛时，惟欧、秦数家，推为擅长，即子瞻未能无讥。而予于范希文、辛稼轩、岳忠武诸作，又颇嗜之，盖其音节激昂顿挫，足以助其雄秩之气，比之于诗，似有美在咸酸之外者，虽非诗馀本体，要以圆浑流畅，不蹈子瞻之所以取讥也。

汪筠《读〈词综〉后书》 清雄端合让苏辛，忠敏牢愁绝代无。花落小山亭上酒，怨春不语为春孤。

王时翔《莫荆琰词序》 词自晚唐，温、韦主于柔婉，五季之末，李后主以哀艳之辞倡于上，而下皆靡然从之。入宋号为极盛，然欧阳、秦、黄诸子且不免相沿袭，周、柳之徒无论已，独苏长公能盘硬语与时异，趋而复失之粗。南渡后得辛稼轩寄情于豪宕中，其所制往往苍凉悲壮，在古乐府与魏武埒，斯可语于诗之变雅矣。

郑方坤《论词绝句》 稼轩笔比镆铘铦，醉墨淋浪侧帽檐。伏枥心情横槊气，肯随儿女斗秾纤。（原注：稼轩长才，遘斯末运，具《离骚》之忠愤，有越石之清刚，如金笳成器，自擅商声，枥马悲鸣，不忘千里而陋者。顾于音响声色间，掎摭利病，无乃斥之鷃之视鲲鹏矣乎！）

傅世尧《沁园春》“读辛稼轩词不忍去手，戏成小词以送之” 爱读公词，乐此不疲，何其快乎？念清真匡鼎，说诗无倦；孤高张谓，积卷成年。我亦年来，嗜痴成癖，日入篇中学蠹鱼，呀然笑，觉一一朝去此，病也堪虞。　小窗灯火清虚。似大白频倾读汉书。喜将军上阵，目眦裂破；归来捉笔，金玉霏如。自是奇人，卓然千古，岂类寻章摘句儒。吟哦处，看江天无际，月影徐徐。

纳兰性德《渌水亭杂识》 词虽苏、辛并称，而辛实胜苏。苏诗伤学，词伤才。

厉鹗《张今涪红螺词序》 尝以词譬之画。画家以南宗胜北宗。稼轩、后村诸人，词之北宗也。清真、白石诸人，词之南宗也。

江昱《论词绝句》 辛家老子体非正，有时雅音还特存。卓哉二刘并才俊，大目底缘规孟贲。

郑燮《词钞自序》 少年冶游学秦、柳，中年感慨学苏、辛，老年淡忘学刘、蒋。皆与时推移而不知者。人亦何能逃气数也。

田同之《西圃词说》 魏塘曹学士云："词之为体如美人，而诗则壮士也。如春华，而诗则秋实也。如夭桃繁杏，而诗则劲松贞柏也。"罕譬最为明快。然词中亦有壮士，苏、辛也。亦有秋实，黄、陆也。亦有劲松贞柏，岳鹏举、文文山也。选词者兼收并采，斯为大观。若专尚柔媚，岂劲松贞柏，反不如夭桃繁杏乎。

又 诗词风气，正自相循。贞观、开元之诗，多尚淡远。大历、元和后，温、李、韦、杜渐入香奁，遂启词端。《金荃》、《兰畹》之词，概崇芳艳。南唐、北宋后，辛、陆、姜、刘渐脱香奁，乃存诗意。

王鸣盛《评王初桐巏堥山人词集》 词之为道最深，以为小技者乃不知妄谈，大约只一细字尽之，细者非必扫尽艳与豪两派也。北宋词人原只有艳冶、豪荡两派。自姜夔、张炎、周密、王沂孙方开清空一派。五百年来，以此为正宗。然《金荃》、《握兰》本属《国风》苗裔。即东坡、稼轩英雄本色语，何尝不令人欲歌欲泣。文章能感人，便是可传，何必争洗艳粉香脂与铜琶铁板乎。

张其锦《梅边吹笛谱序》引凌廷堪语曰 填词之道，须取南宋。然其中亦有两派焉：一派为白石，以清空为主，高、史辅之，前有梦窗、竹山、西麓、虚斋、蒲江，后则有玉田、圣与、公谨、商隐诸人，扫除野狐，独标正谛，犹禅之南宗也。一派为稼轩，以豪迈为主，继之者龙洲、放翁、后村，犹禅之北宗也。

张惠言《词选序》 宋之词家，号为极盛，然张先、苏轼、秦观、周邦彦、辛弃疾、姜夔、王沂孙、张炎，渊渊乎文有其质焉。

郭麐《灵芬馆词话》 词之为体，大略有四：风流华美，浑然天成，如美人临妆，却扇一顾，《花间》诸人是也。晏元献、欧阳永叔诸人继之。施朱傅粉，学步习容，如宫女题红，含情幽艳，秦、周、贺、晁诸人是也。柳七则靡曼近俗矣。姜、张诸子，一洗华靡，独标清绮，如瘦石孤花，清笙幽磬，入其境者，疑有仙灵，闻其声者，人人自远。梦窗、竹屋，或扬或沿，皆有新隽，词之能事备矣。至东坡以横绝一代之才，凌厉一世之气，间作倚声，意若不屑，雄词高唱，别为一宗。辛、刘则粗豪太甚矣。其馀幺弦孤韵，时亦可喜。溯其派别，不出四者。

郭麐《无声诗馆词序》 词家者流，其源出于国风，其本沿于齐梁，自太白以至五季，非儿女之情不道也。宋立乐府，用于庆赏饮宴，于是周、秦以绮靡为宗，史、柳以华缛相尚，而体一变。苏、辛以高世之才，横绝一时，而奋末广愤之音作。姜、张祖骚人之遗，尽洗秾艳，而情空婉约之旨深，自是以后，虽有作者，欲离去别见，其道无由。

沈涛《空青馆词序》 词以南宋为正宗，北宋诸公犹不免有粗豪处。稼轩、龙洲、后村，流派原本东坡居士，但别有寄托，未可一例视也。

沈道宽《论词绝句》 稼轩格调继苏髯，铁马金戈气象严。我爱分钗桃叶渡，温柔激壮力能兼。

宋翔凤《论词绝句二十首》 “抱得胸中郁郁思，流莺消息不教知。伤春伤别总无赖，生面重开南渡词。”其二：“四上分明极变声，粗豪无迹胜缠绵。稼翁白发尊前泪，尽付云屏一枕边。”

周济《宋四家词选目录序论》 序曰：清真集大成者也。稼轩敛雄心，抗高调，变温婉，成悲凉。碧山餍心切理，言近指远，声容调度，一一可循。梦窗奇思壮采，腾天潜渊，返南宋之清泚，为北宋之秾挚，是为四家，领袖一代。馀子荦荦，以方附庸。……苏、辛并称，东坡天趣独到处，殆成绝诣。而苦不经意，完璧甚少。稼轩则沉着痛快，有辙可循。南宋诸公，无不传其衣钵，固未可同年而语也。稼轩由北开南，梦窗由南追北，是词家转境。……稼轩豪迈是真，竹山便伪。碧山恬退是真，姜、张皆伪。味在酸鹹之外，未易为浅尝人道也。

周济《介存斋论词杂著》 稼轩不平之鸣，随处辄发，有英雄语，无学问语，故往往锋颖太露。然其才情富艳，思力果锐，南北两朝，实无其匹，无怪流传之广且久也。世以苏、辛并称，苏之自在处，辛偶能到。辛之当行处，苏必不能到。二公之词，不可同日语也。后人以粗豪学稼轩，非徒无其才，并无其情。稼轩固是才大，然情至处，后人万不能及。

又 北宋词多就景叙情，故珠圆玉润，四照玲珑。至稼轩、白石，一变而为即事叙景，使深者反浅，曲者反直。吾十年来服膺白石，而以稼轩为外道，由今思之，可谓瞽人扪籥也。稼轩郁勃故情深，白石放旷故情浅。稼轩纵横故才大，白石局促故才小。

董士锡《餐华吟馆词序》 不合五代、全宋以观之，不能极词之变也；不读秦少游、周美成、苏子瞻、辛幼安之别集，不能撷词之盛也。元明至今，姜、张盛行而秦、周、苏、辛之传几绝，则以浙西六家独尊姜、张之故。盖尝论之，秦之长，清以和，周之长，清以折，而同趋于丽。苏、辛之长，清以雄，姜、张之长，清以逸；而苏、辛不自调律，但以文辞相高，以成一格，此其异也。六子者，两宋诸家不能过焉。然学秦病平，学周病涩，学苏病疏，学辛病纵，学姜、张病肤，盖取其丽与雄与逸而遗其清，则五病杂见而三长亦渐以失。

蔡宗茂《拜石山序词序》 词盛于宋。自姜、张以格胜，苏、辛以气胜，秦、柳以情胜，而其派乃分。然幽深窅眇，语巧则纤；跌宕纵横，语粗则浅；异曲同工，要在各造其极而已。

杨希闵《词轨》 毛子晋云：词家争斗秾纤……。善评也。闵案：子晋于词，善无所解，以争斗秾纤为尚，五六百年痼疾也。奈何不知反哉。稼轩为词论，其说近是，东坡为词诗则大非。……昔人以稼轩配苏未合，苏如诗家太白，非辛可观，惟辛有一段耿耿不忘恢复之思，较放翁、石湖反觉热腾腾地，其于词者，不可没也。辛词不善学之流入粗犷，吾取其寄兴深远者。王阮亭云：石勒云：“大丈夫磊磊落落，终不可学曹孟德、司马仲达狐媚。”读稼轩词，当作如此观。

谭莹《论词绝句》 “小晏秦郎实正声，词诗词论亦佳评，此才变态真横绝，多恐端明转让卿。”其二：“斜阳烟柳话当年，秾丽词工由屑传。谨谢夫君言亦误，雨词沉痼实依然。”

冯金伯《词苑萃编》 南渡以后，名家长词极意雕镌，外调不能不敛手。以其工出意外，无可着力也。稼轩本色自见，亦足赏心。

又 放翁、稼轩，一扫纤艳，不事斧凿，高则高矣，但时时掉书袋，要是一癖。

郝敏中《四风闸题辛弃疾故居》 解绶铅山隐，长歌寄兴深。

瑶池寻旧约，水岭葬丹心。夜鹤鸣荒草，晨猿叫乱岑。大声今已息，莫鼓雍门琴。

李文藻《过辛弃疾故居》 知音身后谢枋得，结交生前刘改之。南渡君王主和议，几人泪堕杜鹃声。

邓廷桢《双砚斋词话》 世称词之豪迈者，动曰苏、辛。不知稼轩词，自有两派，当分别观之。如《金缕曲》之“听我三章约”、“甚矣吾衰矣”二首，及《沁园春》、《水调歌头》诸作，诚不免一意迅驰，专用骑兵。若《祝英台近》之“是他春带愁来，春归何处。却不解带将愁去”，《摸鱼儿》发端之“更能消几番风雨，匆匆春又归去”，结语之“休去倚危阑，斜阳正在，烟柳断肠处”，《百字令》之“旧恨春江流不尽，新恨云山千叠”，《水龙吟》之“楚天千里清秋，水随天去秋无际。遥岑远目，献愁供恨，玉簪螺髻”，《满江红》之“怕流莺乳燕，得知消息”，《汉宫春》之“年时燕子，料今宵梦到西园”，皆独茧初抽，柔毛欲腐，平欺秦、柳，下轹张、王。宗之者固仅袭皮毛，诋之者亦未分肌理也。

李佳《左庵词话》 辛稼轩词，慷慨豪放，一时无两，为词家别调。集中多寓意作，如《摸鱼儿》云：“更能消、几番风雨（下略）”又如：“一番风雨一番狼藉。尺素如今何处也，绿云依旧无踪迹。谩教人、羞去上层楼，平芜碧。”又如：“把吴钩看了，阑干拍遍，无人会，登临意。”又如：“剩水残山无态度，被疏梅、料理成风月。两三雁、也萧瑟。”此类甚多，皆为北狩南渡而言。以是见词不徒作，岂仅批风咏月。

江顺诒《词学集成·附录》 稼轩仙才，亦霸才也。

谢章铤《赌棋山庄词话》 晏、秦之妙丽，源于李太白、温飞卿。姜、史之清真，源于张志和、白香山。惟苏、辛在词中，则藩篱独辟矣。读苏、辛词，知词中有人，词中有品，不敢自为菲薄，然辛以毕生精力注之，比苏尤为横出。吴子律曰："辛之于苏，犹诗中山谷之视东坡也，东坡之大，殆不可以学而至。"此论或不尽然。苏风格自高，而性情颇歉，辛却缠绕恻悱。且辛之造语俊于苏。若仅以大论也，则室之大不如堂，而以堂为室，可乎？

又 学稼轩，要于豪迈中见精致。近人学稼轩，只学得莽字、粗字，无怪阑入打油恶道。试取辛词读之，岂一味叫嚣者所能望其顶踵。蒋藏园为善于学稼轩者。稼轩是极有性情人，学稼轩者，胸中须先具一段真气、奇气，否则虽纸上奔腾，其中俄空焉，亦萧萧索索如牖下风耳。

又 红友《词律》，倚声家长明灯也。然体调时有脱略，平仄亦多未备。……《水调歌头》，予据蔡伸、刘之翰、辛弃疾、仲并、王以宁、袁华、于立、陆仁增出十五字。《摸鱼儿》，予据欧阳修、晁补之、辛弃疾、程垓、杜旟、冯取洽、张炎、徐一初、李裕翁、张翥增出二十五字。《贺新郎》，余据苏轼、张元幹、辛弃疾、刘克庄、刘过、高观国、文及翁、蒋捷、李南金、葛长庚、王奕增出四十三字。虽其中不无误笔，然有累家通用者，不载则疏矣。然其中亦有以入代平，以上代平之字，不得第据平仄而不细辨也。

冯煦《宋六十家词选例言》 稼轩负高世之才，不可羁勒；能于唐、宋诸大家外，别树一帜，自兹以降，词家遂有门户主奴之见，而才气横轶者，群乐其豪纵而效之，乃至里俗俘嚣之子，亦靡不推波助澜，自托辛、刘，以屏蔽其陋，则非稼轩之咎，而不善学者之咎也。即如集中所载《水调歌头》“长恨复长恨”一阕，《水龙吟》“昔时曾有佳人”一阕，连缀古语，浑然天成，既非东家所能效颦，而《摸鱼儿》、《西河》、《祝英台近》诸作，摧刚为柔，缠绵悱恻，尤与粗犷一派，判若秦越。

刘熙载《艺概·词概》 稼轩词龙腾虎掷，任古书中理语廋语，一经运用，便得风流，天姿是何夐异。

又 辛稼轩风节建竖，卓绝一时，惜每有成功，辄为议者所沮。观其《踏莎行·和赵兴国》有云：“吾道悠悠，忧心悄悄。”其志与遇，概可知矣。《宋史》本传，称其雅善长短句，悲壮激烈。又称谢校勘过其墓旁，有疾声大呼于堂上，若鸣其不平。然则其长短句之作，固莫非假之鸣者哉。

又 白石才子之词，稼轩豪杰之词，才子豪杰，各从其类爱之，强论得失，皆偏辞也。

又 苏辛皆至情至性人，故其词潇洒卓荦，悉出于温柔敦厚。或以粗犷托苏辛，固宜有视苏辛为别调者哉。

又 张玉田盛称白石，而不甚许稼轩，耳食者遂于两家有轩轾意。不知稼轩之体，白石尝效之矣，集中如《永遇乐》、《汉宫春》诸阕，均次稼轩韵。其吐属气味，皆若祕响相通，何后人过分门户耶。

李慈铭《越缦堂读书记》 余于词非当家，所作者真诗馀耳，然于此中颇有微悟。盖必若近若远，忽去忽来，如蛱蝶穿花，深深款款。又须于无情无绪中，令人十步九回，如佛言食蜜中边皆甜。古来得此旨者，南唐二主、六一、安陆、淮海、小山及李易安《漱玉词》耳。屯田近俗，稼轩近霸，而两家佳处，均契渊微。

又 南宋百馀年中所号词中大家者，惟辛幼安为历城人，姜尧章为鄱阳人，馀皆浙人耳。予尝论词固莫富于南宋，律亦日密，然词芜意浅，俚鄙百出，此事遂成恶道。……就中作者，惟稼轩最为清矫，不锢所溺，而石帚名最盛，业最下，实群魔之首出者。

又 长调须流宕而不剽，雄厚而不竞。清真未免剽，稼轩未免竞，东坡则或上类于诗，或下流于曲，故足以鼓吹骚雅者尠已。

樊增祥《东溪草堂词选自叙》 声音感人，回肠荡气，以李重光为君。演绎和畅，丽而有则，以周美成为极。清劲有骨，淡雅居宗，以姜尧章为最。至于长短皆宜，高下应节，亦终无过于美成者。他若子瞻天才，夐绝一世；稼轩嗣响，号曰苏、辛。第纵笔一往无复，纡曲之致，要眇之音。其胜者珠剑同光，而失者泥沙并下，等诸变徵，殆匪正声。

陈廷焯《词坛丛话》 稼轩词，粗粗莽莽，桀傲雄奇，出坡老之上。惟陆游《渭南集》可与抗手，但运典太多，真气稍逊。

又 稼轩词非不运典，然运典虽多，而其气不掩，非放翁所及。

又 稼轩词，直似一座铁瓮城，坚而锐，锐而厚，凭你千军万马，也冲突不入。板桥相去远矣。

陈廷焯《词则·放歌集》 稼轩词拉杂使事，而以浩气行之。如五都市中，百宝杂陈，又如淮阴将兵，多多益善，风雨纷飞，鱼龙百变，天地奇观也。岳倦翁讥其用事多，谬矣。

又　感激豪宕，苏、辛并峙千古。然忠爱恻怛，苏胜于辛；而淋漓悲壮，顿挫盘郁，则稼轩独步千古矣。

又　稼轩词魄力雄大，如惊雷怒涛，骇人耳目，天地钜观也。后惟迦陵有此笔力，而郁处不及。

陈廷焯《白雨斋词话》　稼轩词仿佛魏武诗，自是有大本领、大作用人语。

又　稼轩词着力太重处，如《破阵子》"为陈同甫赋壮诗以寄之"、《水龙吟》"过南涧双溪楼"等作，不免剑拔弩张。余所爱者，如"红莲相倚深如怨，白鸟无言定是愁。"又，"不知筋力衰多少，但觉新来懒上楼。"又，"城中桃李愁风雨，春在溪头荠菜花"之类，信笔写去，格调自苍劲，意味自深厚。不必剑拔弩张，洞穿已过七札，斯为绝技。

又　苏、辛并称，然两人绝不相似。魄力之大，苏不如辛。气体之高，辛不逮苏远矣。

又　辛稼轩，词中之龙也，气魄极雄大，意境却极沉郁。不善学之，流入叫嚣一派，论者遂集矢于稼轩，稼轩不受也。

又　稼轩词如《永遇乐》"京口北固亭怀古"，《南乡子》"登京口北固亭"，《浪淘沙》"山寺夜作"，《瑞鹤轩》"南涧双溪楼"等类，才气虽雄，不免粗鲁。世人多好读之，无怪稼轩为后世叫嚣者作俑矣。读稼轩词者，去取严加别白，乃所以爱稼轩也。

又　稼轩《水调歌头》诸阕，直是飞行绝迹。一种悲愤慷慨郁结于中，虽未能痕迹消融，却无害其为浑雅。后人未易摹仿。

又　大抵稼轩一体，后人不易学步。无稼轩才力，无稼轩胸襟，又不处稼轩境地，欲于粗莽中见沉郁，其可得乎？

又　张皋文《词选》，独不收梦窗词，以苏、辛为正声，却有巨识。而以梦窗与耆卿、山谷、改之辈同列，不知梦窗者也。

又　东坡心地光明磊落，忠爱根于性生，故词极超旷，而意极和平。稼轩有吞吐八荒之概，而机会不来。正则可以为郭、李，为岳、韩，变则即桓温之流亚。故词极豪雄，而意极悲郁。苏、辛两家，各自不同。后人无东坡胸襟，又无稼轩气概，漫为规模，适形粗鄙耳。

又　稼轩词，于雄莽中别饶隽味。如"马上离愁三万里，望昭阳宫殿孤鸿没。"又，"休去倚危栏，斜阳正在，烟柳断肠处。"多少曲折。惊雷怒涛中，时见和风暖日。所以独绝古今，不容人学步。

又　稼轩词……皆于悲壮中见浑厚。后之狂呼叫嚣者，动托苏、辛，真苏、辛之罪人也。

又　苏、辛词，后人不能摹仿。南渡词人，沿稼轩之后，惯作壮语，然皆非稼轩真面目。

又　宋词有不能学者，苏、辛是也。……然苏、辛自是正声，人苦学不到耳。

又　学周、秦、姜、史不成，尚无害为雅正。学苏、辛不成，则入于魔道矣。发轫之始，不可不慎。

又　辛稼轩运用唐人诗句，如淮阴将兵，不以数限，可谓神勇。而亦不能牢笼万态，变而愈工，如腐迁《夏本纪》之点窜《禹贡》也。

又　稼轩求胜于东坡，豪壮或过之，而逊其清超，逊其忠厚。……东坡、稼轩，同而不同者也。白石、碧山，不同而同者也。

陈廷焯《云韶集》　南宋而后，稼轩如健鹘摩天，为词坛第一开辟手。

又　稼轩词如龙蛇飞舞，信手拈来，都成绝唱。词至稼轩，纵横博大，痛快淋漓，风雨纷飞，鱼龙百变，真词坛飞将军也。

又　稼轩词上掩东坡，下括刘、陆，独往独来，旁若无人。

又　词有格，稼轩词若无格；词有律，稼轩词若无律；细按之，格律丝毫不紊，总体才大如海，只信手挥洒，电掣风驰，飞沙走石，真词坛第一开辟手。

又　两宋词人，前推方回、清真，后推白石、梅溪、草窗、梦窗、玉田诸家，苏、辛横其中，正如双峰雄峙，虽非正声，自是词曲内缚不住者；其独到处，美成、白石亦不能到。

又　苏、辛千古并称。然东坡豪宕则有之，但多不合拍处。稼轩则于纵横驰骋中，而部伍极其整严，尤出东坡之上。

沈祥龙《论词随笔》　古诗云："识曲听其真。"真者，性情也，性情不可强。观稼轩词知为豪杰，观白石词知为才人，其真处有自然流出者。词品之高低，当于此辨之。

又　词之言情，贵得其真。劳人思妇，孝子忠臣，各有其情。古无无情之词，亦无假托其情之词。柳、秦之研婉，苏、辛之豪放，皆自言其情者也。必专言《懊侬》、《子夜》之情，情之为用，亦隘矣哉。

又　以词为小技，此非深知词者。词至南宋，如稼轩、同甫之慷慨悲凉，碧山、玉田之微婉顿挫，皆伤时感事，上与风骚同旨，可薄为小技乎。若徒作侧艳之体，淫哇之音，则谓之小也亦宜。

张德瀛《词徵》 释皎然《诗式》谓诗有六至：至险而不僻，至奇而不差，至丽而自然，至苦而无迹，至近而意远，至放而不迂。以词衡之，至险而不僻者，美成也。至奇而不差者，稼轩也。至丽而自然者，少游也。至苦而无迹者，碧山也。至近而意远者，玉田也。至放而不迂者，子瞻也。

陈锐《褒碧斋词话》 词如诗，可模拟得也。南唐诸家，回肠荡气，绝类建安。柳屯田不着笔墨，似古乐府。辛稼轩俊逸似鲍明远。周美成深厚拟陆士衡。白石得渊明之性情。梦窗有康乐之标轨。皆苦心孤造，是以被弦管而格幽明，学者但于面貌求之，抑末矣。

张其锦《梅边吹笛谱跋》 词者，诗之馀也。昉于唐，沿于五代，具于北宋，盛于南宋，衰于元，亡于明。以诗譬之，慢词如七言，小令如五言。慢词北宋为初唐，秦、柳、苏、黄如沈、宋，体格虽具，风骨未遒。片玉则如拾遗，骎骎有盛唐之风矣。南渡为盛唐，白石如少陵，奄有诸家。高、史则中允、东月，吴、蒋则嘉州、常侍。宋末为中唐，玉田、碧山风调有馀，浑厚不足，其钱、刘乎？草窗、西麓、商隐、友竹诸公，盖又大历派矣。稼轩为盛唐之太白，后村、龙洲亦在微之、乐天之间。金、元为晚唐，山村、蜕岩可方温、李，彦高、裕之近于江东、樊川也。小令唐如汉，五代如魏晋，北宋欧、苏以上如齐、梁，周、柳以下如陈、隋，南渡如唐，虽才力有馀而古气无矣。填词之道，须取法南宋，然其中亦有两派焉。一派为白石，以清空为主，高、史辅之，前则有梦窗、竹山、西麓、虚斋、蒲江，后则有玉田、圣与、公谨、商隐诸人，扫除野狐，独标正谛，犹禅之南宗也。一派为稼轩，以豪迈为主，继之者龙洲、放翁、后村，犹禅之北宗也。元代两家并行。有明则高者仅得稼轩之皮毛，卑者鄙俚淫亵，直拾屯田、豫章之牙后。

田雯《四风闸访稼轩旧居》 药栏围竹屿，石泉逗山脚。风流不可攀，谁结一丘壑。斜阳甸柳庄，长歌自深酌。（原注：稼轩有“一丘一壑”词。甸柳：村名。）

况周颐《蕙风词话》 词太做，嫌琢。太不做，嫌率。欲求恰如分际，此中消息，正复难言。但看梦窗何尝琢，稼轩何尝率，可以悟矣。

又 性情少，勿学稼轩；非绝顶聪明，勿学梦窗。

又 东坡、稼轩，其秀在骨，其厚在神。初学看之，但得其粗率而已。其实二公不经意处，是真率，非粗率也。余至今未敢学苏、辛也。

又 重者，沉着之谓。在气格，不在字句。于梦窗词庶几见之。即其芬菲铿丽之作，中间隽句艳字，莫不有沉挚之思，灏瀚之气，挟之以流转。令人玩索而不能尽，则其中之所存者厚。沉着者，厚之发见乎外者也。欲学梦窗之致密，先学梦窗之沉着。即致密、即沉着。非出乎致密之外，超乎致密之上，别有沉着之一境也。梦窗与苏、辛二公，实殊流而同源。其所为不同，则梦窗致密其外耳。其至高至精处，虽拟议形容之，未易得其神似。颖慧之士，束发操觚，勿轻言学梦窗也。

又 周保绪济《止庵集·宋四家词筏序》以近世为词者，推南宋为正宗，姜、张为山斗，域于其至近者为不然。其持论介余同异之间。张诚不足为山斗。得谓南宋非正宗耶。《宋四家词筏》未见，疑即止庵手录之《宋四家词选》，以周邦彦、辛弃疾、王沂孙、吴文英四家为之冠，以类相从者各如干家。

又 辛、党二家，并有骨干。辛凝劲，党疏秀。

蒋兆兰《词说》 宋代词家，源出于唐五代，皆以婉约为宗。自东坡以浩瀚之气行之，遂开豪迈一派。南宋辛稼轩，运深沉之思于雄杰之中，遂以苏、辛并称。他如龙洲、放翁、后村诸公，皆嗣响稼轩，卓卓可传者也。嗣兹以降，词家显分两派，学苏、辛者，所在皆是。至清初陈迦陵，纳雄奇万变于令慢之中，而才力雄富，气概卓荦。苏、辛派至此可谓竭尽才人能事。后之人无可措手，不容作、亦不必作也。

汪东《唐宋词选评》 苏、辛并为豪放之宗，然导源各异。东坡以诗为词，故骨格清刚。稼轩专力于此，而才大不受束缚，纵横驰骤，一以作文之法行之，故气势排荡。昔人谓东坡为词诗，稼轩为词论，可谓确评。顾以诗为词者，由于竺境既熟，自然流露，虽有绝诣，终非当行。以文为词者，直由兴酣落笔，恃才自放，及其道敛入范，则精金美玉，毫无疵类可指矣。

顾随《稼轩词说序》 词中之辛，诗中之杜也。一变前此之蕴藉恬淡，而为飞动变化，却亦反有其新底蕴藉恬淡在。世之人于诗尊杜为正统，于词则斥辛为外道，何耶？杜或失之拙，辛多失之率。观过知仁，勿求全而责备焉，可。学之不善而得其病，则不可。

善乎后村之言曰："公所为词，大声鞺鞳，小声铿鍧，横绝六合，扫空万古，其秾丽绵密者，亦不在小晏、秦郎之下。"铿鍧鞺鞳者，吾之所谓飞动变化也。世人所认为铿鍧鞺鞳者，大半皆其糟粕也。无已，其于秾丽绵密处求之乎，吾之所谓新底蕴藉恬淡也。

梁启勋《词学》 计两宋三百二十年间，能超脱时流，飘然独立者，得三人焉。在北宋则苏东坡，即胡致堂所谓"一洗绮罗香泽之态，摆脱绸缪宛转之度，逸情浩气，超脱尘垢"者是也。在北宋与南宋之间则有朱希真，作品多自然意趣，不假修饰而丰韵天成，即汪叔耕所谓"多尘外之想"者是也。在南宋则有辛稼轩，即周止庵所谓"敛雄心，抗高调，变温婉，成悲凉"者是也。两宋间有此三君，亦可作词流光宠矣。

又 辛弃疾的长词，或悲壮激烈，能达深厚的感情；或放恣流动，能传曲折的意思。……他的小令最多绝妙之作；言情，写景，述怀，达意，无不佳妙。

夏敬观《映庵词话》 学辛得其豪放者易，得其秾丽者罕，苏则纯乎士大夫之吐属，豪而不纵，是清丽，非徒秾丽也。稼轩浓丽处，从此脱胎。细读《东山词》，知其为稼轩所师也。世但言苏、辛一派，不知方回，亦不知稼轩。

王国维《人间词话》 南宋词人，白石有格而无情，剑南有气而乏韵。其堪与北宋人颉颃者，唯一幼安耳。近人祖南宗而祧北宋，以南宋之词可学，北宋不可学也。学南宋者，不祖白石，则祖梦窗，以白石、梦窗可学，幼安不可学也。学幼安者，率祖其粗犷滑稽，以其粗犷滑稽处可学，佳处不可学也。幼安之佳处，在有性情，有境界。即以气象论，亦有“傍素波、干青云”之概，宁后世龊龊小生所可拟耶。

又　东坡之词旷，稼轩之词豪。无二人之胸襟而学其词，犹东施之效捧心也。读东坡、稼轩词，须观其雅量高致，有伯夷、柳下惠之风。白石虽似蝉蜕尘埃，然终不免局促辕下。

又　苏、辛，词中之狂。白石犹不失为狷。若梦窗、梅溪、玉田、草窗、西麓辈，面目不同，同归于乡愿而已。

又删稿　长调自以周、柳、苏、辛为最工。美成《浪淘沙慢》二词，精壮顿挫，已开北曲之先声。若屯田之《八声甘州》，东坡之《水调歌头》，则伫兴之作，格高千古，不能以常调论也。

又　唐五代之词，有句而无篇。南宋名家之词，有篇而无句。有篇有句，唯李后主降宋后之作，及永叔、子瞻、少游、美成、稼轩数人而已。

又附录一　予于词，五代喜李后主、冯正中，而不喜花间。宋喜同叔、永叔、子瞻、少游，而不喜美成。南宋只爱稼轩一人，而最恶梦窗、玉田。介存词辨所选词，颇多不当人意。而其论词，则多独到之语。始知天下固有具眼人，非予一人之私见也。

蔡嵩云《柯亭词论》　稼轩词，豪放师东坡，然不尽豪放也。其集中，有沉郁顿挫之作，有缠绵悱恻之作，殆皆有为而发。其修辞亦种种不同，焉得概以“豪放”二字目之。

胡适《词选》　（辛弃疾）是词中第一大家。他的才气纵横，见解超脱，情感浓挚。……他那浓厚的情感和奔放的才气，往往使人不觉得他在那里掉书袋。

龙榆生选注《唐五代宋词选》 （辛弃疾）多悲愤激壮之音，……词体至此，始极解放，信乎为豪杰之词也。……又喜以哲理入词，别开生面。

胡云翼《词选》 （辛弃疾）豪放肆溢，激扬奋厉。……偶作情语，亦秾丽绵密，昵狎温柔。

赵尊岳《填词丛话》 辛、刘并称，实则辛高于刘。辛以真性情发清雄之思，足以唤起四座，别开境界，虽疏犷不掩其乱头粗饰之美。学者徒作壮语以为雄，而不能得一清字，则又袭其犷，似刘而不似辛矣，大抵清主于性灵，雄主于笔力。无其清者，不必偏学其雄也。

吴世昌《词林新话》 词本为抒情或应歌而作，至东坡而渐用以言志。此风经南宋而大畅，辛词遂以言志为主要内容。